中公文庫

天祐は信長にあり（一）

覇王誕生

岩室　忍

中央公論新社

目次

天祐は信長にあり㈠

覇王誕生

第一章　吉法師

誕生

お雪《ゆき》に陣痛が来たのは天文《てんぶん》三年（一五三四）五月に入って間もなくだった。織田三《おださぶ》郎信秀《ろうのぶひで》はお雪の陣痛が始まるとおろおろして大広間に出てきても落ち着かない。

「誰かッ、杢庵《もくあん》を呼んで参れッ！」

「はッ！」

小姓が杢庵宅に走った。これで二人目の使いだった。

「まだ早いのだが……」

なかなか杢庵が腰を上げない。その時が来ないとどんなに騒いでも子は産まれない。

「よしッ、ぐずぐずとまいらねば、この場にてその方の首を斬り捨てる。わしは腹を切れば済むことだ！」

などと信秀に忠実な小姓が力んで杢庵を脅す。だが、そう易々と子は産まれないことを知っているから慌てない。

「待て、行く、行くからその刀を抜くな。お小姓さんは気が短いから困る。わしが行ってもその時が来なければ何もできぬのだぞ……」

「それでもよい。言うことがあれば殿の前で申し開けッ！」

小姓は杢庵の手首を握ると、引きずるように城内に連れてきた。すると、陣痛が治まって信秀とお雪が談笑している。

「ほれ、笑い声が聞こえるだろうが、こういうことなのだわ……」

「くそッ、そなたはこの城から出るな。わかったか？」

小姓はついに杢庵を城内に軟禁した。いつまた始まるかわからない陣痛のため、杢庵は城の小部屋に閉じ込められてしまった。陣痛が始まっても、産まれるまでに長ければ一ヶ月もかかることがある。杢庵はそれを知っているが、男にはそれがわからない。子が産まれそうな時の陣痛は腰の骨が砕けそうなどという。

「まだまだ産まれませんから……」

「杢庵、つべこべぬかすと、今度こそ斬ってやるッ！」

小姓も気が気ではないのだ。

「初産《ういざん》というのは厄介でな。遅れることが多いのじゃよ……」

「うるさい！」

「そうは言うが……」

「黙れ！」

杢庵が逃げないように見張っている小姓は気が立って苛ついている。

杢庵だって仕事があるのだから、城に監禁されては困るのに、そんな話のわかる小姓ではない。厠《かわや》以外は厳重に見張られている。そんな状態で二日、三日、四日と過ぎていった。陣痛の間が遠く産まれる気配はない。見張りの小姓にどう説明しても聞く耳を持たず、すぐ刀の柄《つか》を握って脅かすのだから始末が悪い。

武家はすぐ刀にものを言わせようとするから困る。産まれないものは誰がなんと言おうとも産まれない。その時さえ来ればポコッと産まれるものなのだ。

五日が過ぎて杢庵もそろそろ始まるかと思う。

いよいよかと杢庵が見当を付けると、もくろみ通り徐々に激しい陣痛が始まる。ここからが医師の杢庵の出番である。予定より少し遅れたが順調に産まれると思われた。ところが雪姫の陣痛は激しいのだが、なかなか子どもは産まれなかった。ついに杢庵も心配する難産になった。初産ではありがちなことだと思う。

雪姫の苦しみに勝幡《しょばた》城はそのたびごとに震え上がった。誰も助けられないのだからいかんともしがたい。頼みの綱の杢庵でも手の施しようがなかった。

お雪が一人で戦うしかない。なんともつらいことになった。

信秀は産所には入れず、大広間や奥をうろつく。その信秀に重臣平手政秀《ひらてまさひで》らも声を掛けられなくなった。何もすることなどないのに家臣たちが二人、三人と大広間に集まってきて心配顔だ。こうなると神や仏にすがるしかない。

「南無釈迦牟尼仏《なむしゃかむにぶつ》、南無牛頭天王《ごずてんのう》、南無八幡大菩薩《はちまんだいぼさつ》……」

政秀は事態が良くないと察知する。その政秀も十年ほど前に妻を亡くして後妻を迎えていた。女にとって子を産むことは容易なことではなく命がけだった。ちょうど同じ頃、甲斐《かい》でも同じようなことが起きていた。武田晴信《たけだはるのぶ》こと後の信玄《しんげん》は武蔵河越《むさしかわごえ》城主の上杉《うえすぎ》家から同い年の姫を正室に迎える。

二人は実に仲が良くすぐ懐妊するが姫は出産がうまくいかなかった。母子ともに亡くなってしまう。こういうことが珍しくなかった。後に信玄の子勝頼《かつより》の正室も、子は産んだが産後が良くなく亡くなる。このように子を産むことは難儀な大仕事なのであった。

お雪の状況も良くない。危険に陥ったのである。

杢庵がよろよろと大広間に出てきた。信秀に平伏すると状況を語った。

「殿さま、これ以上は母体が持ちませぬ……」

「なにッ！」

「逆子《さかご》にございます……」

子は頭から生まれるが、それがこの子は足からだと言う。信秀がいきなり太刀を摑んだ。

「うぬは雪を、雪を殺すつもりかッ！」

信秀が凄まじい形相で太刀を抜いたところに政秀が飛び付いた。

「殿ッ、ここは、ここはなにとぞご辛抱を。みなのものッ、何をしておるか、殿の太刀をお預かりしろ！」

「はッ！」

まだ幼い小姓たちまで信秀に飛び付いて抜き身の刀を取り上げた。

こんなところで杢庵を斬ってもどうにもならない。大名はそんな乱暴なことをすれば家臣の信頼を失う。政秀はそこをわかっている。「南無、熱田《あつた》の大神さま、姫さまと子のご加護を……」と祈るしかない。この政秀の願いを熱田の大神は聞き届けた。

天祐《てんゆう》あり。神助の御業《みわざ》あり。

侍女がこけつまろびつ大広間に飛び込んで来た。

「生まれましたッ。和子《わこ》さま、男子《おのこ》にございますッ！」

「なにッ、生まれたか。して雪は！」

「奥方さまもご無事にございます！」

「そうか、無事か……」

気が抜けた信秀がグラリと傾いて、その場にドスンと尻餅をついて崩れ落ちた。

このところ信秀も三日ばかりろくに寝ていなかった。夢うつつにお雪の悲鳴で信秀は飛び起きてしまう。それは政秀も同じである。

「殿ッ、和子の誕生、まことにおめでとうござります！」

政秀が祝詞を述べた。尻餅をついた信秀は寝ていないから頭がボーッとしている。

家臣たちも次々と祝詞を言う。

「うん、うん、よかった」

そう頷いて信秀は小姓たちの肩を借りるように運ばれていった。

寝所ではなくお雪のいる産所に向かう。信秀は大声で泣く赤子の声を聞いた。お雪と赤子は産所から二人のために整えられた隣室に移されている。

「良いか、入るぞ」

信秀は待ち切れなかった。兎に角、無事なお雪の顔を見たかった。

心配したがよく頑張ったと思う。信秀は雪姫を愛おしくてたまらない。それでなくても観音さまのようなお雪にべた惚れなのだから。

「どうぞ」

侍女の嬉しげな声が答えた。信秀が部屋に入ると微かに血の匂いがする。

「殿……」

お雪が疲れきった顔で信秀を見る。その目は力なくうつろだ。

「雪、ご苦労であった。よく頑張ってくれた。大事ないか？」

「はい、殿さま、和子にお名を……」

「うん、考えてある。考えてあるから心配いたすな」

信秀がニッと微笑んで最愛のお雪の手を握った。その温もりがいっそう信秀を感動させる。大仕事をして力尽きたのだ。抱きしめてやりたいと思う。

「杢庵、ご苦労であった。褒美を取らせる」

「殿さま、不思議な子でございまする。あの難産の中、逆子でありながら自ら生まれてまいりました。このような強いお子は見たことがありません」

杢庵が首を傾げた。その杢庵には心配事が一つだけあった。

「そうか、牛頭天王さまのお陰であろう。のう雪……」

「はい……」

お雪が力なく笑った。

少女

大永《だいえい》六年（一五二六）、信秀十六歳。家督はまだ父信定《のぶさだ》にあり、女好きの信秀は漁色に夢中であった。その頃、清洲《きよす》城下に近江佐々木《おうみささき》家を辞して、隠棲《いんせい》している四十がらみの武将がいた。

信秀がその武将の存在を知ったのは、三の組の間者頭、弥五郎《やごろう》から聞いたからである。

信秀はあまりに女漁《あさ》りが忙しく、その武将の存在を忘れかけていた。だが、清洲城下のお万《まん》を訪ねた帰りに急に思い出した。

お万は清洲三奉行の一人織田藤左衛門《とうざえもん》家の家臣、大山多左衛門時貞《おおやまたざえもんときさだ》の娘だった。お万は十四歳だが、ふくよかな美形で父親の多左衛門は密かに信秀の正室にと考えていた。だが、お万はなかなか子を孕《はら》まなかった。

弥五郎から聞いた近江から来た武家は、お万の家からそう遠くなかった。

その武家の評判は弥五郎の話ではなかなかだという。

「若殿、そのご仁と一度会ってみられたらどうですか？」

そう勧められていた。

信秀は気まぐれに近江から来たという武将に会う気になった。その家は粗末な百姓家で武将の住まいとは思えない佇まいである。

「御免！」

信秀は黒鬼《くろおに》の馬上から垣根内の娘に声を掛けた。

「はい……」

振り向いた顔はまだ十歳ぐらいの少女だった。

だが、女好きの信秀は直感的にこの娘が欲しいと思った。信秀がこれまで見たことのない、透き通るような美しい清純な少女であった。信秀と雪姫が運命的な出会いをした瞬間だった。

「こちらは近江からまいられた小嶋《こじま》殿の住まいであるか？」

「はい……」

突然、見知らぬ男に声を掛けられ、驚いているお雪の無垢な美しさと、そのやさしい視線に信秀は射抜かれた。

「小嶋殿にお会いしたいのだが？」

「父はどなたともお会いになりませんが……」

お雪が凛とした顔で信秀を見つめている。美男と美女の視線が複雑に絡み合った。

「さようか、勝幡城の織田信秀が遊びにまいったとお伝え願いたい。それでもお会いいただけぬのであれば帰ることにしよう」

馬から下りて信秀が潔く少女に言った。

「はい、わかりました。伝えてまいりますので、暫《しばら》くお待ちください」

お雪が家の中に消えると、武将とは思えない長身の清楚な姿の男が茅葺《かやぶき》の家から出てきた。髪を後ろで束ねて無腰である。脇差も差していなかった。武将というよりは医師とか歌人のような雰囲気だった。

「失礼致しました」

男は垣根の門扉を開くと静かな声音で頭を下げた。

勝幡城の弾正《だんじょうの》忠《ちゅう》家の信秀の噂は聞いており、興味を持って会ってみる気になったのである。

その静かな佇まいに信秀は圧倒された。この人は一体何者なのだと思う。

静かな中に品格と迫力が溢れているのを感じる。信秀より二十歳以上は年長と見た。

この人物は只者ではないと信秀は直感した。

「織田三郎信秀でござる。ぶしつけにお訪ねし、ご無礼の段、平にお許し願いたい……」

「小嶋日向守《ひゅうがのかみ》信房《のぶふさ》でございます。お父上の弾正忠さまはご壮健でござろうか?」

「はッ、いたって……」

信秀は小嶋日向守信房の静かな人柄に押された。かつてこのような人物とは会ったことがない。やはり武将としての威厳があって、眼光鋭く戦場を往来してきたことがわかるが、小嶋日向守とは聞いたことのあるような、ないような名だった。弥五郎が言うには近江の城持ちだったという。

「このような垣根越しでの立ち話では申し訳ござらぬ、どうぞ、中へ……」

信秀は日向守信房に導かれて黒鬼をひいて庭に入った。

黒鬼を傍の柿の木に繋いで信房に一礼する。小嶋日向守信房が初見の者を家に入れることなどこれまでにはなかった。お雪は不思議に思いながら、慌てて庭の井戸から盥《たらい》に水を汲《く》んだ。

「失礼致す……」

信房の隠棲している住まいを覗き見るように信秀が土間に入った。

しばらくして目が薄暗がりに慣れてくると、百姓家の何もない屋内に驚いた。ガラーンとしてまるで生活臭がしない。あまりにもきれいに片付けられて入口の近くに鍬《くわ》が置いてあるだけだ。

なんとも潔い住まいである。

信秀が佇んでいるとお雪が水を張った盥を持ってきた。

「御免！」

信秀は上がり框《がまち》に腰を下ろして、足半《あしなか》を揃え両足を盥の水に浸《つ》け、その足を上げると、お雪は腰紐《こしひも》から布切れを引き抜いて信秀の足を拭き取った。

「かたじけない……」

信秀がお雪に礼を言った。裏口から誰か出て行く気配がした。

「失礼致しまする」

自慢の太刀を握って信房が待つ囲炉裏の傍に座った。すべてなにからなにまでが静かな佇まいである。囲炉裏の細い火だけが信秀の心を落ち着かせた。

日向守信房

「清洲に何かご用の趣でも？」

信房は単刀直入に信秀に聞いた。

小嶋信房は囲炉裏の火を掻《か》き立て、杉の枯れ葉を火の上に置くとポッと火が付いた。

「いや格別には、小嶋殿と会うようにと知らせた家臣がおりまして、失礼とは存じながら先触れもなく訪ねてまいった次第でござる。お許し願いたい……」

信秀は隠さず事実を言った。

「さようでござるか、それがしは隠棲の身なれば何もござらぬが……」

そこへお雪が白湯《さゆ》を運んできた。

「娘の雪です」

「先ほどは失礼した」

「いいえ、白湯でございます……」

両手を突いて白湯を勧める。信秀は一礼してから白湯の入った粗末な茶碗を手にした。

「間もなく倅《せがれ》が酒を購《あがな》ってまいります。それまで白湯で体を温めてくだされ……」

「遠慮なく頂戴致す」

信秀はお雪の温もりを感じたが、どう見ても十歳ぐらいかと思った。信秀はこの正月で十六歳になっている。秘かにだがもう二人の子を持つ父親でもあった。

「失礼ながら、小嶋殿はなにゆえに清洲へ？」

信秀が不躾《ぶしつけ》に聞いた。

「ご不審かな。先頃、妻を亡くして乱世が嫌になった。と言ってもご納得はいただけませぬかな？」

信房が火箸を灰に刺して信秀を見た。

「小嶋日向守信房殿といえば、確か近江では一城の主《あるじ》のはず……」

「勝幡城の若殿にはそのように伝わっておりますか、小さな砦の頭に過ぎません

「……」

信房が謙遜する。かすかに微笑んだ顔には屈託がない。乱世の殺し合いはもういいだろうと思っている顔だ。

これから戦いを仕掛けようという信秀とはまったく違う人だ。

そこへお雪が酒の膳を捧げ、後ろに少年を従えて入ってきた。酒を信房の側に置くと、姉弟が並んで信秀に頭を下げた。

「息子です」

「金吾《きんご》にございます」

挨拶して少年が深々と頭を下げた。お雪と金吾は似たような年恰好だったが、お雪が姉で金吾が弟だった。美人のお雪はどうしても二つ三つは幼く見られる。

「織田三郎信秀でござる、よしなに願いたい」

「勝幡城の若殿です……」

信房が二人の子に信秀を紹介した。

「よろしくお願いいたします」

金吾が頷いてニッと笑った。金吾は日向守から厳しく学問を教え込まれていた。

お雪はあまりにもみすぼらしい身なりの信秀に、勝幡城の若殿と聞いて驚いている。馬だけは大きくて立派だと思っていたのだ。

「金吾殿は幾つにござるか？」

信秀が二人を見て信房に聞いた。

「この春、九歳になりました。二人とも下がりなさい……」

信房がそう答えて二人を下がらせる。

「信秀殿、吾が住まいには盃もござらぬ。失礼ながらこれにてお許しあれ……」

先ほどの白湯茶碗が信秀に差し出された。初見の挨拶代わりが茶碗酒である。風流と思えばこういう出会いもあっていいと信秀は思う。

「有り難く頂戴致しまする」

主座に居る信房が脇座の信秀に酒を注《つ》ぎ自らは独酌した。

「以後、ご入魂《じっこん》に願いたい……」

信秀が信房に願ってグッと酒を喉に流し込んだ。

「気の向く儘《まま》にいつなりとお越しくだされ、このように何もない家だが囲炉裏の火だけが馳走でござる……」

「なによりです」

信房もグイッと飲んで茶碗を置き、信秀に「もう一献……」と勧めた。信房は身なりは粗末だが率直な物言いの信秀を気に入った。信秀がやがて虎になると最初に見抜いたのが、この小嶋日向守信房だったのかもしれない。

「遠慮なく頂戴致す」

「どうぞ、雪、酒肴《しゅこう》に味噌を持ってまいれ……」

信房が隣室に酒の肴《さかな》に味噌を命じた。

「はい！」

返事がしてお雪が皿に味噌を持ってきた。その横に小さな梅干が三個、遠慮がちに酸っぱい顔で肩を寄せている。信秀がお雪を見ると恥ずかしそうに微笑んだ。

「昨年の春、それがしが漬けた梅干です。一個で二合はいけます……」

「はあ……」

そう聞いただけで酸っぱくて信秀の顔が歪んだ。それを見てお雪がまた微笑んだ。

酒の肴に味噌と梅干は質素の証である。酸っぱい梅干は見ているだけでクイッと酒が進みそうだ。

信秀はなんとも清廉に生きている信房の人柄に感銘する。

乱世には珍しく信頼のできる人物だと信秀は見た。信房は信秀を乱世に相応しい武将と見た。この出会い以後、二人の信頼は終生変わることがなく続くことになる。

人は邂逅《かいこう》によってその運命を変えることができる。

いつどこで誰と出会うかが、人生の方向を決めてしまうことすらあった。

継室

翌年、十七歳の信秀は父、織田弾正忠信定より家督を継ぎ、勝幡城の若き当主となった。その信秀がお万の所に現れるのは、主家である清洲城の織田大和守《やまとのかみ》達勝《たつかつ》と子の信友《のぶとも》に知れぬよう、夜半が多く、回数も少なくなった。達勝は清洲三奉行に過ぎなかった弾正忠家の台頭に目を光らせており、信秀は城主になってからは弥五郎と、甚八《じんぱち》が馬首を並べて供をするようになっている。

万一にも信秀が襲われたら弥五郎と甚八が信秀を逃がす。

新城主になっても女のことだけはいかんともしがたい。遠慮することなく何人でも城に入れて、好きな女を側室にすればいいが信秀はそうしなかった。正室の清洲御前を離縁してからも継室を置かない。

お咲《さき》でもお夏《なつ》でも於勝《おかつ》でもお万でも継室に相応しい女はいる。

だが、信秀は継室としても側室としても、勝幡城に入れようとはしないのである。

弥五郎も甚八もどうしてなのかわからない。平手政秀などは早いところ良い継室を迎えないと、女通いがおさまらないと気をもんでいた。政秀に言わせれば城主たる者は、矢鱈《やたら》と城から出てウロウロするものではないということだ。

実にごもっともで弾正忠家一の教養人である政秀の言い分は、まことに以《も》って有り難いご高説なのだが、信秀には母のいぬゐに代わる小言にしか聞こえない。だが、こういう小言は素直に聞くべきなのである。

清洲城下のお万は信秀が来ると大喜びだ。

だが、信秀の狙いはお万ではなく、日向守信房と雪姫に会うことだった。

そのお万が信秀十八歳の初秋に男子を産んだ。女のところに男が通ってくればそういうことになるのは当然だった。正室でも継室でもないところに三人の子ができている。この男子は信秀の長男で初めての男子だった。後の大隅守信広《おおすみのかみのぶひろ》である。

お万は信秀の継室ではないため、お万の子は大山多左衛門が養育することになった。信秀はすでに継室を決めていた。

平手政秀は信秀のお万に会うための清洲行きを危ぶんだ。

清洲城の大和守達勝が知らぬはずがないのである。狡猾な清洲城の狐の達勝と、狸の信友が信秀の命を狙わないはずがないと思う。政秀は弥五郎と甚八に身を挺《てい》しても信秀を守れと厳命している。

信秀に女通いを止めろとは言わない。

言って聞くような殿さまでもないし逆に反発されるだけだ。若さにはそういう無分別がつきものだ。ことに女のことになると頭と体が分離してしまう。なんとか早いところ継室を決めないと、とんでもない事故が起こりそうだと思う。

だが、信秀は平気な顔で狐狸《こり》を誘うように、清洲城を遠くに眺めながら、夜の城下をその度ごとに道を変えて、お万と小嶋日向守信房の閑居を訪ねた。なんとも危ない話で政秀の予想通り、一年ほど前に信秀のお万通いが達勝の耳に入った。だが、達勝はすぐ襲撃させるようなことをしないで見ていた。それは小嶋日向守と信秀が接近しているからでもあった。達勝は日向守の存在も知っている。

時が経ち、信秀が初めて日向守信房を訪ねてからもう四年になる。

日向守も信秀がお雪に会いに来るのだとわかっていた。すでに信秀は二十歳、雪姫は十五歳、互いに心を通じ合っていた。

そんな互いに好き合う二人を日向守は微笑ましく見ている。

なぜなのか信秀はお咲やお夏の時のように、強引で乱暴な振る舞いはしないのだ。むしろ、お雪を慈しんでいるようにやさしい。もう四年にもなるのに信秀はお雪の手さえ握っていなかった。手荒なことをすると壊れてしまいそうなお雪だ。

名前の雪のように色白で美人である。日向守の娘らしく才色兼備の聡明な人だった。

信秀は人柄に感銘して、日向守信房に勝幡城への仕官を勧めたこともあるが、日向守はまったく無欲でそんな気は無かった。信秀と語り合うとき日向守は自身の考えを遠慮なく披露した。

その考えの根底には、百年にもなる乱世を終わらせたいという願いがある。

だが、その方法も道程も困難を極めるとわかっていた。武力のみを信奉する武将の我欲がむき出しになったのが乱世だ。京には天子さまも将軍もいるが、まったくの無力で北から西の端までまさに無法の国となってしまった。戦いに勝った者のみが正義だと言えるのである。敗れた者はこの世から退場するしかない。

すべてをわかっている日向守は尾張《おわり》のことも信秀に話した。津島《つしま》や熱田との絆を強くし、勝幡城の秩序を安定させることだと言う。なぜそうすべきなのかを日向守は詳細に話す。まるで若い信秀に兵法を教える軍師のようだった。この時、日向守は信秀の虎になる才能を見抜いている。

そんなある日、清洲城の動きが切迫しているのを感じ、信秀は信房に望んでいる本心を明かした。

「お雪殿を継室に貰い受けたい……」

この頃、信秀は清洲に来る危険を身近に察知していた。弥五郎たち間者からの報せも清洲城が動き出しそうだと言う。もう猶予はないと思う。

「雪との婚姻を清洲城の大和守さまはお許しになりますかな？」

何事にも冷静な日向守が炉端で信秀に聞いた。

信秀は十五歳の時、清洲城の織田大和守達勝の姫を正室に迎えたことがある。しかし、反りが合わずわずか半年で離縁した。日向守は二人が離縁したことも当然知っており、信定と信秀が大和守に遠慮して、継室を今まで置いてこなかったことも感じ取っていた。その信秀がはっきり雪姫を欲しいと言った。それも継室に迎えると。

「確かにわが弾正忠家は、清洲城の三奉行家の一つではあるが、この信秀はそれも父信定までと考えており申す」

信秀は覚悟をきっぱりと言った。それは清洲城との絶縁宣言とも取れる。

「そこまでお考えか、さすれば戦になりますぞ。よろしいか？」

そう言って炉端の日向守が信秀を見る。上がり框に控えている弥五郎と甚八は緊張していた。すでに二人はこの日の清洲城の動きを訝《いぶか》しいと察知している。日向守信房の閑居を囲まれたら、斬り抜けて逃走するのは難儀だと考えていた。そうなるかもしれない切迫感があった。

「乱世でござれば、いずれ戦わねばならぬ相手かと、常々そのように考えております」

「なるほど……」

日向守信房は瞑目《めいもく》すると暫《しば》し考えていた。信秀の危機が身近に迫りつつあると思う。

「雪、入りなさい……」

大切に育ててきた娘を手放す時だと思って呼んだ。

「はい！」

　隣室から返事がしてお雪が現れた。

　二人の話を金吾と一緒に密かに聞いていたのである。行儀のいいことではない。

「雪、三郎殿がそなたを継室にと望んでおられる。父はそなたの思い次第とするが、どうか？」

　その場の視線が輝くばかりの雪姫に注がれた。金吾がお雪の傍に心配そうに座った。

「お父上さま、三郎信秀さま、雪は謹んでお受けいたしたく存じまする」

　その澄んだ瞳が日向守信房を見てから信秀を見た。きっぱりとした嫁ぐ覚悟だ。控えていた甚八はなんと美しい姫さまかと瞬きすら忘れている。

「ということでござる。三郎殿、よしなに……」

　小嶋日向守信房が頭を下げると雪姫の継室が決まった。

「そなたも狙われるからすぐ仕度をして勝幡の城へ行け。今夜、三郎殿がここにいるのは危ういのじゃ……」

「はい！」

「心遣いまことに有り難く存ずるが、その猶予とてなく、お雪殿の仕度は無用でござれば、勝幡城までこのまま走りまする」

「うむ……」

日向守がうなずいて了承した。

信秀を討ち取るために清洲城の者たちが動いているのだろうと感じた。

「甚八、外を確かめろ！」

「はッ！」

弥五郎が配下の甚八に命じる。甚八はサッと上がり框から消えた。

この時、弥五郎は清洲城の動きを間者の報せで知っていた。そのことはすでに信秀にも知らせてある。金吾も外に出ていった。これから信秀、雪姫、弥五郎と甚八の四人が清洲城下を突っ切って逃げる。どこで狙われるかわからない。

「祝言には必ず！」

そう言うと信秀は初めてお雪の手を引いてニッと微笑んだ。

「分かりました。城まで気を付けて……」

「それではまた！」

信秀とお雪と弥五郎が暗い外に飛び出した。もし逃げ切れなければ信秀と雪姫は死ぬ。

信秀は素早く騎乗してお雪の手を引くと、軽々と馬上の鞍の前に乗せた。「ご免！」そう挨拶して日向守と金吾に見送られて垣根の外に出た。危険を知っているかのように黒鬼が走りたがる。手綱を引いて信秀はあたりの暗闇を見回す。

「殿、何やら怪しい成り行きのようで……」

甚八が信秀の傍に馬を並べてきて敏感にあたりを窺っている。

「古狐め、わしの命を狙うとはおもしろい。取れるものなら取ってみろ……」

「敵は十四、五人でしょうか？」

せせら笑って弥五郎が闇に目を凝らす。

「清洲の奴らめ……」

甚八が憎々しげに呟いた。

「この道を一気に城まで駆け抜ける。行くぞ！」

信秀は日向守に馬上から一礼した。

「お雪、いいか？」

「はい！」

「弥五郎、甚八、続けッ！」

信秀が叫んでピシッと鞭を入れ闇の中に黒鬼が走り去っていった。微かな月明かりに三騎の主従が疾駆する。間一髪で虎口を逃れた三騎はまっしぐらに勝幡城を目指した。闇夜の逃走である。暗闇から矢が飛んできたが、あまりにも遠矢で道端にカチッと落ちた。

「お雪、安心致せ。この黒鬼に追いつける馬は尾張にはおらぬ！」

「はい！」

黒鬼はお雪にやさしく振り落とすようなことはしない。

小嶋日向守信房の息女、雪姫の運命を乗せた黒鬼が、風の如く星明かりの清洲城下を駆け抜けていった。黒鬼は毎日、信秀に鍛え上げられた名馬である。瞬く間に弥五郎と甚八の馬が引き離された。追ってくる気配がなく、弥五郎と甚八が道端に馬を止めて後ろの様子を見ている。

「頭、逃げ切ったようだな？」

「うむ、危ないところだった……」

二人は馬を走らせず並んで馬を歩かせる。

二里半の道をほぼ半ばまで黒鬼は全速力で駆け抜けた。鞍前のお雪は信秀にしっかり抱かれている。

「どうッ、どうどう……」

信秀が黒鬼の手綱を引いて止める。騎乗したまま道端で弥五郎と甚八を待った。

「大丈夫か？」

「はい……」

「そうか、危ないところだったが、上手く逃げ切れたようだ」

そう言うと信秀がお雪を強く抱きしめた。四年間も信秀が愛し続けた姫である。なんの言葉もなくても二人の気持ちは通じ合っていた。お雪は幸せだと思う。

そんな二人に弥五郎と甚八の二騎がようやく追いつくと、黒鬼を中に三騎が勝幡城に向かった。大和守達勝の狙いすました襲撃だったが、弥五郎たちに見破られて易々と信秀に逃げられた。ここから清洲城と勝幡城の間が目に見えてこじれていく。まさに水と油のように大和守家が信長《のぶなが》に潰されるまで不仲だった。

痼癖

「雪、名は吉法師《きっぽうし》と決めたぞ」

信秀が墨書した紙を広げて見せた。

「吉、法師……」

「うむ、きっぽうしだ」

「きっぽうしさま……」

小さく呟いて傍らの子を愛しげにお雪が見た。

「吉はめでたいとか良いことがあるという意味だ。法師は信心深いそなたの子だから、法師のように立派な人になれという意味もある」

「ありがとうございます」

生まれた翌日、信秀は嫡男の名を吉法師と決めた。

「良き名であろう」

「はい……」

「良く育つ名だと思うてのう」

「はい、殿、雪は乳の出が良くありません。良き乳母はおりませんでしょうか？」

雪の疲労は激しく、信秀は細いお雪の手を握っていた。

赤子は腹を空《す》かしてギャアギャアとうるさく泣き叫んでいる。吉法師の名を自画自賛した信秀はお雪の言葉に慌てた。乳の出が良くないということはよくあること。いずれはと考えていたが、乳母を急がなければならなくなった。

「わかった。家臣の妻の中からすぐ乳母を探そう。心配いたすな。よく乳の出る乳母をすぐ連れてまいる。杢庵？」

「はい、奥方さまの仰せの通りにございます。少々乳が足りないかと……」

「よし！」

信秀は大急ぎで大広間に出ていって政秀を呼んだ。

「殿？」

政秀は信秀の顔色を見て何事かと心配になった。

「監物《けんもつ》、雪の乳の出が良くないということだ。急いで乳母を探せ、今日中にだ」

「き、今日中に？」

「そうだ。赤子が腹を空かして泣いておる。早くせい！」

信秀が主座で脇息《きょうそく》を抱いた。

「それは一大事でござる。早速、乳母を探さねば。子を産んだ家臣の妻は確か？」

政秀が慌ただしく座を立ちかけた。

「待て政秀、こうなったら身分は問わぬぞ。町家の者でもよい。兎に角、たっぷりと乳の出る女じゃ、急げ。赤子が泣いておるのだ」

「はッ、早速、連れてまいりまする！」

政秀が去ると信秀はしばし瞑目。雪姫の衰え方が尋常でないと信秀は気づいている。素人目にも生気がなく痩せているようなのだ。

「杢庵を呼んでまいれ！」

信秀に命じられた小姓が杢庵を呼びに向かう。雪姫のいるところでは聞けないことである。小姓が杢庵を引きずってくると、信秀は大広間の主座で沈思していた。どう考えても尋常ではないように思う。

「杢庵、雪のことだが、産後の疲れとは思うが、体調が思わしくないように見える。大事ないか？」

「はッ、少々……」

「しかと申せ。少々とはなんだ？」

「奥方さまの食が進みません。少々熱があるように思われます」

「熱があるだと、なぜだ？」

「産褥熱《さんじょくねつ》と思われますが、経過を見ておるところにございます」

「産褥……」

信秀が力なく目をつぶった。その言葉に聞き覚えがある。

お雪の力ない顔がまぶたに浮かんだ。産後の産褥熱は原因不明で母親の命を奪うことがあると聞いた。熱が下がらないと危険だという。多くの母親がこの病で命を奪われたというのだ。まさか雪姫がそんなことになるとは信じられない。

信秀にはこれまでお雪ほど愛した女はいない。その美貌もさることながら、雪姫は凛とした気品に、隠れた強靭な意思と聡明な頭脳の持ち主だった。誰にでも優しく家臣たちが言ったように勝幡城の観音さまであり、すべての兵たちに愛された天女である。そんなお雪にはなんとしても元気になってもらいたい。

「杢庵、なんとかいたせ……」

「はい……」

だが、産褥熱が続くようだと手の施しようがないことを杢庵は知っている。

しばらくして政秀が赤子の乳母を連れて戻ってきた。

「殿、足軽頭、山崎五助《やまざきごすけ》の女房、おときを連れてまいりました。一ヶ月前に子を生《な》しておりますればたっぷり乳が出るそうにございまする」

「うむ、おときとやら赤子が腹を空かしておる。すぐ乳をやってくれぬか？」

「はい！」

おときは平蜘蛛《ひらぐも》のように信秀に平伏している。尻の大きく丈夫そうな女だ。

「政秀、おときを奥へ連れていけ、杢庵が雪を見ておるゆえ、別室でな……」

「はッ、そのようにいたしまする」

政秀とおときが去るとまた脇息に凭《もた》れて瞑目する。「雪、死ぬな！」と信秀の心が不安に駆られて叫んでいた。産後に母親が死ぬことが少なくないと信秀は知っている。産後の肥立ちと言って子を産んで四、五十日は、懐妊する前に戻る大切な時と言われていた。滋養のあるものを食し無理をしてはいけないと言われている。

中には畑で子を産んで懐に入れて帰り、三日後には仕事をしているなどという女豪傑もいた。こういう女を妻にした男は果報者で、まことに以ってめでたい限りなのだ。

「殿……」

政秀と杢庵が沈痛な顔で信秀の前に平伏する。

「どうした？」

薄目を開けて信秀が聞いた。

「はい、奥方さまには産後の疲れが出ております。少々食も戻ってきておりまするが、ただ……」

「ただ、なんじゃッ！」

信秀が苛立つように身を乗り出して聞いた。

「はッ、心の臓が少々弱っておりまするかと……」

「なにッ、心の臓だとッ？」

信秀が顔色を変えた。

「殿……」

政秀も気が気ではない。産褥熱のことを信秀から聞いている。

雪姫の容態は快方には向かわず、むしろ悪化しているのではと思われた。

「薬湯を差し上げてまいりましたので……」

杢庵は自信がなさそうだ。

「さようか、ご苦労であった……」

杢庵が下がると信秀は小姓も退け、政秀と二人だけの話し合いになった。

「監物、雪のことだがどう見る。杢庵の見立てでは産褥熱と、心の臓が弱っているとのことだ。聞いたであろう。どこでもいいからこのようなことに優れた者はおらぬか？」

「されば殿、津島の唐庵《とうあん》はいかがでございましょうか？」

政秀が即座に答えると、信秀は津島の唐庵を思い出そうとする。

「確か、京から来たという者であったな？」

「はい、その唐庵でございます」

「すぐ与三右衛門《よそうえもん》に連れてまいれと命じよ、それに弥五郎を呼んでくれ……」

「はッ、畏《かしこ》まってござる」

政秀が大広間から出ていくと、信秀は早く手を打たないと、お雪の病が手遅れになると思った。杢庵と唐庵だけでは駄目だと思うのだ。そこへ政秀と入れ替わるように雪姫の侍女が慌てた顔で現れた。

「どうしたッ、雪か、赤子か？」

「は、はい、あのう、吉法師さまが乳首を嚙むそうで、乳母のおとき殿がたいそう痛がっておりますが、どのように……」

「赤子が乳首を嚙むのか、それは癇癖《かんぺき》じゃな」

「はい、奥方さまの乳首は嚙まぬのですが、乳母のおとき殿の乳首を嫌がりまする。他に乳母を探してみとうございまする」

「うむ、杢庵に子を生した女を聞いて、その方らで当たってみよ」

「はい！」

お雪の侍女が慌ただしく下がっていった。

しかし、吉法師はお雪の乳首以外は受け入れず、乳母を次々と変えることになり、侍女たちの奔走が始まった。乳首を嚙むというのは珍しく、乳母たちが次々と辞退する。赤子に乳首のことなどわかるはずがないと思うが、癇《かん》が強いのか、歯がなくても嚙まれると相当に痛かった。

「吉法師さま、母と同じじゅえどうか乳を飲んでおくれ……」

お雪が吉法師に懇願するが、乳首が変わるとグニャと嚙んでしまう。あまりの痛さに乳母が泣いて辞退するのだ。信長には生まれながらにして歯が生えていたなどと言うが、大嘘である。癇癖が強すぎて次々と乳母の乳首を嚙んだのである。

こうなると兎に角、誰でもいいから頭数を揃えて、吉法師が嚙みつかない乳首を探すしかない。

手当たり次第に乳の出る女が城に呼ばれた。

愛染

すなわちむさぼり愛し、とらわれて染まるを愛染《あいぜん》とは言うなり。仏は大いなる煩悩《ぼんのう》だと言う。だが、人はその愛がなければ生きられないのだ。

政秀が間者頭の弥五郎とその配下の甚八を連れて戻ってきた。

「与三右衛門殿が騎馬三騎と兵を引き連れ津島に向かいましてございまする。夜分には戻るかと……」

「うむ、政秀、京からも医道の優れた者を探して、連れてくることはできぬか？」

信秀は雪姫を助けるためあらゆる手段を考えている。杢庵と唐庵だけでは心もとないと思う。京の医師なれば助ける何か良い手立てがあるかもしれない。雪姫を助けたい信秀は藁《わら》をも摑みたいのだ。

「弥五郎、京の高太夫《こうだゆう》三兄弟に繋ぎはつくか？」

「はッ、つきまする！」

弥五郎も心配顔で答えた。

「弥五郎、甚八、雪の具合が良くないのだ。杢庵の見立てでは産褥熱の他に心の臓が弱っておるということだ……」

「心の臓が？」

信秀の言葉に二人は信じられない顔をした。

だが、信秀のあまりの落胆ぶりに二人の血相が変わった。

これはただごとではないと思う。甚八は日向守と雪姫が清洲城下で閑居住まいをしていたころから知っているだけに、今にも泣き出しそうな顔になった。なんとかしなければならない。雪姫を守ってわずか三騎で危機一髪、清洲城下を脱出したことが脳裏に浮かんだ。

姫さま死ぬな。この甚八が京まで走りまする、と雪姫のため甚八は京に向かう決心をする。何がなんでも京の天下一の医師を連れてくる覚悟だ。

「京の三兄弟のところまで走ってくれ。なんとしても雪の病を治したいのだ。津島の小嶋殿に申し訳が立たぬ。吉法師にもな、すぐ発《た》てるか？」

「はい！」

「行ってくれ……」

「はッ、一命にかえても三、四日のうちには、京の医師を攫《さら》ってでも連れてまいりまする！」

緊急を要する事態を理解した弥五郎が覚悟を口にした。産後の雪姫の命が危ないと直感する。こんな時こそ間者の機動力を発揮する時なのだ。

「うむ、但し、帝《みかど》の薬師だけはならぬぞ。わかっておるな？」

「はッ、では、すぐ行ってまいりまする！」

「馬で行け！」

「はッ！」

覚悟の二人が大広間から消えた。

頭の弥五郎と配下の甚八が京に向かって馬を飛ばす。木曽川を越えて美濃《みの》に向かい井ノ口で東山道に出て、長良川《ながらがわ》、揖斐川《いびがわ》と越えて一気に京へ走る。京には高太夫、親《しん》太夫《だゆう》、善太夫《ぜんだゆう》という三兄弟の間者がいる。その三人に会えば医師の目途は立つはずだ。

「政秀、吉法師がおときの乳首を嚙むそうだ。痛がって泣いているとのことだ」

「それは癇癖ですな。強き武将になりましょう」

政秀が嬉しそうに言った。

「うむ、だが、おときの乳首を嚙み破るかもしれぬぞ。女どもに他を探せと命じたのだが、政秀、どこぞに雪に似た女はおらぬものか？」

信秀が困った体《てい》で脇息を抱き政秀を見る。沈痛な顔は二つ三つ年取ったようにさえ見えた。愛する雪姫の危機に信秀は落胆し、なんとかしたいと思う一方、吉法師の癇癖にも心を痛めている。乳母の乳首を嚙むようでは困るのだ。

「殿、雪姫さまのようなお方は、この日の本のどこにもおりますまいて……」

「そちは大袈裟だのう」

「いいえ殿、雪姫さまは美しく聡明で凜としておられまする。男であれば尾張一国はおろか、この国中に名を馳せる武将になりましょう」

「確かにそうかもしれぬな。戦も強いか？」

「はい……」

信秀が政秀の考えを素直に認めた。雪姫には人にはない気品というか威厳というか、誰をも魅了する輝きがあると思う。その雪姫の命が危なくなっている。

「余はまだ、尾張一国も手にしておらぬわ、雪に劣るのやもしれぬな？」

「殿はまだこれからにござりまする。尾張どころか美濃、三河とまだまだ……」

「うむ……」

政秀が励ましたが信秀は脇息を抱えて何か考えている。

心配して家臣たちがぽつりぽつりと広間に現れるが、重苦しい城内の雰囲気にすぐ姿を消してしまう。その頃、弥五郎と甚八は夜を日に継いで馬を飛ばしていた。

「熱田の大神さま、雪姫さまの命を助け給え……」

尾張の人を救ってくださるのは熱田の大神さまなのだ。甚八はそう信じている。弥五郎と甚八の二騎は湖東の道を瀬田の唐橋に向かって駆けた。

その夜遅く、津島から与三右衛門に連れられて唐庵が勝幡城に駆けつけた。日向守と金吾も一緒だった。

杢庵と唐庵が二人でお雪の看病にあたることになった。唐庵は勝幡城に留まり、杢庵は一旦城下の家に帰った。雪姫の容態は好転せず悪化している。信秀の手を摑んで病床に起き上がろうとする。赤子に乳をやろうとした。あまり食を取らないからほとんど乳は出なかった。

「雪……」

「殿、吉法師が乳母の乳を嚙みまする……」

「それは案ずるな。乳母は何人もおるから心配はない」

「はい、お父上さま……」

「雪……」

「和子さまにございます」

「うむ、吉法師は乳母の乳首を嚙むほど元気な子だ。間違いなく天下を取るほどの強い武将になる」

「はい……」

「姉上！」

「金吾、吉法師さまと遊んでおくれ……」

「はい！」

その三日後、京から高太夫兄弟と弥五郎、甚八の馬に乗せられて、京の名医である石庵周哺老《せきあんしゅうほろう》がよろけながら勝幡城に到着した。弥五郎と甚八は雪姫を助けたい一念で必死で戻った。馬など滅多に乗らない石庵は大いに迷惑である。

二人はこの数日ほとんど寝ていなかった。さすがに鍛え上げられた間者の二人もフラフラで戻ってきたのだ。

唐庵は懐かしい老いた自分の師を迎える。唐庵は津島にくる前は京で石庵の弟子だった。


「おうッ、石庵さま！」

「どうじゃな、奥方さまの様子は？」

「はい、芳しくありません。心の臓がだいぶ弱ってきております」

「どれどれ、織田さま、奥方さまを拝見して宜しいかな？」

「よしなに、お願い申しまする」

　こうなると信秀と政秀は見守るしかなかった。冴えない顔の唐庵が石庵を連れて奥に向かう。雪姫の病状は思いの外悪化していたのだ。

「高太夫に親太夫と善太夫、わざわざ京から大儀。弥五郎と甚八もご苦労であった。急なことであったがよく石庵殿を連れてきた。雪の回復を祈ってくれ……」

　信秀は力なく脇息を抱えて目をつぶった。もうやるべきことはないのだ。天下の名医がどう見立て、どう治療するのかだけが残された道だ。その一縷《いちる》の望みに信秀はすがるしかない。毎日、雪姫を見てきた信秀には相当悪いとわかる。

「殿、それほどに……」

　高太夫が心配顔で聞いた。

「うむ……」

信秀は力なく頷いた。

「高太夫殿、疲れたであろう。下がってお休みなされ……」

政秀が、京から急遽駆けつけた三兄弟と弥五郎と甚八を労《ねぎら》った。大広間で首を揃えて心配していても仕方がない。

「みなもそうしてくれ、高太夫、お竜《りゅう》は達者でおるか？」

「はッ、兄弟三人、毎日叱られております」

「そうか、そんなに元気か、いつまでも心配を掛けてすまぬと伝えてくれ」

「勿体ないお言葉にござりまする！」

高太夫の母、お竜は一刻、幼い信秀の乳母であったことがある。次男の親太夫と信秀は乳兄弟ということになる。みなが去ると再び大広間は政秀と二人になり沈黙に包まれた。勝幡城を出た甚八は清洲城下に近い家に帰らず、馬を飛ばして一気に熱田に向かった。なんとしても雪姫の命を助けてもらいたい。いくら若くても寝ていないのだから馬から転げ落ちそうになる。

熱田神宮の下馬まで行った時、半分寝ている甚八はドタッと馬から落ちた。

「痛えな。情けねえ……」

ブツブツ言いながら拝殿の前まで行って祈る。

「天照大神《あまてらすおおみかみ》さま、日本武尊《やまとたける》さまの奥方さま、助けてもらいたいんだ。実は勝幡城の雪姫さまが死にそうなんだ。おれの頼みじゃ駄目だろうか？」

甚八が願ったのは大神、天照と、尾張の国　造《くにのみやつこ》の姫であり日本武尊の妻という宮簀《みやす》媛　命《ひめのみこと》であった。女の神さまなら姫さまを助けてくれるように思う。

診察が済むと唐庵に薬の処方を言いつけ、しばらくして京の医師石庵周哺老が大広間に戻ってきた。

「周哺殿、いかがでござろうか？」

政秀がなんとかなるという朗報を期待して聞いた。

「織田さま、平手殿、この際だから正直に申し上げまする。この周哺が拝見しましたところ、あと半月ほどかと見立てました」

「は、半月？」

「はい……」

信秀は周哺の無情な死の宣告に絶句するしかない。雪姫はあと半月しか生きられないと言う。仏は無慈悲か。お雪がどんな悪いことをしたというのだ。だが、もう言葉にならなかった。

「この周哺、力の限り努めまするが一ヶ月は無理かと存ずる。難産だったゆえ、体内の血が少なくなり、出産の折に亡くなられても不思議ではありませんでした。奥方さまはその苦難を乗り越えられました。なんと強きお方かと感服いたしまする。さりながら、回復は望めない状況にございます。熱も下がっておりません」

老医師が気の毒そうに信秀を見る。

「石庵殿、どうしても回復は叶わぬのか？」

政秀が信じられぬと言わんばかりに周哺に食い下がった。

「平手殿、こればかりは叶いません。奥方さまの天命にござるでな。残念ながら神仏の手にゆだねるしかないのです」

周哺がきっぱりと言い切った。雪姫の命はもう助からないということだ。

「雪姫さま……」

無念である。政秀の目からどっと涙が溢れた。

「周哺殿、よしなにお願いする……」

「畏まりました」

落胆した信秀が雪姫への愛を断ち切るように覚悟を決めて言った。むさぼり愛し、とらわれて染まるを愛染と言うなり。信秀の心はお雪の雪色に染まっている。わずか一年で雪姫は生涯の愛を使い果たしたのだ。

「政秀、津島に戻られた雪の父に知らせてくれぬか……」

信秀が項垂《うなだ》れて政秀に命じると周哺が静かに座を立った。今生に別れる死の宣告をする石庵もつらい役目である。

「殿、無念でござる……」

慟哭《どうこく》する政秀は大粒の涙を零《こぼ》した。

「監物、泣くな。雪は吉法師を残してくれるのだ！」

「はい……」

信秀は政秀を厳しく叱りながら、自らの溢れる涙を拭わなかった。人の生死は人知の及ぶところではない。それをわかってはいるが雪姫はあまりにも若すぎる。勝幡城の灯が消えるように雪姫の命が燃え尽きていった。

「殿、吉法師のことを……」

「うむ、しっかり育てるから、約束する」

「お父上、吉法師のことを……」

「わかった。心配するな」

「はい……」

雪姫の指を吉法師は小さな手でしっかり握っている。

医師石庵周哺老が見立てた如く、小嶋日向守信房の息女、織田弾正忠信秀の継室、吉法師こと後の織田信長の生母、雪姫はその短すぎる十九歳の生涯を閉じた。もう雨の季節に入っている。

夏を迎える勝幡城は夜半からの雨の中で寂しげに泣いていた。

城下も降りしきる雨の中で泣いている。雪姫は吉法師を産むためだけに、勝幡城に舞い降りた天女だったのだ。乱世を憐れんで仏が遣わした観音菩薩だったのかもしれない。ここにその百年に及ぶ乱世を薙《な》ぎ払う覇王が降臨した。

その美貌と聡明さゆえに、勝幡城に舞い降りた天女と慕われ、すべての家臣や民百姓にまで愛された雪姫は、勝幡城の大広間の主座に眠るが如く横たわっていた。死してなお雪姫は美しかった。

最下座に平伏した間者の甚八が号泣している。

甚八の祈りが熱田の宮簀媛命に届かなかった。雪姫を助けられなかった無念さが涙になっていた。

土田

雪姫の死の悲しみを拭い去るように、晩秋に入って信秀は長老の叔父織田七郎秀敏《しちろうひでとし》こと信定の末弟以下の重臣を勝幡城の大広間に召集し、美濃、三河、尾張の情勢について談合した。早々と年寄には火鉢が振る舞われた。

「このところ、一段と寒くなり申したのう……」

宿老の林八郎左衛門通安《はやしはちろうざえもんみちやす》が手を炙《あぶ》りながら七郎秀敏に語りかけた。

「さよう、八郎左衛門も歳を取ったな、こう寒いのは美濃あたりは雪であろうか？」

「いかにも、今年は大雪ではないかと思う」

秀敏も手を炙りながらさりげなく美濃に話を向けた。

大広間の主座には信秀が座し、右側に秀敏、飯尾定宗《いいのおさだむね》、織田造酒丞信房《みきのじょうのぶふさ》、織田主水正《もんどのしょう》、信秀の弟の与次郎信康《よじろうのぶやす》、孫三郎信光《まごさぶろうのぶみつ》、四郎次郎信実《しろうじろうのぶざね》、孫十郎信次《まごじゅうろうのぶつぐ》などの一門衆。

左側に宿老の通安、家老の寺沢又八《てらさわまたはち》、又八の弟の毛利藤九郎《もうりとうくろう》以下、平手政秀、青山《あおやま》与三右衛門信昌《のぶまさ》、内藤勝介《ないとうかつすけ》、若い佐々隼人正勝通《さっさはやとのしょうかつゆき》、赤川彦右衛門景弘《あかがわひこえもんかげひろ》、神戸市左衛門《かんどいちざえもん》、林新五郎秀貞《はやししんごろうひでさだ》などが顔を揃えていた。

近頃、小嶋日向守信房が推挙した近江出身の村井吉兵衛貞勝《むらいきちべえさだかつ》と、島田所之助秀順《しまだところのすけひでより》が末席に借りてきた猫のように座っていた。この二人は信秀に重く用いられることはなかったが、信長に才能を認められ京の所司代など重職を務めることになる。

「美濃との小競り合いも絶えないが、三河の松平清康《まつだいらきよやす》の動きも気になるところだ。みなの考えを遠慮なく聞きたい！」

信秀は居並ぶ家臣にそう語りかけた。

するとまず、老体をおして出かけてきた通安が口火を切った。

「美濃の将左衛門《しょうざえもん》からなんぞ報せはござらぬか？」

「美濃から三日前、お六《ろく》とお仙《せん》が戻ってきたが、その話によると越前《えちぜん》に追放された土《と》岐政房《きまさふさ》の嫡男、頼武《よりたけ》が反撃の機会を狙っているようで、いよいよ蝮《まむし》が穴から出てくるやもしれぬとのことでござる」

昨夜、間者のお仙から寝物語に聞いた美濃の情勢を信秀が披露した。

信秀に女を教えたのはお仙である。信秀の女好きの責任はお仙にある。雪姫が亡くなり寂しくなった信秀は、お仙との仲を復活させたのである。お仙はすべてわかっていて信秀の求めに応じた。お仙とその母お六は美濃を探索していて、時々尾張に出てきて、美濃の状況を信秀に復命する。

この頃の美濃は尾張以上に混乱していた。後の蝮の道三《どうさん》が噛みついたこともあるが、土岐家の混乱はやはり相続の問題からだった。土岐政房の父成頼《しげより》は弟の元頼《もとより》を溺愛して、政房を廃嫡《はいちゃく》にしようとしたことから始まる。土岐元頼は後の明智光秀《あけちみつひで》の父親といわれる人だ。その元頼には守護代の斎藤利藤《さいとうとしふじ》が味方し、政房のほうには利藤の弟斎藤妙純《みょうじゅん》が味方して戦う。

この戦いで元頼が敗れて自害する。

ところが妙純が近江の六角《ろっかく》と戦い戦死すると、小守護代の長井長弘《ながいながひろ》が力をつけてきた。その長弘の家臣に蝮と呼ばれる男がいた。

土岐政房の嫡男が頼武だったのだが、政房は父成頼と同じように、頼武の弟頼芸《よりのり》を溺愛したために美濃は二つに割れて混乱。頼武には妙純の孫の守護代の斎藤利良《としなが》が味方し、戦いになって頼房は勝ったが、翌年には長井長弘が味方した頼芸が勝って頼武は越前に逃げた。そんな混乱の中で政房が亡くなると、頼武が越前朝倉《あさくら》の力を借りて美濃の守護になった。ところが弟の頼芸が土岐家の家督を狙って諦めない。

その頼芸には蝮が味方していたのである。

こうなると話がこんがらかって美濃の趨勢《すうせい》は誰にもわからなくなった。

名門土岐家の頼芸は蝮の力を借りて、美濃を手に入れることには成功するが、徐々に蝮の毒が回って衰弱して、ついに頼芸は美濃から追放され尾張に逃げてくることになる。

「頼武の後ろ盾は越前の朝倉でござるな？」

叔父の七郎秀敏が信秀に聞いた。

「いかにも、朝倉の他に六角が何やら画策しておるそうな……」

「なるほど、朝倉と六角が出てくれれば美濃は大荒れになる。頼芸と蝮だけではとても応戦できますまい。さて、どうしたものか？」

「さりながら蝮の力も侮りがたいものがある。井ノ口の金華山《きんかざん》に城を築きおったわ」

「おう、あの稲葉山《いなばやま》城は一筋縄では落とせないな」

宿老の林八郎左衛門通安が考え込んだ。この稲葉山には鎌倉期に二階堂《にかいどう》家が建仁《けんにん》の頃に築いた山城があった。その城を蝮が整備して自分の城にしたのだが、長良川を背にした大きな峰で伊奈波《いなば》神社に由来し、稲葉山、因幡山、金華山、破鏡山、一石山などという。高さは三十六丈あるといわれていた。もとは丸山という小山だったが一夜で三十六丈になったとの伝承がある。

信秀はこの美濃の混乱を黙って見ている気はない。

混乱に乗じて介入したいと考えてきた。お仙の話によるとその隙はいくらでもあるということだ。確かに頼武と頼芸兄弟が争っている美濃を、隣国の北の越前朝倉と西の南近江六角が狙うのは当然だ。南の尾張から信秀が手を出したくなるのも当たり前である。

だが、迂闊《うかつ》な介入をすると蝮に嚙まれるとわかっていた。

お仙も「蝮に嚙まれると痛いから……」などと無責任な言い方をした。猛毒の蝮に嚙まれたら痛いに決まっている。

「わしはこの美濃の混乱にどのような対応をするか、思案した結果、次のように考えておる。その策は四つばかりある」

「ほう、それは是非お聞かせ願いたい」

通安が身を乗り出した。

「策が四つとはさすがに殿だ。豪気なことよ……」

「まず一つ目の策だが、頼武、朝倉、六角に呼応して美濃へ攻め入る。が、この策だといずれ朝倉、六角がこの尾張を狙うやもしれぬ危険がある。次に二つ目の策だが、逆に土岐頼芸と蝮を後ろから援護することだ。この策は頼芸と蝮に貸しは作れるが、さて美濃が頼芸で治まるかだ。なにしろ猛毒の蝮がいるからな。そこで三の策だが、ここは動かずに静観しながら兵を養い足元を固めて、討って出る時は万全の態勢を作って臨むことである。しかし、この策では美濃攻めの機会を逃す恐れがある。さてそこで最後の四の策だが、この美濃の混乱に乗じて、美濃の中とその周辺の大名や武将たちに気脈を通じておく。つまりいざという時のために味方を増やしておくことだ。この他に良い策があるなら聞こう。どうか？」

信秀はこのところ考えてきた策を披露した。だが、この時すでに腹は定まっていた。兵力を考えると越前や近江に比べて、信秀の兵力はかなり少ないと思われる。ここでもし美濃に出陣して敗北するようなことになると、その先に兵を集めることが困難になることが考えられた。今持っている八千から一万の軍は虎の子なのだ。

どう考えても木曽川を越えて戦いに出るのは危険が大きいと思う。どうしても慎重にならざるを得なかった。出陣したら必ず勝って戻ることが何よりも大切である。そうしないと次の戦いに勢いが続かなくなる。

大広間に暫しの沈黙が澱《よど》んだ。

長老の叔父、七郎秀敏が静かに口を開いた。

「殿の腹の中は三の策と四の策ではないかと見るがどうかな？」

「いかにも、さすがは叔父上、申される通りでござる」

叔父に腹を見抜かれた信秀は少々苦く笑った。だが、それでいいと思う。それは叔父の秀敏の考えということにもなるからだ。

「なるほど、それならば納得だ。尾張はまだ美濃と同じようなものだ。噂に聞く蝮のような男はいないが、清洲城にはあの信友がいて兵力を整えようとしている。岩倉《いわくら》も油断はできない。このところ急に力をつけて一万ほどの兵を集めているのが三河の松平清康。東から今川《いまがわ》に押されているのか、この豊かな尾張の地を狙っているようだ。今、軍を動かして美濃に出ていけば尾張はがら空きの空き家になる。後ろに三河の松平軍が出てくるとこれは危険だ。方々そうは思わぬか？」

長老の叔父らしい慎重な言い分である。兄信定が築いた勝幡城と支配地を秀敏は守り抜く覚悟でいる。確かに三河の安祥《あんじょう》松平の清康は力をつけてきた。その清康と信秀は同い年なのだ。

「それがしも長老の考えに賛同でござる。空き家にすれば狙われるのは自明の理だ」

沈黙していた若い織田造酒丞信房が秀敏を援護する。

「されば、三の策と四の策で決まりでござろう。他に異存はござるまい？」

通安が早々と結論を出した。

「手っ取り早くわが方に気脈があるとすれば、美濃は可児《かに》の土田《どた》城主、政久《まさひさ》殿でござるかのう……」

宿老の林八郎左衛門通安が遠くを見るように呟いた。こういうことは年寄りがどこの家と、どこの家が繋がっていると詳しいものだ。そういう家と家との関係をよく知っている。何代も前のことまで知っている老人が少なくない。それが長老の秀敏や通安なのだ。

「土田政久殿といえば、確か与次郎さまに一刻仕えておられましたな。あの土田殿でござるか?」

家老の寺沢又八が通安に聞いた。

「いかにも、政久殿の父、土田秀久《ひでひさ》殿は尾張の小折《こおり》村の土豪、生駒《いこま》家から娘を妻に迎えてのう。その娘の産んだ子が政久殿じゃ、確か、秀久殿は腹に子が入ったまま生駒の娘を離縁したから、政久殿は生駒家で生まれ育ったはずじゃ」

このように老人たちは腹の中の子のことまで知っている。

恐るべし年寄りである。下手をするとその胤《たね》は他の男だなどと言い出しかねないのである。胤の出どころまで知っているのが年寄りだから怖い。通安が古い話を自慢げに披露した。

「これは恐れ入ったることかな。宿老殿は古いことには実に詳しい。感服の至りでござる」

寺沢又八の弟、毛利藤九郎がからかい気味に言ったが、通安の物知りに太刀打ちできないとわかっている。こういう古いことは歳をとっても忘れないのだ。

「無礼者め……」

通安が笑いながら藤九郎を叱ると、緊張していた大広間に笑い声が響いた。

「可児の土田といえば確か、その政久には十四、五歳になる姫がおったはずじゃが。のう八郎左衛門？」

秀敏も頭の中の記憶を引き出した。

「さよう、確か二人ござったな。同じ年頃の姫と聞いております。なるほど、ということは殿、まことに申し上げにくいことではあるが、その姫の一人を殿の継室になされてはいかがかと？」

通安は良い思い付きだと思って、いきなり信秀に土田家の姫との縁談を勧める。

信秀の言う美濃に味方を増やすという策にぴったりだ。可児の土田家なら尾張に縁者もいて、その姫の歳も十四、五ということなら申し分がない。何人も子を産んでくれるだろう。乱世の大名家には嫡男以外にも子は多いほうが良い。男の子は上手く育たなかったり若くして戦死することも少なくないからだ。

「なにッ、わしに嫁を取れと言うのか？」

雪姫のことを忘れられない信秀は突然のことに通安を睨《にら》んだ。

だが、そんなことぐらいで怯《ひる》んだりへこむような通安ではない。自分が正しいとなると頑固に説を曲げない。年寄りには間違っていても説を曲げない者がいる。そういうところが若い者に嫌われるのだが、それでも頑固一徹を通す偏屈者が少なくないのだ。

「いかにも、殿の新しい嫁でござる」

「八郎左衛門ッ。うぬはあの雪姫を忘れたかッ！」

信秀が気色ばんでむきになって怒りだすと険悪な空気が一瞬流れた。

だが、怯まない通安は強情に言い張った。

「忘れてはおりませぬッ。おりませぬが殿は雪姫さまのようなお方が、また現れるとお考えでござるか、それは未練でござる……」

そう言って涙脆《もろ》くなった宿老の通安が泣き出した。

「殿、堪忍してくだされ、この乱世は無情でござる。弾正忠家のことを考えこの老骨に免じ、雪姫さまのことは申されまするな。この通安も無念でござる。悔しゅうござる……」

通安の涙がこぼれ落ちた。

下を向いた何人かが通安と同じように泣いている。あの雪姫が亡くなったことは勝幡城の人たちの無念なのだ。姫を慕う信秀の気持ちは痛いほどわかる。だが、その痛みを乗り越えないことには勝幡城に未来はない。雪姫が命がけで残した吉法師のためにも、ここは一歩前進、二歩三歩と前に進まなければならないのだ。

雪姫と一緒に勝幡城まで滅ぶことはできない。

「八郎左衛門、余が悪かった。もはや、雪のことは言うまい。許せ。土田殿のことは叔父上とそなた、それに与次郎に任せることにいたす。みなで談合して良きように決めよ。政秀、これをまとめるのはそなたの仕事だと思え……」

潔く信秀は土田政久との話を進めるよう家臣に命じた。

美濃に織田家と通じる大名がいることは極めて大切だと誰もが考えている。大名家の婚姻はほとんどが政略なのだ。むしろ、雪姫のように城主に愛されることは少ない。婚約や結婚を決めるのは間違いなく利害得失を考えてだ。

「はッ、畏まってござります」

そう答えた政秀の目にも涙が浮かんでいた。

「それでは早速ですが土田殿に書状を認《したた》めまする」

沈黙していた与次郎信康が政秀に交渉の協力を申し出た。信康もこの婚姻が大切なのはわかっている。雪姫を失った兄信秀の痛手も充分に理解していた。だが、ここは林八郎左衛門の主張が正しいと思う。どんなにつらくても前に進むしかない。

「それは有り難きかな」

通安がそう言って洟《はな》をすすり上げた。

「与次郎さまの家臣であったことを失念しておった。申し訳ござらぬ」

信康に頭を下げて詫びた。

「いや、八郎左衛門殿、家臣といってもほんの一刻でござる。兄上のお役に立てればと思いまする」

「うむ……」

与次郎信康が穏やかに謙遜した。

林八郎左衛門通安は嬉しかった。信秀の右腕として信康は大きく育ってきている。あちこちで兄弟の不仲が囁かれ戦いにまでなっているのに、弾正忠家の兄弟は仲が良かった。

騒乱

美濃は蝮に嚙みつかれその毒がじわっと効いてきた。

この蝮という渾名《あだな》は死後に創作されたと考えられている。乱世においてはさほど有名な武将ではなかったともいう。その理由は出自にあるようだ。生年も出生地も定かではないが京の妙覚寺の法華僧だったことは事実のようだ。

家代々は北面の武士であったともいう。蝮の幼名は峰丸《みねまる》、得度して法蓮房《ほうれんぼう》といった。その妙覚寺での法友であった日護房《にちごぼう》が、美濃の常在寺の住職になったのを切っ掛けに、法蓮房は還俗《げんぞく》して松波庄五郎《まつなみしょうごろう》と名乗ったと伝わる。その後、油問屋の奈良屋の娘を妻として油売りになって山崎屋となった。その庄五郎に土岐家の家臣が、武家になることを勧めたため武芸を学んだという。

法友の日護房は日運《にちうん》と名を改めたが、その日運を頼って土岐家の家臣になろうとする。

庄五郎はうまいこと小守護代長井長弘の家臣になったのだ。

そこから蝮の才覚が発揮されることになった。長井家の家臣西村の家名を継いで西《にし》村勘九郎正利《むらかんくろうまさとし》と名乗る。土岐家の次男頼芸に接近してそれを助けて信頼を得ると、長井長弘を殺害して長井新九郎規秀《ながいしんくろうのりひで》と名乗った。やがて守護代の斎藤利良が病死すると、頭角を現した蝮がその後を継いで斎藤新九郎利政《としまさ》となり、間もなくして斎藤山城守《さいとうやましろのかみ》道三《どうさん》と号し、乱世の下剋上の梟雄《きょうゆう》となっていくのだ。

蝮は土岐頼芸に嚙みついて国盗りを仕掛けている。

蝮にとって、美濃が混乱すればするほど好ましかった。天文四年（一五三五）頃には戦火が美濃全土に拡大する。

二人の家督争いは頼武の死後に頼純《よりずみ》に引き継がれ、越前の朝倉と南近江の六角がからんで、まさに泥沼の戦いとなったが、そこに尾張の信秀がからめば、泥沼が溢れて大洪水になりかねなかった。そこで慎重な信秀は静観したのである。

美濃の騒乱が尾張に及べば対応するが、美濃の中での混乱に留まるなら信秀が動くことはない。むしろこの時、信秀が気にしていたのは三河の松平清康のほうである。

ところがやはり美濃の混乱は尾張にも及んでくる。

美濃の将左衛門の使いでお仙と幽鬼《ゆうき》が情勢を報せに戻ってきた。お仙を尾張に戻したのは将左衛門の気遣いである。お仙はいつも信秀と会いたがっていたからだ。

「幽鬼、老体にも拘《かかわ》らず大儀だな」

信秀が幽鬼老人に声を掛けて労った。

「有り難きお言葉かな、殿は優しいお方じゃ、このような老人を大切にしてくださる。お六婆などはこの老人の尻を叩いてこき使いおるのじゃ……」

お六に惚れていると言わんばかりに幽鬼老人が愚痴を零《こぼ》した。

「お六は老人を好いているのではないのか。女というのは好きな男には辛く当たるというぞ？」

信秀が幽鬼をからかうように言った。

「フエッフエッ……、殿さまはお六婆を女だと言うかのう」

口から空気の抜ける妙な笑いで信秀を見る。

「さようか、お六は女ではなくなったか。それは困ったことだな」

信秀が脇息を抱いてお仙を見た。お仙は袖で口を隠して笑っている。親子というよりは孫ほども歳の離れた二人の禅問答のようだ。お仙の傍で平手政秀も幽鬼老人のとぼけた言い方に呆れて笑っていた。お六も幽鬼も食えない年寄りなのだ。若い頃に二人の間に何があったかはお六の娘のお仙も知らない。

「ところで老人、美濃をどう見るか？」

厳しい顔で信秀がとぼけた幽鬼に聞いた。

「それは殿、国盗りを仕掛けている蝮に奪われます。間違いなく土岐家は斯波《しば》家のように滅びますので……」

「ほう、老人の見立てはそういうことか？」

「そこんところは後でお仙殿に詳しく聞いてくだされ、この老人から殿に申し上げたいことは、くれぐれも蝮を侮ってはならぬということです。あの男はなんとしても美濃を奪い取りたいと考えているようで、何をしでかすかわからない恐ろしさがあります」

「油売りが美濃一国を奪うか？」

「きゃつめはとんでもない策士でござる。そのあたりのことはお仙殿が詳しいので、殿もこんな老人の顔をいつまで見ていても、退屈でござろうから早々に退散いたしまする」

話を中途半端にお仙に譲り、気を利かしたつもりなのか、幽鬼老人は信秀に平伏して腰を上げてしまう。お六のいる美濃に早く帰りたい様子だ。老人は信秀とお仙の仲を最初から知っていた。お仙が若殿に手を出したとわかっている。お仙が殿を忘れられないのだと思う。

殿もお仙を憎からず思っていると見抜いていた。

「政秀、老人の酒の相手をせい」

「はい……」

信秀が傍の政秀に幽鬼の酒の相手をするよう命じた。

素面《しらふ》では逃げたがるが、酒好きな幽鬼老人が酔ってから政秀に何を言うか、信秀はそれが楽しみだ。政秀は強《したた》かに酒を飲ませろと言う信秀の考えをわかっている。常にはお六と酒を飲みながら愚痴を零しているのだろう。年寄りだけになんでも知っていて、政秀とは話の合いそうな面白い老人だ。

その夜、信秀の寝所にお仙が音もなく忍んできた。

それを信秀は寝ないで待っていたが、いつの間にか寝込んでしまうと影が現れた。

「わかさま……」

信秀の耳に口をつけて小さく呼んだ。目を覚ますと信秀がいきなりお仙を抱きしめてから、褥《しとね》に引きずり込んで着物を剝ぎ取って裸にしてしまう。

「お仙……」

「乱暴な若さま……」

お仙は信秀の最初の女だけに互いに遠慮がない。床上手で信秀は大いに気に入っている。

「若さまはいつまでも乱暴で上手になりませぬな……」

お仙が甘えるように呟いた。褥の中ではいつもお仙は信秀を若さまと呼んだ。

「さようか、お仙の手解きが足りぬのだ」

「まあ、若さまはいつもお仙のせいにして……」

「そうではないか、余の最初の女がそなたなのだから責任があるのだ。忘れるでないぞ」

「うん……」

お仙が乙女のように素直に頷いた。

「老人は何を言いたかったのだ？」

「シーッ……」

信秀の口をお仙が指で押さえた。二人はたちまち夢中になった。むさぼりし愛にとらわれて染まった最初がお仙なのだ。信秀にとってお仙はかけがえのない女だった。雪姫を亡くした信秀の戻るべきところはお仙なのだ。

夜半を過ぎた頃、信秀は疲れた体をお仙に抱かせながら、「老人の続きを……」とぼんやりお仙に聞いた。

このところ美濃と三河のことが頭にこびりついている。

「それは頼芸と蝮が将軍義晴《よしはる》と京の天子さまに、頼芸の美濃守護と官位を働き掛けていることです。それに頼芸は六角定頼《さだより》の姫を娶《めと》るということ……」

お仙が真剣な顔で信秀に言った。

「なるほど、六角と和睦して美濃守護になり、騒乱も頼芸が勝つということだな？」

「はい、間もなく正式に決まるということのようです」

お仙がフフッと小さく笑って悪戯っぽく信秀の顔を見た。

「なんだ、他にも何かありそうじゃな？」

「はい、今ごろ、酔っ払って老人が政秀さまに面白く話しておりましょう」

「ほう、面白い話とはなんだ？」

「若さまは知らなくても良いことです」

「お仙、話せ！」

「まあ、怖い……」

そう言って逃げるように裸のお仙が体を起こすといきなり信秀の口を吸った。その時、お仙の目が薄暗がりの中で少し笑っているのが見えた。

「言わぬのかお仙？」

「申し上げます。頼芸の深芳野《みよしの》というお気に入りの側室を蝮に下げ渡したのですが、これが問題で、深芳野を拝領したのかそれとも寝取ったのか、噂では寝取ったことになっているのです」

「ふむ、それでそなたらの調べではどうなのだ？」

「はい、深芳野と蝮が度々密会していたようで、子ができてしまったので、頼芸が仕方なく蝮に拝領させた形にしたということが真相です」

「間違いなく蝮の子か？」

「はい、その子は月足らずで生まれましたが間違いありません。頼芸が不在の時にできた子です。名は豊太丸《とよたまる》といいます」

後に蝮を殺すことになる斎藤義龍《よしたつ》である。

「それだけか、実は頼芸の子だというなら面白いのだがのう……」

信秀がそう言って愉快そうに笑うと、お仙も「フフッ……」と短く含み笑いをした。

「それで深芳野は美形か？」

「そのようなこと知りませぬ。若さま、もう行きませぬと夜が明けます。お仙も若さまのお子を産みますから……」

真顔で言って信秀の口を吸い、返事を抑えてから着物を丸めて持つと、裸のままサッとお仙が寝所から姿を消した。言語道断、笑止千万、大胆不敵な忍びのお仙だ。

花姫

土田政久の姫との政略結婚は、林八郎左衛門通安と平手政秀が小折村の生駒家を訪ねて、政久との面会の仲介を頼むことから始まった。

生駒家は尾張丹羽《にわ》小折村にあって、藤原良房《ふじわらのよしふさ》の子孫という名族だった。小折城と呼ばれるような大きな屋敷を持ち、灰や油などの商いや荷運びの馬借で繁盛していた。武家でありながら商人でもあり、飛騨《ひだ》方面から三河方面までと広く商いをしている。生駒家の当主生駒家宗《いえむね》は快く仲介の役目を引き受けた。土田家が勢いのある弾正忠家と縁を結ぶのは良いことだと思う。

大荒れの美濃で土田家は不安定である。弾正忠家が後ろ盾なら心強いことだ。

案の定、土田政久は織田弾正忠家との縁組とは願ってもないと好意を示す。

政久は自分の生国だけに尾張の状況に詳しかった。その上、土岐家の家督相続から始まった美濃の長い混乱に辟易している。あれこれ双方に理屈はあるだろうが、争いはもういい加減にしてくれということだ。美濃の人々はほとんどがそう考えている。

そんな時に生駒家から持ち込まれた弾正忠家との縁談で、土田家に異存のあろうはずがなかった。

むしろ願ったり叶ったりということである。

生駒家からの返答があって、林八郎左衛門通安と平手政秀が土田城に向かったのは、夏の終わりで芒《すすき》の穂がなびき、吹く風も涼しくなり始めた頃だった。老体の通安は時々馬から降りて休みながらの旅である。政秀にはさほど遠い道ではないが、年寄りの通安には馬上が相当に応《こた》えるようだった。

「政秀殿、度々のことですまぬな、歳は取りたくないものよ。しばし休みじゃ……」

そう言うと通安は馬から降りて腰を伸ばした。

「ご老体にご苦労をお掛けしますことに恐縮でござる」

「なんの、何はさておいてもこの話をまとめることだわ」

「はい……」

生真面目な政秀が同情しながら慰めるしかない。

「美濃もそろそろ静かにならぬといかんのだがのう……」

通安が美濃の山と空を仰ぎ見る。美濃が騒々しいと尾張も落ち着かないのだ。

「いかにも、家督争いの兄弟喧嘩はどこにでもありまするが、あまりにひどいと見苦しゅうござる。土岐家は二代にわたってですから……」

「さよう、それにしても蝮に嚙みつかれた頼芸殿は苦労することじゃろうて……」

通安らしい見立てを言う。だが、蝮がいないと頼芸は甥の頼純や越前の朝倉、近江の六角に勝てないのだから仕方がない。毒を食らわば皿までの状況になってしまっている。通安が小者に尻を押されて馬に乗るのを、政秀は気の毒そうに見ていた。太っていて体が相当に重いのだ。

「間もなく国境でござればしばらくの辛抱でござりまする」

通安を励ましながら政秀が馬首を並べた。

「どのような姫でござろうか。殿が気に入ってくださるかだ。気に入らなければ子は産まれませんから」

不安を口にした政秀はそれだけが心配だった。

あまり不仲では政略結婚の効果が逆になることも考えられた。半年もたたぬうちに離縁することになった織田達勝の娘、清洲御前の例がある。

「化け物でなければ、女などはみな同じじゃて……」

老獪な通安が悟り切った顔でケロリと言う。なんともひどい言い方で女が聞いたら怒り心頭だろう。

「化け物では、殿が可哀想でござる」

政秀が抗弁すると通安がニヤリと笑った。

「監物殿、殿は生来の女好きでござれば、いずれ何人もの側室を持つことだろうから心配はござらん。この度は美濃への足掛かりじゃ、土田政久殿もそのあたりは承知じゃよ。それにな、ここだけの話だが、化け物のほうが味が良いこともある。ハッハッハッ……」

高笑いをしながら通安が無邪気に、男と女のことは心配に及ばないと、政秀をニヤニヤ見て同意を求める。

「そうなのでございますか？」

「うむ、案ずるより産むが易しということだ」

「なるほど……」

通安はまったく心配していない。

美濃と尾張の国境には、土田政久の家臣が武装して通安と政秀の到着を待っていた。兵の数はおよそ五、六十である。二人は少し離れたところで下馬して近づいた。

「これはご苦労なことでござる」

通安が礼を述べると、五十がらみの二人の見知らぬ重臣と思える男が進み出た。

「遠路、ご苦労に存じまする」

通安と政秀に丁重に挨拶を返した。

「ここから城までお供仕《つかまつ》りまする。どうぞ、馬上にて……」

歩くのは大変だろうと通安の歳を心配して付け足した。

「それは有り難い」

通安は礼を言って馬に上ったが、小者は尻押しの手を貸さなかった。政秀はハラハラしながら通安を見ている。馬ではなく箱輿《はここし》のほうが良かったかと思うが、通安は暑くて狭苦しい輿の中が嫌いなのだ。そういう人は少なくない。馬上のほうが風が涼しくて気持ちがいいのだ。

土田政久の土田城に通安と政秀が入ったのは、西に日が傾き始める頃であった。まだ暑い日差しの中を来た二人は城門を潜って安堵する。もう日向《ひなた》で炙られる心配がない。土田城の城内に案内されると、広間には土田政久が娘と待っていた。

「この度は土田殿にご配慮を賜り、誠に有り難く存じまする。わが弾正忠からもよしなにとのことでござりまする。また、ご舎弟の与次郎信康さまからは書状を預かってまいりました」

通安が信康の書状を差し出し挨拶した。

政秀は政久の娘を見て安堵している。顔は十人並みよりは良いし、体つきは細からず太からず、ちょうどいい塩梅だろうと思う。土田家は多産系と聞いていたが、姫を見て納得だ。政久は信康からの書状を一読すると懐に仕舞い込んだ。

「早速ですがここにおるのがわが娘の花《はな》でござる」

そう言って政久が娘を紹介した。

「花でございます」

「おう、花姫さまは十五じゃそうな？」

「はい……」

花姫が笑顔で頷いた。

「お聞き及びであろうが美濃は見ての通りなれば、弾正忠さまの宜しいようにお取り計らいくださるよう……」

政久は他から故障の入るのを心配している。

美濃の大名家から尾張に嫁ぐとなれば、警戒する者が現れるかもしれない。

万が一にも花嫁を奪われるなどということがあってはならない。そういう心配を知ってか知らずか老獪な通安は、落ち着いたもので花姫の輿入れ計画を話す。

「されば祝言《しゅうげん》は早いほうが良かろうと存ずる。明後日、尾張の国境まで花姫さまにお出まし願いたい。弾正忠が家臣どもと揃って花姫さまを勝幡城まで護衛仕ります る」

そう言って通安が政久の心配を払拭した。

「心遣いかたじけなく存ずる。急なことにて持参するものとてないが、侍女を三人ばかり同道させたいが宜しゅうござるか？」

「結構です。何も心配なさらず花姫さまには身一つでお越しくだされ、まずは、当家と弾正忠家が入魂になることが何より、決して花姫さまを粗略にはいたしませぬゆえ、土田殿の心配はこの通安がお引き受けいたすでありましょう」

「うむ、そのように願います」

「畏まりました」

通安が約束すると政久が愁眉《しゅうび》を開いた。

政秀は、それほど美濃が荒れているのかと政久の顔色を窺った。事実、美濃は大混乱に陥っていたのである。油断して花嫁を人質に横取りされるなどということがないとは言えない。

この花姫が、信秀の継室となり花屋《かおく》夫人とか土田《どた》御前と呼ばれた女人である。

信秀は花嫁を格別には気に入った風もなかったが、土田御前はすぐ信秀の子を産むことになった。御前は五、六人ほどの子を産んだと伝わる。さすがと言うしかないが八郎左衛門通安の見立ては正しかった。

刺殺

年の暮れに入った天文四年（一五三五）十二月三日、三河に潜入していた弥五郎の組下の又蔵《またぞう》が、弥五郎と共に勝幡城の大広間に現れた。信秀は急ぎの用向きだと異変を見抜いた。

「急ぎだな？」

「はい。今朝、三河の松平清康が動きましてございます。兵力はほぼ一万、狙いは守《もり》山《やま》城でござりまする！」

「い、一万だと？」

「はッ！」

又蔵は明確に清康の狙いを守山城だと言い切った。

守山城の城主が弟の孫三郎信光《まごさぶろうのぶみつ》であることから、信秀はすぐ家老の寺沢又八に総兵力の動員と出陣を命じた。松平清康が守山城を狙っていることは、かなり前からわかっていたことである。清康が三河の城を次々と落として力をつけていることも知っていた。

「弥五郎、清洲は？」

信秀は何かあれば信友の動きを気にする。信友が清康と組んでいないかということだ。

卑劣な清洲城の彦五郎《ひこごろう》信友に、勝幡城を攻撃される可能性がいつでも残っていた。隙あらばと信友は信秀の後ろを狙っているのだ。正面からぶつかり合っては勝てないことを知っている。信秀を潰すためには美濃とでも三河とでも手を組みたいだろう。

「清洲に三河との繋がりはありません！」

「人の行き来はないのだな？」

「ございません。清洲城は厳重に見張っております。怪しいものが出入りすれば必ず追いまする」

弥五郎は即座に答え自信を顔に表した。

守山城は清洲城の支城で二里半ほど東にある。織田信光が兵二百余で三河の動きを監視している城だ。本来なら清洲城の兵が救援に出るべきなのだが、今は勝幡城の支城のようになっていた。

清洲城には救援に出せるほどの兵がいないのだ。

「又蔵、桜井松平の信定《のぶさだ》殿も出陣か？」

信秀の妹が松平信定の嫡男清定《きよさだ》に嫁いでいた。清康が動けば桜井松平の父子の動きが気になる。信秀の父が三河に打ち込んだ楔《くさび》が桜井松平なのだ。三河には松平を名乗る家が十六あるとも十八あるともいわれている。清康の安祥松平に桜井松平は仕えていたが、信定は清康に従う姿勢を見せなかった。

むしろ尾張の弾正忠家に接近して安祥松平を乗っ取りたいのである。

美濃の土岐家が二つに割れて混乱、尾張の織田家も三つに分裂、三河の松平家も身中の虫を抱えて大混乱になる兆しがあった。

「はッ、桜井の信定殿は動きません。密かな噂では清康の家臣、阿部《あべ》大蔵定吉《おおくらさだよし》が殿と内通しているといわれております る」

「なにッ、このわしと内通している者がいるだと？」

「はい……」

阿部定吉の名は聞いたことはあったが会ったことはない。

「ふむ、政秀、面白いな。桜井松平が何か仕掛けているのか？」

「そのように思われます」

政秀は謎解きの水を向けられたが皆目見当がつかない。だが、松平信定が清康に何か仕掛けているようには思う。政秀は首を傾げて考え込んでいる。すると突然に信秀が笑い出した。

「謎は解けたぞ。政秀、そちは手勢と城に残れ！」

そう言って信秀がまた笑った。そこへ武装した勝介と与三右衛門が入ってきたので信秀が笑顔を急に引き締める。

「兵は集まったか？」

「はッ、続々と集まってきております」

「うむ、それでどれほどの数になりそうか？」

「寺沢殿の見積もりでは八千から一万ほどかと……」

「ほう、そんなに集まるのか？」

信秀は一万と聞いて驚いた。総動員でも七、八千がいいところかと思っていた。

ところが実際に集まってきたのは一万五千近かったのである。いくら勢いがあり、尾張の虎という噂があるとはいえ、一万五千という兵力は半端な数ではない。大軍と呼べるほどの数で政秀はひっくり返りそうになった。

まずそんな大軍が食う兵糧がどこにあるというのだ。

政秀の頭は米蔵の米がどれだけあるかなのである。十二月だから秋の米を蔵に入れたばかりだから満杯だが、一万五千もの兵がムシャムシャ食ったら、来年の夏前には米蔵が空になってしまう。

常には人一人が一日に四合ぐらいを食うと勘定して蔵に入れる。

それが戦いの時は一人一日六合に勘定が跳ね上がるのだ。政秀は勝幡城の兵力を七、八千が上限と考えていたから、一万五千というのは誰が考えても倍になる。蔵の米が半年でなくなるではないか。

この戦いはごく短期間の戦いにしなければならない。日に九十石も兵糧を食われてはたまらない。一ヶ月で二千七百石、二ヶ月では五千四百石になる。米蔵から目に見えて米が消えていくだろう。兵が多いのは良いことだがあまり多すぎても兵糧の米が心配になる。

「出陣の仕度だッ！」

小姓に命じて信秀がバタバタと鎧を身に付ける。

「勝介に与三右衛門、夜半に出陣する。又蔵ッ、守山城の孫三郎に伝えろ、討って出てはならん。籠城《ろうじょう》だ。すぐ救援に向かう！」

「はッ！」

信秀は又蔵に命じて用意された床几《しょうぎ》に腰を下ろした。

清康の一万もの三河兵は大軍である。三百足らずの守山城の兵力では踏み潰される心配があった。孫三郎信光が踏ん張っている間に、素早い援軍が必要なのだ。一万五千の兵力なら申し分ない。清康軍の後方から襲いかかればいいのだ。

又蔵はすでに姿を消している。

政秀も城の守備兵を集めに大広間から姿を消した。米蔵の米も確認しておきたい。代わりに次々と武装した家臣が顔を揃える。誰もがあまりの兵の多さに驚いていた。

自分たちが総動員をかけたのだが、倍の人数で仰天だ。陣立てで兵の一人一人を確認する必要がある。槍を持った子どもが紛れ込んでいたりするからだ。どこの誰かを確認して書き残しておく必要があった。戦場に行くのは誰でも良いというわけにはいかない。

「権六《ごんろく》……」

小姓に取り立てたばかりの柴田《しばた》権六郎を傍に呼んだ。

権六郎は尾張上社《かみやしろ》村の土豪の子で、幼い頃から体が大きく乱暴な子だった。

「権六、みなに湯漬けを振る舞え！」

「はい！」

十歳の権六郎は歳より二つ、三つ上に見える。その顔を緊張させて大広間から飛び出していった。入れ替わりに武装した又八が戻ってきた。

そこに弥五郎の組下の孝之助《こうのすけ》が息を切らして到着する。

「三河の松平清康ッ、守山城を包囲する陣を敷く模様でございまする。攻撃は五日早朝あたりかと思われます！」

信秀に守山城の状況を孝之助がそう復命した。

その時、信秀は後ろに今川軍がいる可能性を考えていた。果たして清康が今川と手を組んで三河に今川の大軍を入れるかだ。それは考えにくい。そんなことをすれば今川軍に三河を乗っ取られかねないと思う。

「して今川の動きはどうなのだ？」

「はッ、今川軍の動きは伝衛門《でんえもん》が間もなく知らせてまいるかと思われます」

そう言って平伏すると孝之助が信秀の前から下がった。

「弥五郎、岡崎《おかざき》に入れてあるのは誰だ？」

信秀は又八が広げた絵図を見ながら聞いた。

「はッ、新蔵《しんぞう》と馬之助《うまのすけ》にござりまする。未だ報せがないところを見るに、敵の中に紛れ込んでいるものかと」

「うむ、清康はなかなかの男だ。守山城を狙うと見せて、わしが出ていくのを待っているのやもしれぬな。油断はできぬぞ……」

そう言いながら信秀は瞑目した。今川軍が出てくるのかを見極めたかった。信秀の考えでは清康は今川軍を三河に引き入れないと思う。

「おそらく守山城を攻めると見せて、真の狙いはこのわしであろう……」

信秀が同じことを呟いた。清康は決戦を仕掛けてくると考えられる。どうしても清康の本心はそこにあるとしか思えない。

「藤九郎、津島の大橋《おおはし》殿に出陣を願え、明朝、守山城の戦場にて待つと伝えろ！」

「はッ、畏まって候！」

藤九郎が座を立った。そこに今川軍の動きを探っている伝衛門が到着した。

「今川軍は動きません！」

「よし！」

少し遅れて間者の僧源《そうげん》が到着した。

「殿ッ、お耳に入れたきことがあり立ち戻りましてございます」

初老の間者が弥五郎と信秀の前に出た。湯漬けが振る舞われ座が和むと、弥五郎が小声で信秀に伝える。

「松平信定殿のことでございまする」

「んッ……」

信秀は眉を寄せ湯漬けの椀を権六郎に渡すと身を乗り出した。

「聞こう。僧源、話してみろ！」

「はい、すでに又蔵からお聞きかと思いますが、阿部定吉が殿と内通しておるとの噂の出どころは信定殿にございます」

僧源が呟くように言った。

「やはりそうか。確かなのだな？」

信秀の声は大きい。みなが湯漬けの手を止めて信秀を見る。

「はい、間違いございません。何か仕掛けたものと思われます」

僧源が自信があるというように小さく頷いた。僧源と甚八は弥五郎の両腕である。特に四十五歳になる僧源の探索には弥五郎も信頼をおいている。

「なるほど……」

信秀が腕を組んで考え込んだ。

「して信定殿の狙いが何なのかわかるか？」

「三河の中に何かあるものと思いまするが、真の狙いまではわかりかねます。安祥松平の家督争いか、もしや殿を助けるつもりなのではないかと……」

それを聞いて信秀はニヤリと笑った。

「桜井殿はそれほど人の良い男ではあるまい？」

信秀がそう言って僧源を睨んだ。息子の清定に妹が嫁いでいても油断はできない。この後、桜井信定の娘が守山城の孫三郎信光に嫁いでくるが、その娘が原因で信光は命を落とすことになる。乱世は油断したものが滅ぶのである。

「いかにも……」

僧源が実にあっさりと認めた。

それは松平信定が野心家で、清康に不満を持っているのを知っていたからだ。

「清康ほどの男だ。桜井松平の考えぐらい見抜いておるのではないか？」

「はい、殿の仰せの通りかもしれません」

またもやあっさりと認めた。清康と信定の関係はわかりやすかったからだ。清康の父信忠《のぶただ》と信定は兄弟で、信定は安祥松平長親《ながちか》の三男として生まれている。つまり清康は信定の甥で本家筋なのだが、歳は信定のほうが上だった。

分家筋の桜井松平が本家筋の安祥松平を乗っ取りたいという図式である。

だが、信定は清康と戦えるほどの兵力は持っていない。そうなれば清康を倒す謀略ということになる。

「三河に何か起きていることは間違いないようだ。それがはっきりするまで油断はできないということだな。僧源、大儀であった……」

信秀は己を戒めるように言って僧源の探索を労う。清康と信定の確執に浅からず弾正忠家がからんでいた。桜井松平は妹の嫁ぎ先だから信秀も迂闊《うかつ》なことはできない。

翌早朝、間者の又蔵が守山城から戻ってきた。

「松平清康ッ、守山に着陣。城を包囲しましたが攻撃の気配はありません！」

「そうか。やはり、わしが出ていくのを待っているようだ」

苦く笑って信秀は大広間に集まった家臣を見廻した。清康が守山城を攻撃せず信秀が現れるのを待っているなら応じるしかない。包囲された弟の孫三郎信光を見殺しにはできないからだ。清康は野戦での決着を考えているのだろう。守山城を包囲したまま信秀の動きを見ている。

その出陣を見て野戦の布陣にするのだと思う。油断のできない相手だ。

四日の夜半、勝幡城を出た信秀の軍勢は長蛇になって、寒い北風の中を粛々と守山城に向かった。藤九郎と大橋重長《しげなが》の津島軍も動き出しているはずだ。

ところが夜が明けた五日に事件が起きた。

急がず行軍した信秀軍が、守山城の旗や松平軍の陣が見えるあたりまで来ると、松平陣のほうから一騎が砂塵を巻き上げて疾駆してくる。信秀は軍を止めて警戒していると弥五郎が叫んだ。

「組下の新蔵にございまするッ！」

人馬は信秀軍に突っ込みそうな勢いで駆けてきた。

「どうッ、どうどう……」

手綱を強く引いて新蔵が馬を信秀の目前で止め、落馬するように馬から飛び下りて道端に屈みこんだ。それを信秀は何事かと見ている。

「ご注進ッ、松平清康殿ッ、殺害されましてございますッ！」

「なにッ！」

信秀は何が起きたのかわけがわからず、鐙《あぶみ》に踏ん張って立ち上がった。

だが、あまりに遠すぎて松平軍の異変などわからない。この時、松平軍は自ら崩れて撤退を始めていた。守山崩れという。

「詳しく申せッ！」

「はッ、本日未明、清康殿は阿部定吉殿が嫡男弥七郎正豊《やしちろうまさとよ》殿に刺殺され、正豊殿はその場にて植村氏明《うえむらうじあき》なる男に討たれましてござりますッ！」

「阿部定吉……」

信秀の頭が大混乱だ。阿部定吉は聞いたばかりの名で、自分と通じている男と噂されているという。その定吉の息子が清康を殺害したというのはどういうことだ。信秀の知らないところで大事件が起きていた。何がなんだかわけがわからない。

「死んだのかッ？」

「はいッ！」

清康の陣中死は間違いないようだと思う。

「それで、清康の兵たちは？」

「大混乱の中ッ、安祥、岡崎に撤退中にござりまするッ！」

「孫三郎には報せたかッ！」

「はッ、松平軍の騒ぎは見ていたものと思われます！」

「そうか。よしッ、これから全軍で松平軍を追撃する。孫三郎にも城を出て敵を追えと伝えろ！」

「はッ！」

新蔵が馬に飛び乗ると来た道を引き返していった。

「勝介、聞いたか？」

「はいッ、追撃の先陣を相務めまする！」

「いいだろう。岡崎まで敵を追え！」

「畏まって候！」

勝介が槍を上げて突撃を命じる。

「敵を追いまくれッ、続けやッ！」

勝介軍の追撃が始まると全軍に攻撃の緊張が走った。それにつられて大将の信秀が槍を抱え敵を追撃するため馬腹を蹴る。

「与三右衛門ッ、続けッ！」

「はッ、畏まって候！」

勢いに乗った信秀軍は逃げる松平軍に後ろから襲いかかる。

総崩れの松平軍は殿軍《しんがりぐん》を置くことさえ忘れていた。軍が撤退する時は最後尾に殿軍を置くのが鉄則だ。そうしないと追撃され後ろから襲いかかられる。逃げる後ろから襲われると応戦のしようがない。その追撃軍と戦うのが殿軍だが、その備えをしないまま逃げたものだから、勝介軍がたちまち松平軍に追いつき、徒歩の雑兵を次々と斬り捨て、槍先に引っ掛けて突き殺して突進する。こうなっては逃げる松平軍に打つ手はない。

もはやいかんともしがたく、散々信秀軍に追われた松平軍は死にもの狂いで逃げ、続々と安祥城と岡崎城に逃げていく。それを見て信秀は母衣衆《ほろしゅう》を集めると、散開して戦っている各武将に岡崎城の北にある大樹寺《だいじゅじ》に陣を敷くと伝えさせる。松平軍を叩き潰す千載一遇の好機を逃す手はない。一気に岡崎城を落とすため信秀が一足先に大樹寺に向かう。この時、信秀は勢いに乗り矢作川《やはぎがわ》を渡河し、少々深入りしすぎていた。

「藤九郎ッ、手勢は？」

「三十ほどでござるッ！」

信秀が大樹寺に向かって戦っていると、津島からきた藤九郎が合流してきた。

その少し後ろに大橋重長の兵三百ほどが無傷でいる。追撃の最中にいつの間にか味方が散り散りになった。騎馬は信秀と藤九郎と大橋重長のみである。追撃戦とはいえ戦いっぱなしの兵たちは疲れきっていた。こういう時に反撃されるとまずい。

信秀軍が無警戒で大樹寺に近づくと、突然、「ワーッ！」と叫びながら敵兵三、四百ほどが大橋重長軍の横腹に突進してきた。信秀軍と大橋軍が不意を突かれて横から押されて崩れる。

「伏兵だッ！」

「藤九郎ッ、斬り込むぞッ！」

「はッ、槍隊前ッ！」

藤九郎が叫んで信秀に続いた。大橋重長は敵の前衛と孤軍奮闘で戦っていた。

信秀は右に左に槍を振るいながら、藤九郎の槍隊と一緒に敵を押し戻し、なんとか大樹寺に入ろうと奮戦するが、不意討ちされて崩れた味方が逃げ腰になる。そこへ新たな敵兵百人ばかりが突っ込んできた。深入りしすぎているから状況が良くない。後ろからの援軍がないまま信秀と藤九郎が押されだした。

「藤九郎ッ、引くなッ！」

信秀が叫んだところに与三右衛門が三十ばかりの兵を引き連れて敵の横腹に突進して、危険になった信秀の護衛に付いた。危なく信秀は敵に首を取られるところだった。敵は五十、百と数を増やしながらの反撃である。徐々に敵は多勢になり味方の兵が次々と倒されていった。大樹寺に集結するはずの味方が遅れている。

「殿ッ、ここは与三右衛門が大橋殿と二人で引き受けまする。一旦、川向こうへお引きくだされ、藤九郎ッ、殿を頼むぞ！」

与三右衛門が信秀を藤九郎に任せて敵に突っ込んでいった。

「殿ッ、味方の援軍は間に合いません。川向こうへッ！」

「よしッ、そなたは大橋殿と与三右衛門を助けろッ、わしは川向こうに陣を敷き直すッ！」

藤九郎に命じると十人ばかりの兵を引き連れて、信秀が素早く矢作川に向かって逃走し戦場から離脱した。

途中で大樹寺に向かう寺沢又八と出会った。引き連れている兵は百五十ばかりである。

「又八ッ、大樹寺の大橋殿と藤九郎、それに与三右衛門が危ない。助けてまいれッ！」

「はッ、槍隊前に出ろッ、これから大樹寺に突っ込むぞッ、残りは殿をお守りして川向こうまで引けッ！」

岡崎城というのはいいところに矢作川という外堀がある。

この川のため攻めるにも引くにも厄介なのだ。

すでに川を渡河していた兵に命じると、家老の又八が大橋軍を救うため大樹寺に突進した。藤九郎と与三右衛門たちはじりじりと後退している。そこへ寺沢軍の百余りが突っ込んできた。たちまち大混戦になる。又八の槍隊は強かった。

「藤九郎ッ！」

「おおッ、兄者ッ！」

返り血を浴びて鬼の形相の藤九郎が振り向いた。

「大丈夫か？」

「うむ、掠《かす》り傷だ。殿は？」

「無事だ。川向こうに引いた。ここにいては危ないぞ。与三右衛門ッ、引けッ！」

又八が敵中で奮戦中の与三右衛門に命じる。

馬上の与三右衛門は折れた槍を捨て太刀を振るっていた。そこに、「ワーッ」と叫びながら槍の勝介が四百ばかりの兵で、いきなり敵の後ろから突っ込んできた。次々と現れる勝介軍に敵が急に浮き足立った。逆転の逆転である。大橋軍が一息つける状況になったが敵の新手が現れるかもしれない。

「怯むなッ！」

敵将が叫んで松平軍は逃げずに踏み止まった。

この大樹寺での戦いに負けると岡崎城が危ない。敵もそれがわかるから逃げないで戦う。

勝介は敵中を一気に駆け抜けて、大橋重長と与三右衛門を救出すると、又八と藤九郎と合流することに成功。この勝介の働きが危機に陥った信秀軍を救う。

「殿はッ！」

勝介が聞いた。勝介は状況がわからなくなっていた。

「ご無事だ。川向こうに陣を敷き直すということだが、一旦、守山城に向かっておるかもしれん！」

「ご家老、間もなく与次郎さまが五百あまりの手勢でまいります！」

一万五千の信秀軍は五百人や千人の集団となり、まとまりなくあちこちでバラバラに戦っている。それがようやく大樹寺に集まってきそうになった。大軍はこう分散してしまうと扱いにくい。初めての大軍で信秀軍はまとまりがなくなっている。

「よしッ、与次郎さまの到着を待とう。みなの者ッ、敵を押し戻せッ、間もなく援軍が来るぞッ！」

又八が逃げ腰の兵に叫ぶと、「おおうッ」と勢いを取り戻して敵を押し返す。

大混戦で両軍の兵は血みどろの戦いをしている。

だが、岡崎城が近く多勢の敵はなかなか引かない。又八、藤九郎、与三右衛門、勝介、重長らが奮戦していると、与次郎の軍勢が続々と到着した。するとさすがに頑強に戦っている敵兵が怯んだ。

「ここはそれがしが引き受け申す。ご家老ッ、殿のおられる川向こうへ引かれよ！」

勝介が疲れも見せずそう申し出ると、与次郎信康の新たな兵と敵に突進して押し戻していった。だが、勢いを失った信秀軍が大樹寺に入って留まるのは危険だ、岡崎城の松平軍に包囲されることは見えている。こういう戦いは無理をすると大敗北しかねない。勝ち戦はほどほどで良い。負け戦は軽微でなければならないのだ。

大敗北を喫すると再起できなくなる。

従って、勝ち戦も六、七分を勝てば充分に良い。勝ちすぎというのは油断に繋がることが少なくないからだ。この守山崩れは松平軍に大打撃となり、信長の桶狭間《おけはざま》の戦いで家康《いえやす》が登場するまで、大混乱の三河は今川家に支配され、武家も領民も貧乏すぎて塗炭の苦しみに押し潰される。それでも安祥松平家は生き残り、徳川《とくがわ》家となって天下へ昇ってくるのだ。その悲劇と幸運の始まりがこの守山崩れだった。

「与次郎さまッ、殿は川向こうに一旦引いてござるッ！」

「うむ、孫三郎はどこだッ！」

与次郎信康が守山城を出ただろう弟のことを聞いた。だが、勝介は知らなかった。

「誰かッ、孫三郎さまの所在を知らぬかッ？」

「殿の後を追ってござるッ！」

兵の一人が叫んだ。

「よしッ、勝介ッ、引き上げだッ。殿《しんがり》をいたせッ！」

「承知ッ！」

「与三右衛門が殿に残りまするッ！」

途中から与三右衛門が心配して引き返してきたのだ。

「おおッ、勝介を助けてやってくれッ！」

与三右衛門に命じると兵をまとめて与次郎信康が退却を開始する。勝介と与三右衛門が殿軍だから後ろには心配がない。兎に角、矢作川を渡河して信秀の本陣に合流したい。バラバラの信秀軍が集結するところはそこしかないのだ。一万五千の大軍は総身に知恵が回りかねている状況なのだ。信康はそれをわかっている。

「殿を務め申すッ！」

津島の大橋重長も五十人ほどを連れて途中から戻ってきた。

殿の戦いは、大橋軍が引くと与三右衛門軍が出ていく、与三右衛門軍が引くと勝介軍が出ていく、その勝介軍が引くとまた大橋軍が出ていくを繰り返す。戦いながら撤退するこの戦いを退戦《のきいくさ》といい、一番難しい。

敵の追撃を許さぬ戦いが殿軍の使命であるため、場合によっては最後尾を死守して全滅することもある。危険な戦いだが味方を逃がすためで名誉でもあった。

「勝介殿ッ、そろそろ引こうかのう？」

散々に戦った重長が矢作川河畔まで来て勝介に声を掛けた。

「おッ！」

返り血が乾いて黒くなった顔で勝介が頷いた。

「みなッ、引けッ！」

「引き上げだッ！」

勝介と与三右衛門が叫ぶと、味方の兵が一目散に矢作川へ逃走し始めた。与三右衛門と勝介が最後まで残って兵を逃がす。追ってきた松平軍は矢作川を越えて追撃する力は残っていない。両軍は口に兵糧を投げ込み、竹筒や瓢箪《ひょうたん》の水を飲んで腹を膨らまして、ここまでなんとか戦ってきたのだからもうつらい状況だ。

「これまでだッ！」

与三右衛門が勝介に叫んで二騎が一目散に矢作川へ逃走した。

突撃もさすがだがこの二人の逃げっぷりもなかなかで、振り向くこともなく矢作川に突っ込んだ。川の中を兵たちが逃げている。そんなところに敵の矢がひょろひょろ飛んでくるがまったく当たらない。兎に角、逃げる時はもたもたしないことだ。逃げる。兎に角、逃げる。それしか殿軍の生き延びる道はない。

強敵松平清康は家臣に刺殺され陣中死したが、信秀軍と松平軍の戦いは混乱の中で両軍の完敗で終わる形になった。信秀は三河兵の強情さと戦いの強さを思い知る。勢いに乗って深入りするとこういうことになりかねない。

乳母

信秀はぽつんと今は亡き雪姫の座敷に座っていた。

大軍を集めておきながら松平軍を攻め損ない、好敵手の清康がいなくなって信秀は少々気落ちしている。突然の事件で松平軍を追撃したが、矢作川を勢いで渡河したのはまずかった。反撃されて信秀は命からがら逃げた。

雪姫の脇息が未だにその肌の温もりを感じさせた。

この部屋に土田御前が来ることはなかった。部屋の隅に雪姫の弟金吾が座っているが何も喋らない。寡黙な男である。

「殿ッ、殿……」

騒々しく平手政秀が入ってきた。

「どうだ？」

生気のない目で信秀が政秀に聞いた。

「やはり、吉法師さまが乳母の乳首を噛みまする。もはや何人目になるか分かりません。見てまいりましたが、乳首を噛まれて乳母が痛がっておりました。吉法師さまの癇癖の噂を聞き付けてもはや、乳母になる者がおりませんので……」

困り果てた体でがっくりと信秀の前に擦り寄ってきた。

乳のよく出る女を探して吉法師の乳母にしてきたが、上手く吸ったかと安心すると乳首に噛みつくから、乳母は飛び上がるほど痛い思いをして泣く者もいる。自分の母ではないと言わんばかりに噛みつくのだ。もう取り換えた乳母の数は片手では数えられない。間もなく十指に余ることになりかねなかった。

吉法師の傅役《もりやく》を命じられた平手政秀の頭痛はひどかった。

よく乳が出ると聞いて頼みにいっても丁重に断られてしまう。誰だって乳首を嚙まれるなどという噂は嫌に決まっている。信秀の命令だと脅して連れてきても、吉法師に泣かされて乳母が帰っていくのだ。

まだまだ冬の日の輝きは弱い。

だが信秀の目には、咲き誇る春の花の傍に立つ才色兼備の美しい百合の花は、もはや、幻でしかないが、その雪姫が見えていた。信秀の消えない未練だ。

「殿、なんとかせねば、吉法師さまが干乾しになりまする」

「うむ、干乾しか？」

雪姫の幻を追いながら、われに返った信秀がジッと政秀を睨んだ。

「吉法師は雪の忘れ形見だ。干乾しになどできるか。愚か者め！」

信秀は手詰まりの政秀を叱りつけた。だが、いくら怒られても打つべき手がないのだから仕方がない。乳首を嚙むからといって、馬のように吉法師に馬銜《はみ》を嚙ませることもできない。

「とは申せ殿、家中の者どもまで噂を聞いて尻込みする始末でござりまする。乳があまり出ないの、体の具合が良くないのなどと故障を申しますで、困り果てたる仕儀にて……」

政秀はがっくりと項垂れるしかない。

「監物、いつぞやわしが申したであろう」

決心したように信秀の顔色が変わった。

なんとかしなければ雪姫の忘れ形見の吉法師が死んでしまう。

「雪に似た体つきの女を探せ。身分も問うな。乳さえ出ればよいのだ。そちが女の乳を摑んで確かめろ。雪の乳に似ておればよい！」

信秀は自分の言っている無謀に気づいていない。

何を馬鹿なことを言っているのか、雪姫の乳房を知っているのは、この世で信秀ただ一人ではないか。無茶苦茶だ。

「しばし、しばしお鎮まりを、殿、この政秀、雪姫さまの乳房など、とんと存じ上げませんので、無理なことを……」

政秀は両手で信秀を制した。

「さようか、さようだな、そなたが雪の乳を知るわけがない」

信秀が己の間抜けを恥じるように口をへの字に結んで沈黙した。

その時、いるかいないか判らないほど静かに座っていた金吾が、薄く笑ったのを信秀は見逃さなかった。

「金吾ッ、笑ったな！」

信秀が鋭く咎《とが》めた。雪姫が亡くなっても二人は義兄弟である。

「はい、姉上のことなれば、ここにもう一人、存じおりの者がおりまする」

金吾が落ち着いた口調で言って信秀に平伏した。政秀は人がいたのかと驚いたように振り向いた。

「おッ、金吾殿、おられたのか？」

政秀が体を捻って金吾を見る。藁をも掴みたい政秀なのだ。

「金吾殿、心当たりでもござるのかな？」

政秀に聞かれた金吾は顔を上げて政秀を見る。

「いささか……」

金吾が冷静に答えた。

確かに、金吾なれば姉である雪姫のことを知っていて当然である。

信秀は金吾に家臣になれと勧めるため呼んでいたのだが、金吾が信秀の申し出を強情に拒んでいたところで二人の談合は膠着して睨み合いになっていた。

「申せッ、金吾！」

苛立っていた信秀が居丈高に命じた。

信秀は金吾を弟と思っている。事実そうなのだが、金吾は信秀の女癖を嫌っていた。

小嶋金吾は父小嶋日向守信房のように清廉潔白、一裘一葛《いっきゅういっかつ》を甘んじて受け入れてきた男である。何事にも寂《じゃく》として動じないところなど、父親の日向守や姉の雪姫にそっくりであった。

「然らば、申し上げまするが、吉法師さまの乳母が決まりましたる時には、この金吾の仕官のこと失念いただけましょうか？」

「おのれ、わしと取り引きしようと言うのだな」

気色ばんで顔を引き攣《っ》らせるように、渋面になった信秀は金吾を睨んだまま、しばらく返事をしないで考えている。そこまで家臣になることが嫌なのかと思う。金吾は武家ではあるがその武家をあまり好きではない。日向守の影響で学問のほうが好きなのだ。雪姫が生きていれば少しは話が違っていたかもしれないが、今は信秀に限らずどこにも仕官する気はない。

「殿、取り引きとは？」

怪訝な顔で政秀が聞いた。

「金吾めが、このわしの家来にはならぬと言いおったのだ」

苦々しく信秀が吐き捨てた。はっきり断られて信秀は怒っている。金吾が望むなら五千石が一万石でも知行させると考えていた。

「殿、殿は日向守さまから雪姫さまを頂戴し、今また、金吾殿を所望なさるのはいかがかと存じまする。ゆるゆると金吾殿の胸の内も聞きませぬと、のう金吾殿……」

政秀が二人の間を取り持ったが金吾は答えなかった。信秀と睨み合ったままである。

強情な金吾は毛ほども譲る気はない。

「困ったのう。殿、ここは吉法師さまが大事でござる、干乾しになりまするぞ。雪姫さまに申し訳がたちませせぬぞ！」

政秀は今も大泣きしているだろう吉法師を思うと気が気ではなかった。この忙しい時に兄弟喧嘩など後回しにしてもらいたい。

「わかった金吾、ここはわしが一旦引こう。だが、諦めはせぬぞ！」

悔しさを滲ませて、信秀が金吾の意思を受け入れた。結局、金吾は生涯において信秀の家臣にも信長の家臣にもならなかった。自分の考えを貫き通したのである。

「されば、申し上げまする。いつぞや、姉ではないかと後ろ姿を見間違えた女人がござりました」

「そ、それはどこの誰です。所在がわかれば早く聞かせてくだされ！」

政秀は藁どころか糸をも摑みたい思いで金吾を急き立てた。二人の喧嘩などどうでもよい。それより吉法師の乳母のほうが遥かに大切である。乳がなければ吉法師が死んでしまうのだから。

「吉法師さまが乳母の乳首を嚙むと聞き及び、もしやと思い、姉の葬儀の折に失礼ながら確かめてござる」

「誰だッ、その女は？」

信秀が雪姫の脇息を抱いて身を乗り出した。

「殿さまのご家来にて、池田恒利《いけだつねとし》殿の室にございまする」

「政秀ッ、すぐ行ってまいれ、そちが直《じか》に行くのじゃぞ。有無を言わすなッ！」

「はッ！」

畏まるのもそそこに座を立って部屋を飛び出していった。

するとと金吾は不敵に薄く笑った。あとは二人でなんとかしろということだ。

「殿、それでは、これにて失礼いたしまする」

「待て金吾ッ！」

信秀が厳しく呼び止めた。

「何か、まだ？」

「わしに二言はない。ないがその方、吉法師が乳を飲むのを確かめてから帰るがよい」

なんとも未練がましく信秀が金吾を制した。こういう冷静沈着な男が喉から手が出るほど欲しいのだ。雪姫が生きていれば何がなんでも家臣にするところだ。無念至極と言うしかない。

金吾は涼しい顔で座り直した。

「承知いたしました」

金吾は益々《ますます》隅のほうに座を下がった。あの人の乳なら吉法師は飲むだろうと思う。

政秀がその女を引きずるように城中に転がり込むと、信秀に挨拶もさせず吉法師の部屋に女と跳んでいった。実は、池田恒利も吉法師の噂を聞いていて渋った。池田恒利は滝川《たきがわ》家から養子に入った男であった。

「そなただけが頼みだ。承知してくれなければ政秀がここで腹を切る！」

そう言って平手政秀が大袈裟に恒利を脅したのである。

その女人こそ、政秀と共に信長を育て、秀吉《ひでよし》、家康からも「大乳人さま」として厚遇された養徳院《ようとくいん》である。この後、池田勝三郎《かつさぶろう》を出産し、恒利と死別すると、信秀の側室となる。信秀との間に生まれた姫の小田井《おだい》殿は、織田信直《のぶなお》こと清洲三奉行、藤左衛門家に嫁ぐ。この時二十二歳だった養徳院は、九十四歳の長寿を生きて姫路城で没する。

「おお、なんと美しい和子さまじゃこと……」

もう乳離れしてもよさそうな吉法師だが、乳母の乳首を嚙む癖を楽しんでいるのか、嚙んでやると待ち構えているようだ。なんとも得体の知れぬ稚児である。政秀は金吾が推挙したこの女が最後かもしれないと思う。

「吉法師さまは乳首を嚙みなさるのかえ、嚙んでも乳は出ませぬぞえ……」

吉法師を抱き上げニコニコと笑顔で、吉法師の小さな手を取ると、乳房を出していつまでも揉ませて遊ばせている。

「ここに乳がいっぱい入っておるのじゃ、吸いなさるかえ……」

すると吉法師は小さな両手で乳房を抱え乳首に吸い付いた。こんなふうに乳房まで吉法師に与えた乳母はいなかった。その吉法師は息ができないほど乳房に鼻を埋《うず》めて、噴き出すような乳を夢中で吸い、温かい乳房を揉むことさえ覚えた。噛んで乳母を泣かせるよりこのほうが面白かった。

「おおッ、なんと勇ましい。乳を放さぬわ……」

政秀は吉法師のあまりの豹変ぶりに、ドタドタと信秀のいる部屋に走った。

夕暮れの薄暗い部屋に小癪な金吾と、不満な信秀とが地蔵菩薩のように瞑目したまま沈黙の対決をしていた。

「殿ッ、なんと、吉法師さまが乳房を抱えて吸うておりまする」

安心したようにどかっと腰を下ろして安座した。政秀の安心した顔を見て金吾が腰を上げた。

「では、これにて、御免……」

「おおッ、金吾殿、政秀、心から感謝申し上げまする」

「平手さま、吉法師さまのことお大切に、失礼をいたしまする」

金吾は潔く信秀と政秀に一礼して座を立った。この時、信秀は大きな魚を逃がしてしまった。小嶋日向守信房、金吾父子は津島衆の信頼を得て、津島四家の一つ岡本家《おかもと》と縁を結び、やがて津島において有力者となり、熱田神宮の大宮司である岡本家との縁で神官となるのだ。

雪姫が生きていたらどんなに喜んだことか。

武家でもあり、商人でもあるという、乱世ならではの優れた才能を見せていくことになる。後に信長の側室となり、三男織田信孝《のぶたか》と冬姫を産む華屋《はなや》夫人は熱田坂《さか》家の女人であり、三七《さんしち》信孝は岡本家で生まれる。

木ノ下《きした》城こと犬山《いぬやま》城に隠居していた、先の織田弾正忠信定はいよいよ体調が優れず、信秀は天文六年（一五三七）に弟与次郎信康を犬山城に入れ北の守備を固めた。

織田弾正忠家の礎を築き、膨大な財を残した優将織田信定は、永正年間に勝幡城を築き、大永元年（一五二一）に津島の弾正忠館から勝幡城に移住する。その後、嫡男信秀に家督相続すると犬山城に移り、天文七年次男織田与次郎信康に犬山城を託して没した。

謀略

　信秀は、かつて京から飛鳥井《あすかい》卿と山科《やましな》卿が下向して連歌や蹴鞠《けまり》の会を催した時に、那古野《なごや》城の今川氏豊《うじとよ》を招待しており、それ以後、連歌好きな氏豊とは入魂な付き合いが続いていた。

　松平清康の守山崩れ以来、信秀は尾張西部の勝幡城では、三河や美濃からの侵攻には対応が不便であり、より三河に近い那古野城が良いと考えている。三河が混乱して、駿河《するが》の今川の手がより尾張に近い西三河へと伸びてくる気配だ。この時、清康の嫡男竹千代《たけちよ》こと広忠《ひろただ》はまだ十歳で、桜井松平の信定に岡崎城を奪われ、吉良《きら》家に助けられて三河から脱出し伊勢《いせ》に逃げていた。

　三河は大混乱になった。

　岡崎城に入った信定は家臣たちから信頼されず、間もなく逃げ出してしまう。その三河を狙っているのが今川家だった。ところがこの頃、今川家でも、今川氏親《うじちか》の嫡男氏輝《うじてる》、弟の彦五郎《ひこごろう》が三ヶ月の間にあいついで亡くなり、京で僧侶になっていた三男今川義元《よしもと》を呼び戻すなど大混乱になっている。

　美濃も駿河も三河も何がどうなっているのか。

那古野城の氏豊は、義元の末弟とはいえ、今川領からは三河を挟んで遥かに遠い飛び地の支城の城主である。それに国元である駿河では兄たちが死に、義元が嫡男に直って庶兄の玄広恵探《げんこうえたん》と戦いが勃発しそうなのだ。

ところが、若くして連歌を好むなど、氏豊は時代を間違えて生まれてきた男である。

この時、氏豊はまだ十五歳だった。

永正《えいしょう》十二年（一五一五）に今川氏豊の父氏親と、尾張守護斯波義達《よしたつ》が戦い、義達は氏親の捕虜になるが同族ゆえに剃髪《ていはつ》して許された。

那古野は氏親が戦に勝って斯波義達から奪い取った領地で、尾張の土豪で今川の一族である那古野氏の領地に今川氏が築いた城が那古野城である。氏親はこの城に今川竹王丸《たけおうまる》こと氏豊を入れ、斯波義達の娘と氏豊の縁組をしていた。

尾張統一を狙う信秀には目障りな城であったが、武力で攻めようにも本拠の勝幡城が清洲の信友に狙われ危うかった。何よりも斯波義達を倒した駿河の今川家は怖い。下手をすると津島と熱田を合わせて三十五万石に近い支配権を狙われる。

清洲の大和守家はもちろんだが、尾張進出を狙う美濃勢、尾張上四郡の支配者岩倉城の織田伊勢守家にも油断はできなかった。

三河の松平清康が自滅し桜井の松平信定が動き出している。

信秀は守山事件以来、足繁く那古野城の氏豊に近づき、連歌好きの氏豊にそこそこ信頼されていた。那古野城の城内絵図は信秀の脳裏に写されている。那古野城を信秀はどうしても欲しい。三河が混乱し駿河が大混乱している今が、謀略を仕掛ける絶好の機会だと言える。今川家は那古野城まで手が回らないはずなのだ。

勝幡城の大広間に一部の重臣を集めて、信秀は自分の存念を披露し、那古野城の略奪計画をみなに示した。

「那古野城を奪う？」

「そうだ。戦うのではない。美濃も三河も駿河も大混乱の今しか、この謀略を仕掛ける時はないと思う。今川軍は助けには来られないはずだ」

「確かに殿の申す通り那古野城攻略戦は、戦うとなって四隣を見れば危ういが、謀略で落とすなら今しかないだろう。ことに戦いに手間取って長期になれば、清洲の信友や近臣の坂井大膳《さかいだいぜん》が、手薄になったこの勝幡城を狙うは必定だ」

「なるほど、謀略なら奴らがそれに気づいた時は、すでに那古野城は落ちているということだ」

家老の寺沢又八が信秀の見解に賛同した。

「わしは氏豊を裏切ることになるが、乱世であれば城の取り合いは当然である。内部から切り崩し一気に那古野城を奪う考えだ！」

信秀が固い決意を披瀝《ひれき》する。仕掛けた以上失敗は許されない。必ず那古野城を奪い取ることだ。失敗すれば二度とこのような機会はないだろう。

「氏豊の連歌の会を利用して、軍を那古野城に入れたいと思う」

計略の一端を語った。

「殿が足繁く那古野城の連歌の会に通われておられたのは、この計略を考えてのことでございましたか？」

藤九郎が感心していると、信秀はニヤリと笑った。

「わしが連歌を好きと思うてか、藤九郎……」

信秀が藤九郎をなじるように言う。連歌などは好きではないのだが、今川家臣の秋《あき》山《やま》家の於勝を抱きに通っている時、那古野城を欲しいと思ったのである。藤九郎は恥じ入りながら核心を聞いた。

「して、決行はいつになりますかな、殿？」

「藤九郎、善は急げだ。次の連歌の会ではどうだ？」

信秀は自信満々で言った。頭の中で何をどうするか緻密に計画を立てている。

「はッ、畏まってござる」

家老の藤九郎が了承し、他の家臣もそれに賛同する。

この頃、那古野城はまだ柳《やなぎ》ノ丸《まる》と呼ばれていた。

那古野城と呼んだのは信秀からである。那古野城を奪う計画は話し合いのようには上手くいかず、かなり遅れることになった。

天文七年（一五三八）に本格的な那古野城の奪取戦略が決まった。

信秀は氏豊から連歌の会の知らせが来ると、いつもと変わらず平手政秀と青山与三右衛門信昌、内藤勝介の三人だけを供に那古野城に入り、信秀と政秀は太刀を与三右衛門に渡し、無腰で連歌の会に加わった。これまでも信秀は酔ったふりをして、連歌の会で那古野城に泊まることもあった。氏豊は信秀の野心にまったく気づいていなかった。

「氏豊殿、遅参して申し訳ござらぬ、どうも腹の具合が……」

などと信秀が丁重に遅参を詫びた。まだ十七歳の氏豊は鷹揚に聞き返す。

「大事ございませぬか？」

「お心遣い誠にかたじけない、後ほど厠をお借りしとうござる」

信秀が氏豊に低頭する。

「お気のままになされよ」

若い氏豊はすっかり信じきっている。

こんな氏豊を城主に入れているのだから、いくら飛び地とはいえ今川義元の油断というしかない。この時義元は、兄玄広恵探と家督を巡って争った時に相模《さがみ》の北条《ほうじょう》に奪われた、河東《かとう》の領地のことで頭がいっぱいだった。河東とは富士川から黄瀬川《きせがわ》の間の土地で、今川家、武田家、北条家が自分の領地と主張して争いが絶えなかった。

今川軍は西ではなく東を向いていたのである。

今川氏豊の家臣で、和歌の名手でもある秋山新左衛門貞光《しんざえもんさだみつ》は何かありそうなと訝しく思ったが、素知らぬ顔で何かあった時の対処を考えていた。何しろ娘は信秀の子を産んでいる。何かあっても関わりたくないと思う。

この日の信秀の歌はことごとく不出来であった。逆に政秀は泰然として秀歌を詠んだ。

「本日の弾正忠殿は不調でござりまするな……」

若い氏豊は信秀の不出来に気分を害している。連歌などというものはその日の調子によって決まる。もともと信秀は歌は上手くなかった。

「腹の具合がよほどいけないと見える。遠慮なく厠を使われよ」

信秀の不出来に不快であったが、大切な招待客で氏豊は親切だった。

「申し訳ござらぬ。では、遠慮なく中座させていただきまする」

信秀は一礼して座を立った。

「弾正忠殿を案内いたせ……」

氏豊は小姓に命じて連歌に戻った。

信秀が厠からなかなか戻ってこないことを心配した政秀が行動を起こす。

「新左衛門殿、申し訳ござらぬが、殿の様子を見てきてくださらぬか？」

むろん政秀は、信秀が新左衛門の娘於勝に子を産ませたことを知っている。

氏豊がジロリと政秀を見た。

「新左衛門、弾正忠殿を見てまいれ……」

「はッ！」

氏豊に命じられた新左衛門が厠まで行くと、厠の前に信秀を案内した小姓が倒れている。新左衛門が小姓を抱き起こした。

「新左衛門殿、申し訳ござらぬが信秀に加勢を頼む！」

信秀が厠ではない方から姿を見せた。

「はッ、して？」

「うむ、わしを与三右衛門と勝介が待っている。新左衛門殿は城門を開けてくだされ！」

「はッ、畏まってござる！」

新左衛門が外に飛び出すと城門に走り、信秀は急いで与三右衛門と勝介に合流した。

「勝介ッ、与三右衛門ッ、政秀を助け出してまいれ。わしは大玄関にて兵を待つ！」

指図すると自慢の豪刀を握って信秀は大玄関に走った。そこに寺沢又八が三、四十人ほどの一陣を引き連れて現れた。

「殿ッ、間もなく二陣がまいりまする！」

「うむ、政秀を助け出せ！」

「はッ、畏まって候ッ！」

そう言って又八が政秀を救出に向かった。

連歌の会は勝介と与三右衛門の出現で殺気立ち、政秀と勝介、与三右衛門が氏豊の家臣に取り囲まれていた。そこへ又八が兵と飛び込んできた。

「鎮まれッ、鎮まれッ！」

寺沢又八が叫びながら政秀と与三右衛門らを救出する。わずか三十人でも敵兵に城へ侵入されては戦いにならない。

「誰も殺すなッ！」

「氏豊さま、今は乱世なれば、この城を織田弾正忠信秀が頂戴いたす！」

家臣に守られた氏豊に又八が宣告した。

「謀反か」

氏豊が呟いた。

「はい……」

「おのれッ、弾正忠ッ！」

氏豊の家臣が叫んだ。だが、敵兵に城へ入られている。

「お鎮まりあれッ。誰も殺しませせん。戦にまいったのではござらぬ。もはや城内にはわが兵が満ち溢れており申す。お静かに明け渡し願いたい！」

いきり立つ氏豊の家臣を又八が宥《なだ》めるように言う。こういう謀略の勝負は一瞬だ。

「このままで済むものかッ、今川軍の反撃を覚悟しろッ！」

氏豊の家臣が叫んだ。

「覚悟の上でござる。いつなりとお相手仕る。義元さまにそのように……」

又八が冷静に応じた。

そこへ藤九郎を従えた信秀が五十人ほどの兵と姿を現した。

「氏豊殿、静かに立ち退いてくだされ。それともここで腹を召されるか？」

信秀が氏豊とその家臣を睨みつけ、腹を切るなら介錯《かいしゃく》をすると静かに豪刀を抜き放った。

「ううッ……」

氏豊は満面に悔しさを滲ませ沈黙している。

「それとも、この場にて討ち取りますかな？」

信秀がゆっくり歩み寄った。

「ま、待たれッ、城は明け渡す！」

氏豊が信秀を制した。

「弾正忠殿、家臣はいかが相なるか？」

「わしに臣従する者、駿河へ帰られる者、氏豊殿に従う者、勝手たるべし、がわしに抗う者は容赦なく斬って捨てる！」

「勝手たるべしか、わかり申した。みなで退散いたす……」

「殿ッ！」

氏豊の家臣がむざむざと城を立ち退くことを潔しとせず、悔しさを滲ませ氏豊に抗おうとしたが、すでに城は信秀軍に占拠されてしまっている。どんなに足掻いてもまったく勝ち目はない。

「黙れッ！」

氏豊は己の油断に苛立っているように一喝した。

この仕返しは兄の義元がすると信じて、城の明け渡しを受け入れたのである。

「弾正忠殿に二言はあるまい。その方たちの命をここで無駄に捨てさせるわけにまいらぬのだ。わかってくれ！」

若い今川氏豊が城の明け渡しを決断する。

那古野は本来、駿河の今川氏が一刻尾張の守護を兼ねていた頃、同族の那古野氏が領していた地で、斯波家が尾張守護になってもこの地に留まっていたため、尾張の中央部に今川氏親が城を築いたのである。氏豊は那古野家の家督も継いでいた。尾張における今川の唯一の重要拠点でもあった。その那古野城を今川家は失うことになった。以後、柳ノ丸は那古野城と呼ばれることになる。

また、那古野城を略奪した信秀は、熱田神宮の門前町として栄えていた熱田湊《みなと》を支配することになる。津島湊と熱田湊のふたつの港町によって、織田弾正忠家の経済力はさらに強大になっていくのである。

古渡

今川氏豊は、己の不首尾を父氏親と兄義元に責められるのを恐れ、武衛斯波家から嫁いできた正室の縁故を頼って京に逃れたが、後に許されて今川義元のもとに帰ったという。

若くして連歌を愛し花鳥風月を愛した氏豊は、激動する乱世の武将ではなかった。

京に向かう氏豊に同行したのは正室と侍女たちなどで、易々と城を奪われた氏豊に従う家臣はほんの数人しかいなかった。家臣の多くは今川本家に帰り、兵の多くは尾張の者たちで城下に留まった。信秀に協力してしまった新左衛門貞光は信秀に臣従した。やがて今川義元はこの那古野城を奪還しようとする。

信秀は勝幡城に家臣の武藤掃部助雄政《むとうかもんのすけかつまさ》を城代として置き、五歳の嫡男吉法師、土田御前が産んだ二歳の次男らを那古野城に移住させ、今川軍への備えとして、那古野城の南一里ほどの熱田台地に急ぎ城を築き始める。氏豊をまんまと騙して那古野城を奪い取ったのだから、今川からなんらかの反撃があると考えられた。

それに清康が亡くなり混乱している三河に信秀は野心を持っている。

五歳の吉法師は新しい那古野城に移住したことが気に入ったのか、馬が好きで、一日中馬糞臭い厩《うまや》のあたりで遊ぶことが多かった。

「爺、早く馬に乗せろ！」

強引にせがんで政秀を困らせた。

政秀は困りながらも傅役らしく、元気な吉法師を頼もしく思いながら、「今しばらく……」などと言って諭すのだった。だが、吉法師は素直に政秀の言うことを聞くような子ではなかった。言い出したら頑強に言い張る子で、いつも政秀が折れて吉法師に従う。

「爺と一緒なれば……」

「嫌だ。一人がいい。爺とではつまらん！」

癇癖の強い吉法師は政秀の説得を簡単には納得しない。だが、馬というのは落馬がつきもので、大怪我をしたり、打ち所が悪いと死ぬことさえあった。馬は案外臆病で何かに驚いて暴走することもある。二人はいつも同じようなことで言い合いになった。

「馬から落ちたらいかがいたすおつもりか？」

「ふん、また乗るまでだ！」

「落ちて怪我をなさったらいかがいたしまするか？」

「ふん、そんな馬は潰して食うてやる」

吉法師の強情さは尋常ではなかった。ああ言えばこう言うで政秀もたじたじなのだ。

「それではこの爺が困るのじゃ、大殿さまに叱られまする」

「ふん、ならば爺が腹を切ればいい」

「なんと、若殿はこの爺に腹を切れと言われるのか？」

「そうすれば馬を潰さなくて済むだろ？」

屁理屈を言って平然としている。

吉法師には口うるさい政秀より馬のほうが大事なのだ。二人の禅問答は吉法師が勝つことが多い。小生意気というか賢いというか、政秀をなめきっているというか兎に角言うことを聞かない。自分の考えが通るまでしつこかった。

「仕方ござらぬ、ではお乗せいたすがくれぐれも落ちませぬように……」

「うん！」

政秀は小者に馬を引き出させ、吉法師を鞍に乗せると自ら手綱を握って歩きだした。

吉法師はしてやったりと馬上でニコニコと機嫌が良い。吉法師は馬が大好きだから、厩から吉法師を見ている馬のほうも吉法師を好きなようで、乗ると機嫌がいいのである。馬は人の気持ちがわかるというがそれは本当なのだ。

そんなある日、政秀は吉法師が手習いをしているかと部屋を覗くと、まだ三歳の小姓がぽつんと静かに手習いをしている。後の池田勝三郎恒興《つねおき》である。父の恒利が病死すると、吉法師の乳母でもある母が、信秀に気に入られて側室になったため、勝三郎はこの城に母と住んで吉法師の小姓になった。というより二人は乳兄弟であり異父の義兄弟ということなのだ。

「吉法師さまはどこに行かれた？」

政秀が付き添いの侍女を問い詰める。

「厠に行かれました」

暇そうな侍女は澄ました顔で言う。すると小姓の勝三郎が顔を上げた。

「吉か、厩だ！」

ニコリと笑ったその顔には立派な髭が墨書されてピンと跳ねていた。

「こらッ、勝三郎殿、吉ではない。吉法師さまとお呼びしろと申したではないか。何度言えばわかるのだ！」

「ふん……」

主人が主人だと家来も家来で強情だ。幼い小姓の勝三郎まで生意気なのだ。

勝三郎が吉法師さまなどと呼ぶといきなりぶん殴られる。決めてはいないが、吉法師が勝三郎を呼ぶ時には「おい、勝！」で、勝三郎は「吉！」または「吉兄！」と呼ぶのだった。二人は乱暴で悪戯好きだが仲が良かった。

政秀は小姓の勝三郎を叱って厩に急いだ。目を離すとこの二人は何をしでかすかわからない。

案の定、厩の前では吉法師がどこから持ち出したのか、小さな刀を抜き放って厩番の小者に馬を出せと脅していた。小者は吉法師の足元に這《は》い蹲《つくば》って謝罪している。厩番は政秀の許しがなければ吉法師に斬られても馬は出せない。それを吉法師は脅して強引に出せと言うのだから困る。

政秀は慌てて厩に走った。

「おお爺ッ、こやつは馬を出さぬのだ。斬ってもいいか？」

乱暴もすぎるが吉法師がいきなり刀を振り上げた。その手に跳び付くと政秀は刀を捥《も》ぎ取った。吉法師のことだから癇癖を起こして、本当に小者を斬らないとも限らない。こんなことで家臣を斬ったりすれば、いくら雪姫の産んだ吉法師でも、信秀は涙を呑んで廃嫡にしなければならなくなる。吉法師の下には継室土田御前の産んだ勘《かん》十郎《じゅうろう》がいるからだ。後の信勝《のぶかつ》である。

「なんたることか、この者を斬っても馬は出ませせぬ。この爺に申されよ！」

「そうか。爺、すぐ馬を出せ！」

吉法師は平然と政秀に命じた。こういう時は素直なのだ。なんとも手の付けられない生意気な悪餓鬼である。大人の足元を見ているから始末が悪い。

「今は手習いの時でござる」

「ふん、そう言うと思った。手習いは飽きた。爺、さっさと馬を出せ！」

「なりませぬ。勝三郎殿はおとなしく手習いをしておられた。吉法師さまも戻って手習いをなさるように……」

いつものことながら政秀が厳しく言うとまたもや言い合いになった。

「勝は馬鹿者だ。いつまでやっても手習いなど上達はせぬ！」

「ならば、吉法師さまは上達されましたのかな？」

「ふん、勝よりはな……」

惚《とぼ》けた顔で言い放つ始末である。

「ならば爺に書いて見せてくだされ……」

「ふん、爺は勝の面を見なかったか。あれがそうだ！」

「あれは文字ではござらん。悪戯した髭でござる」

「ふん、髭でも書いたものは手習いだ！」

屁理屈を言って譲らない。吉法師はいつもこの有り様で、どこまでも屁理屈を通そうとして決して譲らない。まるでいつも禅問答をしているような二人なのだ。いつの間にか政秀はそんな吉法師が賢いと思うようになっている。屁理屈も毎回だとなんとなく上等な言い分のように聞こえてくるから恐ろしい。

「ならば、仕方ござらぬ。馬場を一廻りでござるぞ」

「ふん、三廻りにしろ！」

「三廻りでござるな、二言は聞きませせぬぞ」

いつものことながら政秀が折れるしかなかった。それでも馬上の吉法師は上機嫌なのだ。

吉法師が言う馬鹿者の小姓の勝三郎は、吉法師の書いた髭を自慢して歩いた。本物の馬鹿者だ。

「吉法師が書いた髭だ。どうだ！」

「吉の書いた髭だぞ。いい髭だろ……」

勝三郎は吉法師の書いた髭を、見せびらかして城内を笑わせて歩く始末で、いつも傅役の政秀の面目丸潰れである。賢い吉法師と馬鹿な勝三郎はいつも城内を騒がせている。

だが、信秀は母親のいない吉法師をあまり厳しく叱ることがなく、むしろ、吉法師の強情さは良き武将になる証と見て、雪姫の代わりだというように吉法師を溺愛した。

だが、政秀はほどほどを心得ているから吉法師も間合いを考える。吉法師にとって政秀は父であり母であった。

吉法師は土田御前と馴染むことも、弟の勘十郎と馴染むこともなかった。唯一の遊び相手はいつも一緒にいる小姓の勝三郎だけである。二人で城内を吹っ飛んで歩いた。城門の外に出ることはなかった。そんな吉法師の目はいつもキラキラと輝き、興味のあることには熱中する癖があった。

その吉法師が熱中したのが馬だ。もう馬を見る目には美意識が育ち始めていた。好みの馬は黒く馬体の大きな美しい毛並みの馬だ。誰にでも強情な吉法師だが馬には実に優しかった。その吉法師の強情さの裏に潜む孤独、寂しさを政秀は痛いほど理解していた。だが、吉法師の運命は孤独に勝つことだとも思う。

勝三郎も勘十郎も、寂しかったり悲しかったりすれば、優しく受け止めてくれる母がいるのに、吉法師にはそれがいない。だから泣きたい時は大きな目にいっぱいの涙を浮かべ、拳を握り締めて涙がこぼれないように踏ん張り、着物の袖でその涙を拭うしかなかった。

そんな吉法師を傅役の政秀は見ているしかないのである。

強い武将になってもらいたい。誰にも何事にも負けない強い武将に育って欲しい。政秀の願いはそれだけである。雪姫を愛した信秀が吉法師をも愛していることを政秀は知っている。だから尾張の虎に負けない強い武将になってもらいたいのだ。吉法師はそんな政秀の大きな愛に包まれていたといえる。

翌年、新しい古渡城《ふるわたりじょう》がほぼでき上がると、信秀は那古野城に吉法師の家老として、林佐渡守《さどのかみ》秀貞、平手政秀、青山与三右衛門信昌、内藤勝介を残し、吉法師の弟勘十郎と土田御前など一族を連れて古渡城に移っていった。

吉法師はわずか六歳にして四人の家老と那古野城に残され、幼い城主になったのである。

那古野城の使命は大きかった。美濃の蝮を始め、清洲城の信友や岩倉城の押さえの城にもならなければならない。北から見れば那古野城は古渡城の支城だが、東から見ると古渡城が那古野城の支城のように見える。

古渡城は今川軍と混乱している三河に備える城なのだから当然だ。信秀は古渡城の築城後十四年にして、より三河に近い古渡城の東に末森《すえもり》城を築くことになる。

喧嘩

六歳にして城主となった吉法師は、馬場で馬を乗り廻すほど上達して、政秀が目を離すと騎乗したまま城外に出たがった。

城門まで行って門番に「城門を開けろ！」と叫ぶ。

門番は心得ていて、「なりませぬ。ご家老の平手さまのお許しがない限りお通しできません！」と押し問答になる。

「ならば、爺を呼んでこい！」

吉法師も絶対に譲らないから押し問答が喧嘩になりそうだ。

門番も呆れて政秀を呼びに走るしかない。政秀もいつものことだから仕方なく城門まで行くと、「爺、これを開けろ！」と顎で言う。こうなると癇癖の強い吉法師が何を考えるかわからない。いつも仕方なく政秀は吉法師と約束をする。なぜか吉法師はその約束を必ず守るのだ。

「吉法師さま、城を一回りですぞ。城下には行きませぬ。よろしいですな？」

政秀はいつも自ら吉法師の馬の轡《くつわ》を取った。

「ふん……」

吉法師は膨れるがこういう時は機嫌は良いのである。

吉法師は信秀に似たのか黒鹿毛が好きだった。吉法師の顔は美男美女の信秀と雪姫に似て端整な美男子であった。ずいぶん雪姫に似てきたと思う。優しい時の吉法師は雪姫とそっくりだったが、怒ると尾張の虎に似てくるから親子なのだ。

吉法師は好きな黒鹿毛に黒雲《くろくも》と名付けて厩に入り浸り、厩番の小者と親しくなっていた。小者の喜介《きすけ》は、若殿、若殿と言って吉法師を大好きだ。「黒雲を出せ！」と命じられると喜んで鞍を付ける。

「爺、喜介を叱るな。喜介は黒雲の家来だから叱るな！」

政秀が喜介を叱ると、わけのわからないことを言い出す。喜介は吉法師の家来ではなく黒雲の家来だとわからないことを言う。政秀はそんな屁理屈の吉法師に抗う気にもなれない。何か言えば倍の屁理屈が返って来るだけで吉法師には勝てなかった。

吉法師の言い分は、吉法師が厩に行くと黒雲が喜んで外に出たがる。だから黒雲の家来である喜介は黒雲を厩から出すのだと言う。その黒雲に吉法師が乗る、だから喜介は悪くないという屁理屈らしい。

確かに、吉法師を見ると黒雲は歯を剝き出して喜ぶ。

政秀はそんな黒雲を何度も見ている。だが、屁理屈はどう言おうが屁理屈に過ぎないのだ。ところが近頃の吉法師は少々天邪鬼が加わって、わざと人を困らせようという気配があるのだ。そんな吉法師の変化を心配して政秀は、吉法師の師になれるような人を探し始めていた。小嶋日向守から学問は早いほうが良いと言われたこともあるからだ。

優将になるには何はさておいても学問が大切である。

蛮勇の将ではどんなに強くても困ったことになるだろう。決して龍にはなれないと政秀は思うのだ。吉法師には尾張という登竜門から飛び出して、天下に雷鳴を轟かせる龍になって欲しい。亡き雪姫が吉法師を守ってくれると信じて疑わない政秀だ。

「門番、開けよ！」

政秀はそう命じると手綱を摑んで城を一廻りする。

約束の三廻りをすると吉法師は満足して、黒雲を厩に戻して小者の喜介に預ける。

何度かそんなことを繰り返すうちに厩に黒雲を残したまま、吉法師が何をたくらんだのか城から姿を消したのである。

城内が大騒ぎになって吉法師を探しても見つからない。

「勝三郎殿ッ、吉法師さまがどこか知らぬか？」

「知らんッ！」

勝三郎も吉法師に似てきて強情である。

勝三郎は、吉法師が政秀と城を廻りながら抜け出す場所を探していたことも、そこから城下に忍び出て喧嘩をしにいったことも知っている。このところ吉法師の動きがグンと広がって、那古野城内には収まらなくなってきていた。城外に面白いことを見つけると、せまっ苦しい城内などにいられなくなる。それは政秀が警戒していたことでもあった。吉法師が喧嘩に勝って帰るか負けて帰るか、勝三郎はそっちのほうが楽しみなのだから口が堅い。易々と吉法師の居場所など白状するものではない。

「勝三郎ッ、吉法師さまに怪我でもされては困る。どこにいるのか申せ！」

「知らんッ！」

「よし、強情な。乳母殿を呼んでまいれ！」

強情な勝三郎にたまりかねて侍女に母親を呼びに行かせる。近頃は政秀と乳母が二人がかりでも吉法師の素早さについていけない。吉法師の動きを知っているのは勝三郎だけである。

「勝三郎殿、吉法師さまの行方不明は一大事なのじゃ。居場所を知っているならこの母に言ってくださらぬか、お迎えに行かなければなりません」

母親が哀願しても勝三郎は頑として口を割らない。

「知らん！」

「まさか、吉法師さまは城外ではありませぬな？」

「知らんッ！」

口を結んでそれ以外は言わない。知らないの一点張りなのだから始末が悪い。

「勝三郎殿、そなたは吉法師さまの家臣ぞ。もし、吉法師さまに何かあれば、そなたは切腹をしなければなりませんぞ。宜しいな？」

母親が脅すのだが目に涙をためて逆に睨みつけるのだ。

「知らんッ！」

林、青山らまで心配しだした夕暮れ時に、吉法師が小袖はボロボロ、顔も手足も泥だらけで額に瘤を作って帰ってきた。出迎えた政秀の顔を睨んでいる。

「爺、刀をどこにやった？」

「吉法師さまッ、そのお姿は何事でございまするかッ？」

何があっても我慢してきた政秀が目を剝いてかつてない剣幕で聞いた。

「戦だッ。敵は五人、大将は五六蔵《ごろぞう》だ！」

「戦とは、城下でございまするか？」

「そうだ。爺、刀を出せ！」

「刀でどうなさる？」

「決まっている。五六蔵を斬ってくる！」

政秀はその五六蔵なる者を知らない。城下の子どもではないかと思う。

「吉法師さま、まずはここへお座りくだされ……」

「座れば刀を出すか！」

「兎に角、お座りくださるよう……」

「嫌だ。これから五六蔵を討ち取ってくる！」

「されば、吉法師さまは一人で戦をなさるのか？」

「そうだ。爺も見にくるか？」

「吉法師さま、戦は一人でなさるものではございません。敵が五人ならばこちらは十人で戦いなされ！」

「ふん、爺は臆病だな。戦は刀でするものだ。出せ！」

「敵が槍を持ってきたらいかがなさる？」

「ふん、槍を持っていく！」

「吉法師さま、吉法師さまはこの城の大将でございまする。その大将が一人で戦って討死したらなんとなさるおつもりか？」

「討死などせん！」

「そのようなことはわかりません。それより五六蔵なる者を家来にはできませぬか。乱世には敵を斬り殺して勝つことも大事ですが、その敵を味方にして使うことも考えなければなりません」

　立ったまま刀を握って飛び出していきそうな吉法師を政秀が諭した。

「ふん、敵が味方になるものか！」

「なりまする、強い敵を味方にすることが大将の器というものでござる」

「なんだ。大将の器とは！」

「大将の心の大きさでござる、許せるものは許す、許せぬものは許さぬという心の大きさを持つことでございます。吉法師さまにとって、その五六蔵という者は許せぬ者か、許せる者か考えてくだされ。斬ることはいつでもできまするが、斬り殺してしまえば家来にはできませぬぞ」

「そうか。大将とはそんなものか？」

大きなたん瘤が赤く血が滲んで痛々しいが、吉法師は大将の器ということをあっさり受け入れた。こういうところは実に賢いのだ。

「いかにも、吉法師さまはこの城の御大将なれば、五六蔵に太刀ではなくお頭《つむ》で勝ちなされ、賢い御大将に家臣が付いてくるのでございます。刀だけを振り回す馬鹿な大将では誰も家臣にはなりません。御大将は刀を抜かずに戦いに勝つことです」

「そうか。大将は刀を抜かないのか。だが、許せぬ時は抜いてもよいのだな？」

「はい、それがわかれば吉法師さまは立派な大将でございます」

「うん！」

政秀が吉法師を思い切り持ち上げた。

すでに吉法師には信秀の武勇と雪姫の聡明さが顔を出し始めていた。御大将は刀を抜かないで戦いに勝つというのが気に入った。吉法師の頭は一を知ると十も二十も響く良い頭なのだ。

政秀の話に納得すると、吉法師は五六蔵をどうするか、どうして倒すか別の方策を考え始めるのである。そういう賢さに政秀は気づいていた。それだけにどうしても吉法師の聡明さを生かしてくれる師が欲しい。

実はその師が意外に身近にいたのだった。

兄弟

吉法師は時々城を抜け出して城下を遊び歩くようになった。

いつの間にか喧嘩相手の五六蔵も吉法師の家来になり、今では三十人ほどの集団の餓鬼大将になっている。吉法師の賢さに臣従した子どもの家来たちである。なんといっても吉法師といると、遊びを次々と工夫するから面白い。

吉法師の一番の気に入りは、黒雲に騎乗して馬場や、近頃は那古野城の周辺を駆け回ることだ。次が二手に分かれての戦。川干しの魚獲り、相撲も好きだ。吉法師は男も女も区別しないで扱うからみんなに人気がある。

「爺、銭を出せ！」

吉法師は政秀の部屋にくるといきなり汚れた手を出した。

いつものように立ったままで言う。その格好が珍妙で、短袴《たんこ》に小袖で髪は赤い紐で後ろに結んでいる。袴《はかま》は裾が長いと走れないから短く切ってしまう。小袖はどこかにほころびを作っていることが多い。髪は、家来というよりは子分の勝三郎が紐で結んでやる。勝三郎がいつも神妙に従っていた。

「銭、その銭を吉法師さまは何に使われまするか？」

政秀が穏やかに聞いた。

「家来たちを食わせるのだ！」

「ほう、吉法師さまの家来はそこに勝三郎殿がおりまするが、他にも？」

「勝は家来ではない。兄弟だ！」

吉法師が勝三郎の頭に手を置くと、勝三郎が得意げにニヤリと笑った。吉法師は五六蔵たちにも勝三郎を弟だと言った。確かに兄弟といえば乳兄弟の義兄弟ではある。

「では、ここに爺がおりまする」

「爺は吉法師の家来ではない。信秀の家来だ！」

「なんと、大殿を呼び捨てになさるとは……」

政秀が呆れた顔をした。

「大殿さまとか父上さまとか呼び方がござろうに……」

「ふん、信秀は信秀だ。吉法師は吉法師だ。勝は勝だ。爺は爺だ！」

「わかりました。して、吉法師さまのご家来たちはどちらにおられますか？」

「城下に隠してある」

「何人ほどの手勢でござるかな？」

「それは言えん！」

「なぜでござる？」

政秀が吉法師を睨んで詰問した。

「ふん、手勢の数を教える馬鹿がどこにおる。なあ勝！」

「はい！」

吉法師はすっかり大将の気分らしい。そういえば近頃少々大人びたことを言う。

「されば、銭はいかほど？」

「多いほうがいい。これから五百人ほど集める。強い者ばかりな！」

「ご、五百、吉法師さまはその五百の兵で戦でもなさるのか？」

「爺は愚かだな。これぐらいになったら戦をする」

吉法師が片手を開いて政秀に突き出した。まだ小さな指が五本である。

「ほう、五千でござるか？」

「爺、五千の兵で今川義元に勝てるのか？」

「では、五万でござるか？」

「そうだ。これから集める。その手始めだ。だから銭を出せ！」

吉法師が義元に勝つため兵を集めるから銭を出せと政秀に命じる。

政秀はいずれ吉法師が五万の大軍を率いた大将になる姿を想像した。あり得るかもしれないと思う。政秀は瞑目して考えた。政秀はこの途方もない悪たれ小僧が好きだ。今川義元と戦うという大きな夢も気持ちがいい。

「わかり申した、しばしここで待たれよ。但し、いつもこのように易々と出すことはでき申さぬ。ご家老たちに相談しなければなりません。宜しいな？」

「うん、わかった！」

政秀は林佐渡の次の二番家老なのだ。

筆頭家老の林佐渡は口うるさく吉法師は苦手だ。政秀のように話のわかる家老ではないと思う。だからあまり口を利いたことがない。政秀が座を立っていき戻ってきた時には革の銭袋を持っていた。それをジャリッと吉法師の前に置いた。

「ここに銭が二貫目あります。それをお使いください。但し、この銭はお城のものにございます。わかりますか？」

「わかる。百倍にして返す！」

二貫目というのは子どもにはなかなかの金高であった。それを吉法師は百倍にして返すと言ったがそんなことができるはずはない。政秀は吉法師が可愛いのだ。

「勝ッ、この銭袋を持て！」

吉法師が命じると勝三郎は銭袋を持ってヨロヨロと歩いた。

「重い！」

「勝ッ、しっかりしろ！」

吉法師が勝三郎を叱り付ける。

「爺、この銭は爺からの借りだ。必ず百倍にして返すからな」

そう言うと二人が部屋から出ていった。

ヨロヨロ歩く勝三郎を従えて城門を出ると、四、五人の汚い餓鬼がバラバラと出てきて吉法師に従った。吉法師より年上の子どもが多い。吉法師の家来が集まる場所は城下外れの森の中にある五六蔵の百姓家の庭で、大木の下に輪になって集まるのだが、多い時は三十人を超える。

「大将、今日は五人増えた。ええとお前とお前と……」

数を数えたが無学な五六蔵には数えられない。

「五六蔵、三十二人だ！」

商家の次男坊が教える。

「うん、そうだ、大将、今日は三十二人だが、みんなだと三十五人ぐらいかな」

「そうか、もっと人数を増やせ。これは銭だ。勝ッ、その銭を三つに分けろ！」

命じると勝三郎がザラザラと地面に銭を広げた。

「吉法師、三つだな？」

「そうだ。同じように三つだ！」

　勝三郎が適当に三つに分ける。

「よし、この一つは食い物だ。五六蔵、お前の家に籠があるだろう。宗太《そうた》と次助《じすけ》を連れて行け、城下の婆《ばあ》の餅がいい！」

「もう一つは槍だ。本物は駄目だ。稽古の槍を人数分だけ買う」

「女の分もか？」

「そうだ。足りなければ棒を探せ。金太《きんた》、野助《のすけ》、五助《ごすけ》、おなか、おすな。お前たち五人で行ってこい、後の一つはみんなの褒美にする、行け！」

「おおッ！」

　一団が地べたから立ち上がると尻をはたいてバタバタと走り出した。

　女が何人も交ざっている混成部隊だ。みな体の大きな強そうな女ばかりだった。そういう腕っ節の強そうな女が吉法師の好みである。吉法師は荷車に腰掛けて残った兵たちを二組に分けた。

「大将、わしは駄目なのか？」

　戦いから外され不満顔の勝三郎が聞いた。

「勝はわしの傍におれ！」

　吉法師がニッと笑う。今の吉法師が気を許せるのは勝三郎だけだ。勝三郎が赤子の時から一緒なのだ。

「本物の戦の時には勝を吉法師の右の大将にしてやる！」

「右、それじゃ左は誰だ？」

勝三郎が吉法師を見て聞いた。

「それはまだわからん。いつか決める！」

「五六蔵では駄目か？」

「駄目だ！」

そうきっぱり言って兵を二組に分けた。

吉法師は生まれながらにして母の愛を知らない。

雪姫が吉法師を産んですぐ十九歳で死ぬと、吉法師は勝三郎の母親を自分の母と思ってきたが、それが違う人だったことを今ははっきり知っている。その孤独が吉法師をより強くしたともいえる。自分のことは自分で守らなければならないと思う。

父の信秀も那古野城を出て古渡城に行ってしまった。今、傍にいる味方は政秀と勝三郎、それに近頃、槍を教えてもらいたいと思っている勝介ぐらいだ。あとはここにいる子どもの家来ぐらいである。だが、子どもたちはあまり当てにできないとわかっていた。

幼くして吉法師は自立していたのだ。

政秀以外、誰にも甘えたり媚びたりはしない。自分の信じる道を行くしかないと、本能的に察知していたのである。

合戦

腹を満たした三十二人の吉法師の家来は、五六蔵の家の裏の森に場所を移して戦いを始めた。東軍の大将が五六蔵で、西軍の大将は商家の次男坊の次助である。いつもは吉法師の軍と五六蔵の軍の戦いだが、五六蔵は負けてばかりだから今日は次助を大将にした。そのほうがいい勝負になるだろうと思う。

吉法師は森の小さな広場の切り株に腰を下ろして森の中の声を聞いている。

「始まるな?」

「うん……」

吉法師の傍には銭袋を持った勝三郎が従っていた。

敵の槍を取り上げたら、その槍と捕虜を連れてくれば良いのだ。子ども同士の戦いとはいえなかなか壮絶である。敵といってもそこは仲間だからあまりひどい乱暴をすると吉法師に叱られる。意外にも最初に敵を捕まえてきたのは大女のおすなだった。槍を二本担いで小柄な多吉《たきち》を引きずってきた。多吉は槍で殴られたのか右目の上に痣《あざ》を作っている。

「おッ、おすな。多吉を捕まえたな！」

「うん、大将。これでいいのか？」

「ああ、それでいい。勝ッ、おすなに褒美をやれ！」

吉法師が命じると勝三郎が小さな手を銭袋に突っ込んで銭を一枚おすなに渡した。

「おすな、もう一人だ。捕まえてこい！」

「うん！」

おすなは自分の槍を担いで、多吉を置いて森の中に走っていった。

「勝、おすなは強いな。昔なら巴御前《ともえごぜん》だ！」

「それは誰だ？」

勝三郎は色々なことを知っている吉法師は賢いと思う。

「昔の女大将だ！」

「女の大将か、吉法師はなんでも知っているな」

「爺から聞いた」

「うん……」

勝三郎も一緒に聞いた話だが忘れてしまって、吉法師は物知りだと感心している。お前も聞いただろうとは言わない。それを言うと勝三郎が悲しい顔をするからだ。まだ子どもだから忘れても仕方ないと思う。

吉法師は、弟であり家来であり子分でもある勝三郎に優しい。

「捕まえたぞッ！」

叫びながら西軍の大将次助が足軽の三男坊喜八《きはち》を捕まえてきた。油断した喜八は次助に腰を叩かれて降参したのだ。そんな戦いが森の中で半刻ほど続き、続々と槍を取られた捕虜が吉法師の傍に溜まってくる。

そこへ荒縄でぐるぐる巻きにされた大将の五六蔵が、巴御前のおすなに引き立てられてきた。吉法師は思わず切り株から立ち上がった。

「大将、これでいいか？」

「うん、五六蔵、泣くな。お前は大将なんだぞ！」

吉法師が頭を掻きながら怒っている。おすなが五六蔵を吉法師の足元に転がした。情けない五六蔵は額に大きな瘤を作って泣いていた。おすなに槍でひっぱたかれたのだ。

「よし、大将が捕まったら終わりだ。みなを呼んでこい！」

「うん……」

「勝。おすなは強いな！」

「おすなは大将のことが好きなんだ」

勝三郎が言うと、吉法師を大好きなおすながはにかんだ笑顔で顔を赤らめる。

「そうか、おすな、お前をわしの嫁にしてやる」

「うん……」

おすなが嬉しそうに頷いた。美人ではないが醜女《しこめ》でもない。笑うと皺ができて婆さんのような顔になる。体も大きいからおすなはどこかの嫁のようだと思う。

「明日は東の大将はおすなだ！」

そう宣言すると吉法師は城に帰ると言って歩き出した。ゾロゾロと森から家来たちが出てきた。穂先のない槍や棒ッ切れを担いでなかなか勇ましい。それが三十人もいるのだからなかなかの軍勢だ。自然解散になって一人ずついなくなった。

「勝、今日の合戦はどうだった？」

だいぶ軽くなった銭袋を担いだ勝三郎に聞いた。

「うん、五六蔵が泣いちゃった」

「ふん、もう五六蔵は駄目だ。みんなに泣き虫だとわかってしまった。次助は頭がいいから足軽大将ぐらいにはなれる」

吉法師の評価はなかなか厳しい。二人が城に帰る頃には夏の長い日も暮れようとしていた。吉法師が黒雲を見ようと厩に行くと、馬場で馬をせめた内藤勝介が大汗を流しながら戻ってきた。馬上での槍の使い方では勝介に勝てるものはいない。槍自慢の者は多いが勝介には勝てないだろう。吉法師は馬場にいる勝介を見るたびそう思う。

「おおッ、若殿、今日も合戦でござるか？」

そう言いながら馬から飛び下りた。喜介が手綱を受け取ると勝介が吉法師に近づいてきた。片肌脱ぎの勝介が汗を拭いて着物の袖に腕を通した。勝介の槍の強さは政秀から聞いている。大殿の信秀が吉法師を守らせるために、那古野城に残してくれた四番家老だという。

「勝介、槍を教えろ！」

吉法師が唐突に言った。勝介はこの強情者には珍しく素直だと思って見つめた。吉法師の顔は真剣だった。このところ槍の稽古をしたいと考えてきた。それに教えてもらうなら勝介がいいと思ってきた。政秀の話から吉法師は内藤勝介なら信頼できると思う。

「若殿、承知いたしました。それでは明朝からで宜しいかな？」

すると吉法師が首を振った。

「今からだ。喜介、槍を持ってこい！」

吉法師が命じると勝介が喜介に頷いた。喜介は厩に走っていって真槍《しんそう》を担いで戻ってきた。喜介が磨いてピカピカにしている自分の槍だ。それを黙って吉法師に渡した。

勝介が握っているのも真槍だった。

「若殿、槍と弓は戦いでは最も大切な武器です。弓は遠くの敵を射殺《いころ》し、槍は近くの敵を刺して殺します。突き刺した敵の顔がはっきりわかりますが、敵がどんなに苦しんでも怯んではなりませんぞ。油断になります。よろしいですか？」

「うん……」

吉法師には勝介の言いたいことがわかった。

敵に同情して油断をするとこっちがやられるということなのだ。戦場ではやるかやられるかだと言っている。戦いとは殺し合いなのだということだ。

「若殿、どこからでもまいられよ！」

勝介が得意の短槍を構えた。吉法師の目の前に勝介の槍の穂先が夕日にキラキラと光っている。この槍で一突きにされたら死ぬ。だが、それを怖いと思ったら戦いは負ける。

「よしッ！」

頷いた吉法師が二歩、三歩と後ろに下がって槍を構えた。

「槍先を下げると地面を突きますぞ。このように槍先を下げないようにしてください」

「わかった！」

「一つだけ忘れてならないことは、槍は突くことも大切ですが素早く引くことがもっと大切です。突きっ放しにすると次に突くのが遅れます。柄を折られることもありますから突いたらサッと引くことです」

「わかった！」

「では！」

二人の戦いが始まった。勝介は余計なことを言わない。

真槍の槍先を怖がらない吉法師を見ている。いくら稽古とはいえピカピカの穂先は怖いはずなのだ。だが、吉法師にはそういう気配が感じられない。まったく怯えても怖がってもいない。この小僧はただ者ではないぞと思う。強情者と聞いてはいたがそんじょそこらの強情とは違う。

その真剣な目に宿っているのはなんだ。

内藤勝介は槍を構えた吉法師に鬼神が宿っているのを見た。これは強情ではない。菩薩の雪姫さまがこの世に残された神だ。勝介は全身が震えるような感動を覚えた。

「突け！」

瞬間、吉法師の槍が勝介の胸をめがけて、「ヤーッ！」と気合よく突き出される。

その槍先を体を開いてかわすと重い槍先が下がって、吉法師は前のめりに走って槍先でザクッと地面を突いてしまった。

「くそッ！」

舌打ちすると吉法師は体勢を立て直す。

「突け！」

「ヤーッ！」

再び槍を突き出したがまた勝介にかわされ前につんのめって転んだ。

「若殿、初めてにしては良い踏み込みでござる。もう一度まいられよ！」

勝介が強気の吉法師を励ました。

だが、吉法師は三度目も同じだった。西の空が燃えているように赤く焼けてあたりは薄暗くなってきている。真槍は吉法師が思っていた以上に重かった。

「若殿、今日はここまでにいたしましょう。明朝、若殿の寝所の庭にてお待ちいたす！」

勝介は槍を喜介に渡すと吉法師に一礼した。

「よしッ、わかった！」

吉法師は興奮していたが素直に喜介に槍を渡して走り去った。

吉法師は少しも悔しくなかった。勝介が信秀の家臣の中で一番の槍の使い手であることを知っている。そう易々と倒せる相手ではない。いつも強い者が大好きな吉法師なのだ。強い者だけが生き残れる乱世であることを吉法師はわかっている。そのためにはまず勝介に槍を教えてもらう。そのうちに弓もやらなければならない。徐々に吉法師の五体に宿っている戦いの神々が覚醒しつつある。それを勝介は見たのだ。平手政秀も気づいていた。

吉法師はすでに誰よりも強い武将になると決心している。

この時、百年に及ぶ乱世は、大混乱を秋の猛烈な野分のように薙ぎ払ってくれる大将を望んだのかもしれない。民の難儀を見て、熱田の神がそんな大将を尾張に出現させたのかもしれなかった。神はその時代に必要な人々をこの世に届けてくる。

翌朝、目を覚まして吉法師が庭を覗くと、鎧で武装した勝介が稽古槍を持って立っていた。

「若殿、お早い目覚めでござるな。朝餉の前に一勝負いたそうぞ！」

「よしッ！」

負けん気の強い吉法師が裸足で庭に飛び下りた。

もう寝ぼけてはいないが、ぼさぼさ頭の吉法師に稽古槍を渡すと勝介が構える。

「さあ、突いてまいられよ！」

「よしッ！」

吉法師は勝介の胸に稽古槍を突き出した。

勝介は体を開かず鎧の胸で吉法師の槍を受け止めると、吉法師は後ろに弾き飛ばされて転んだ。

「若殿、それではこの勝介を倒すことはできませぬ。もう一度まいられよ！」

槍を立てたまま、勝介は仁王立ちで吉法師の構えを待った。

吉法師は槍を持ち直すと思い切り突っ込んでいったが、またもや跳ね返されて後ろに転んだ。勝介の踏ん張りに吉法師はひっくり返される。

「今のは少し効き申した。良い突きでござる、もう一度！」

「よしッ！」

吉法師は勝介を後ろにひっくり返してやろうと槍を構える。

だが、勝介は一、二歩下がるだけでびくともしない。踏ん張ったまま簡単に倒れるものではない。こうなるとなんとか倒したいと考えるのが吉法師だ。槍は突くだけだから工夫といってもあとは叩くぐらいしかない。勝介は鎧兜で完全に武装しているのだから隙などない。叩くといっても槍でバシッと弾かれるだろう。折れるかもしれない。

「若殿、少し腰を落として、このように構えなされ！」

勝介が足を前後に腰を落として吉法師に槍の構え方を教える。

「こうか！」

吉法師は素直に構えを変える。

「良い構えでござる。そのまま真っ直ぐ突いてまいられよ！」

そう言うと勝介は槍を立ててまた仁王立ちになった。そこへ吉法師の槍が突進していった。ドスと大きな手ごたえはあったが、吉法師はよろよろと腰砕けになった。それでも転ばずになんとか踏み止まった。今度は勝介が二、三歩後ろに下がる。なかなかの突きだったと吉法師は思う。もう一歩で勝介を突き倒せるかもしれない。わずかだが希望が見えてきた。

「おう、殿に内藤殿、槍の稽古でござるか？」

朝の挨拶で政秀が顔を見せた。吉法師の体調や機嫌を伺いに、政秀は必ず吉法師の部屋に現れる。何よりも先にしなければならない傅役の大切な仕事だ。それは毎日のことで、吉法師は守られている。

政秀を振り向いた吉法師が嬉しげにニッと笑った。

それだけで体調は万全で機嫌は上々だとわかる。機嫌が悪い時は寝起きから不愉快な顔だ。そういう時は要注意で、吉法師の強烈な癇癖と手の付けられない天邪鬼に気をつけなければならない。吉法師のほうから政秀に喧嘩を仕掛けてくることもある。なかなか厄介な殿さまなのだ。

「爺、勝介は強いぞ！」

吉法師は自分のことのように自慢げに言った。

「さよう、内藤殿より強い武者はこの城にはおりません！」

そう政秀が言い切った。

「うん！」

なんとも嬉しげな吉法師だった。こうして吉法師の槍稽古が始まり、勝介は吉法師が飽きないように、稽古槍だったり真槍だったり短槍だったり長槍だったり、工夫を凝らして毎朝続けた。そのうち槍を持って騎乗することも覚えた。だが、馬上で槍を振り回すのは黒雲が止まっていても難しい。槍に振り回されて落馬する。ましてや馬を走らせながら槍を使うのは至難のことだ。

吉法師はよく食うがそれ以上に走り回るので、少し痩せていたが同い年の子より頭一つ背が高く、槍稽古が始まると日に日に逞しくなった。男の子はこのようにして強い武将に成長する。ことに吉法師の気迫は群を抜いて強烈だった。相変わらずの癇癖で、天邪鬼に近頃は狡さが加わってきた。

政秀は時々稽古の様子を見にくるようになった。

その政秀は吉法師の師になって欲しいと、ある人物に時々書状を届けていた。その人物は京にいたのだが、近頃は美濃に住んでいて、なかなか色よい返事をもらえないでいる。

平手政秀が吉法師の師として白羽の矢を立てたのは、京の臨済宗《りんざいしゅう》妙心寺《みょうしんじ》の沢彦宗《たくげんそう》恩《おん》だった。沢彦は妙心寺の多くの僧の中で第一座という大秀才である。

その沢彦なら吉法師の師として申し分がない。

政秀はそう考え一年ほど前にその旨の書状を届けていた。というのは政秀と沢彦には浅からぬ縁があった。政秀が妻を亡くし継室を迎えたが、その継室も数年前に亡くなってしまった。その継室の叔父が沢彦宗恩だったのである。

そんなことから政秀は吉法師の師として尾張に来て欲しいと願った。

だが、京の妙心寺の第一座というほどの人物は、天皇とか将軍のお傍にいるべき人で、尾張の名もなき大名の子息などの師になるべき人ではない。沢彦から色よい返事をもらえないでいたのである。

当然と言えば至極当然なことだ。

だが、政秀は諦めず書状で願い続けた。一度だけでも吉法師を見て欲しいと願ったのである。そうは言ってもなかなか実現しなかった。

臨済宗の二大徳の一人で、後に武田信玄の秘密を知ったために暗殺される妙心寺第三十八世大住持の希菴玄密《きあんげんみつ》の後に、第三十九世大住持になったのが沢彦なのだ。「尾張に来てください」「はいわかりました」というわけにはいかない。

二大徳のもう一人は、後に国師《こくし》になる第四十三世大住持の快川紹喜《かいせんじょうき》で、沢彦と快川は兄弟の約束をしていたという。国師とは天皇の師という意味である。

　希菴玄密は東美濃の岩村《いわむら》城下の大圓寺《だいえんじ》の住職である。

甲斐の武田信玄に招かれて恵林寺《えりんじ》の住職になるが、すぐ弟子の快川紹喜に住職を譲ってしまい、信玄が恵林寺に戻るよう再三要請したが、それに応じることがなかった。

そのため信玄が激怒、岩村城を攻撃した家臣の秋山虎繁《とらしげ》に命じて、希菴玄密を暗殺し大圓寺も焼き払ってしまう。

　美濃からは、妙心寺を開山した関山慧玄《かんざんえげん》を始め、希菴玄密、沢彦宗恩、快川紹喜、虎哉宗乙《こさいそういつ》、南化玄興《なんかげんこう》など優れた僧が多く出ている。

　関山慧玄の影響が色濃く残っていて、妙心寺派の寺院が多い。

平手政秀が沢彦宗恩に吉法師の師を願ったのには、もう一つの重大な意味があった。

それは駿河の今川義元にあった。

　義元は今川氏親の三男として生まれたが、兄二人がいるため四歳で仏門に出される。

　駿河瀬古《せこ》の善得寺《ぜんとくじ》に入り九英承菊《きゅうえいしょうぎく》こと後の太原崇孚雪斎《たいげんそうふせっさい》と出会う。このことが義元の生涯を決めたともいえる。幼名芳菊丸《ほうぎくまる》こと義元は太原雪斎と京に上り、臨済宗五山の建仁寺《けんにんじ》に入り得度して、芳菊丸は梅岳承芳《せんがくしょうほう》となった。

建仁寺は学問の寺で、梅岳承芳は修行をし、やがて雪斎と承芳は建仁寺から妙心寺に移って、円満本光《えんまんほんこう》国師こと大休宗休《だいきゅうそうきゅう》に学ぶことになる。太原崇孚雪斎は駿河の庵《い》原《はら》家の出自で、信玄の軍師山本勘助《やまもとかんすけ》とは縁者であった。

後に雪斎は甲斐の武田、相模の北条、駿河の今川の三国同盟を完成させるなど、天下一の大軍師といわれる。雪斎も妙心寺の秀才で、第三十五世大住持であった。

つまり太原雪斎と沢彦宗恩は妙心寺の兄弟弟子である。

その雪斎と承芳が駿河に戻り、承芳は還俗して今川義元となり、太原雪斎は駿府《すんぷ》城下の臨済寺の住職になった。義元の軍師として太原崇孚雪斎は戦いにも出て、信秀は今川軍との戦いで苦戦することになる。

やがて吉法師が成長すれば、今川義元と戦うかもしれないのである。政秀の秘かな狙いは、その時、沢彦宗恩が吉法師の傍にいれば、太原雪斎と対抗できるということなのだ。

遠くを見つめた政秀の深謀遠慮であった。

この政秀の考えがやがて的中することになる。

尾張も駿河も美濃も甲斐も遠い国々ではない。山を越えれば甲斐であり、川を越えれば美濃である。互いに隣国といえるほど群雄は割拠して、今まさに織田信長、今川義元、毛利元就《もうりもとなり》、武田信玄、上杉謙信《けんしん》、北条氏政《うじまさ》、豊臣秀吉《とよとみ》、徳川家康、伊達政宗《だてまさむね》などが、乱世の終焉に向かって続々と登場しようとしていた。

この時、吉法師は六歳、西国の雄である毛利元就は四十三歳、今川義元二十一歳、武田信玄十九歳、上杉謙信十歳、豊臣秀吉三歳、北条氏政二歳、徳川家康と伊達政宗はまだ生まれていなかった。

乱世は猛烈な痛みによる悲鳴を上げながら、泰平の世を求めて咆哮《ほうこう》し彷徨《さまよ》うのである。

そこには神々が揃えた勇者たちがいた。自らの信じるところを持てる武力と知力を頼りに戦う。どこに光明があるのかは誰にもわからない。それが百年に及ぶ戦国乱世という時代であった。血で血を洗い、折り重なった屍を越えてなお突進するしか、生きるすべのない日々が連なっていた。どこかで誰かと誰かが必ず戦っている。

そんな激動の中で吉法師が七歳になると、平手政秀が待ちに待った沢彦宗恩が、乱世を薙ぎ払う使命を抱えて飄々と尾張に現れ、吉法師の師となる。吉法師は沢彦から、四十八歳にして天下を取るだろうとの予言と共に、信長という名をもらう。信長は三国志の英雄、魏《ぎ》の武皇帝こと曹操孟徳《そうそうもうとく》になろうと覚悟する。

吉法師は那古野城の幼い城主となり、城外には広くて面白い世界があることを知り、連日城を飛び出して大暴れの最中である。吉法師には蛭《ひる》のように腰巾着の子分、池田勝三郎が従って走り回っていた。息苦しい城内などにいてたまるかというのだ。近頃、吉法師が尊敬しているのは槍の名人で四番家老の内藤勝介である。

兎に角、勝介をなんとか倒さなければならない。

幼いながら吉法師は乱世に飛び出して戦う覚悟はあるが、どう戦えばいいのか腕と知恵がなかった。すべてを学ぶのはこれからである。

「殿はどこだ?」

政秀が所在不明の吉法師を探す日々が始まっていた。

第二章　弾正忠家

鳴動

三河は、名将松平清康が守山攻めを目前に二十五歳で不慮の死を遂げると、その嫡男松平広忠が継嗣《けいし》となった。

だが、まだ十歳の広忠は松平本家ながら桜井松平信定に岡崎城を横領され、城から追放されたのである。ところがその広忠を助けたのが、清康を刺殺した弥七郎正豊の父阿部大蔵定吉であった。

広忠は定吉と共に吉良家を頼り、吉良家の領地のある伊勢まで逃亡する。

阿部定吉は清康の刺殺を信定の謀略と見ていた。松平信定は謀略に成功し岡崎城に入城するが、安祥松平譜代の家臣たちは事件の真相を疑い、信頼できない信定を領主とすることを拒み、また、東三河に対する今川義元の圧力も強く、信定は天文六年

（一五三七）には早々に岡崎城を退去してしまう。

結局、信定の謀略は頑固な三河武士に阻まれて成功しなかった。

このような三河の混乱は信定の父、松平長親の老齢によるところが大きい。長親は今川氏親やその家臣の伊勢盛時《いせもりとき》こと北条早雲《そううん》とも戦い、三河の基礎を築いた名将ではあったが、早くに家督を相続させた嫡男信忠が暗愚だったため、三男信定を溺愛したのである。

こうなると例のお決まりの家督争いなどということになりかねない。

それに気づいた信忠が早々と清康に家督相続させる。清康は有能だったが、信定の謀略に引っ掛かって不慮の死を遂げてしまう。清康の子広忠と信定の間で後継者争いが起きても安祥城の松平長親は動かず、家臣の失望するところとなった。信定と縁戚でもある織田信秀もこの混乱を静観している。

信秀は守山崩れの松平軍を追ったが大樹寺で反撃を食らった。

迂闊に三河に手を出すと、窮鼠猫を嚙むで大怪我をしかねなかった。三河兵が強いこともわかった。こういう時は手を出さずに高みの見物に限る。いずれ三河には攻め込む時が来ると思う。

一方、美濃の土岐頼武と頼芸兄弟の家督争いに、朝倉や六角が参入して混乱。

蝮こと長井新九郎規秀は美濃守護代斎藤利良が病死すると、その名跡を継ぎ斎藤親九郎利政と名乗り着々と地歩を固めている。その蝮の猛毒が名門土岐家の五体に効き始めていた。こうなるとその毒を取り除くことはほぼ困難である。

松平広忠は、天文九年（一五四〇）には阿部大蔵定吉と帰国するため、伊勢から密かに長篠《ながしの》に帰ってくる。広忠は今川義元の援助と機転もあって、岡崎城に再入城することができたが、西三河、東三河、奥三河の混乱は収まりそうにない。広忠が岡崎城に戻ってきたとはいえ、それは今川義元の後ろ盾があっての帰国だった。だが、義元が河東問題を抱えていて、今川軍は東に向かい、西の遠江《とおとうみ》や三河は手薄になりがちである。それでも今川軍はじわりじわりと西に進攻、遠江を手に入れ、広忠と阿部定吉が義元を頼ったことで、今川軍は三河に入りやすくなった。

そこで、信秀はまず混乱で衰弱した三河を攻めることを決意する。

今川義元が東三河を侵食し始めたからで、今川軍が西三河から尾張に進攻する足を止める目的もあった。今川軍は東を向いているとはいえ、今川家には太原崇孚雪斎と朝比奈泰能《あさひなやすよし》という軍師と名将がいた。泰能は遠江掛川《かけがわ》城の城主で、今川氏親、氏輝に仕えた今川家の宿老でもある。正室は京の中御門権大納言《なかみかどごんだいなごん》の娘を迎えていた。

今川家では雪斎の次に署名できる高位にいる。

今川軍の大将を太原雪斎が務めると、朝比奈泰能が副将として補佐するから強い。軍師と名将の率いる今川軍は強かった。雪斎は決して無理な戦いをしてこないから怖い。尾張の虎もこの雪斎には苦戦することになる。

信秀は西三河の安祥城の攻略に乗り出すが、天文九年二月、松平広忠は先手を打って尾張の鳴海《なるみ》城を攻めた。だが、鳴海城主山口《やまぐち》左馬助教継《さまのすけのりつぐ》に敗北したため、安祥城を固守するため松平長親の弟松平長家《ながいえ》を城代として入れ、守備兵千余を配備して守りを固める。広忠はまだ十五歳で武将としては半人前だが、安祥松平家には陣中死した清康の優秀な譜代の家臣がいた。

広忠は安祥松平家の四代目である。

松平家はその何代も前から続いていて譜代の家臣が多い。

そこが信秀とは大きく違うところなのだ。信秀の弾正忠家は父の信定から始まったと言ってもよかった。家代々の家臣というのは清洲織田や、岩倉織田には多いが、勝幡城や那古野城には少ない。譜代の家臣が少ないことで、弾正忠家の信秀や信長が苦労するもとになる。

今さら譜代の家臣はいないのだから仕方がない。

そこで古渡城の城主織田信秀は、尾張の緒川《おがわ》城と三河の刈谷《かりや》城、両方の城主である水野《みずの》右衛門大夫《うえもんのたいふ》忠政《ただまさ》に接近、安祥城攻略の話し合いが持たれた。このようにして味方の大名を増やしていくしかない。今川軍に三河や尾張を支配されては困る大名の糾合だ。だが、この乱世ではあまり当てになることではない。

それでも今川軍の西進に備えることは欠かせなかった。

刈谷城主の水野右衛門大夫忠政は信秀に協力しつつも、この後、一方では娘の於大《おだい》を松平広忠に嫁がせるなど、独自の戦略で領土の保全を図って生き延びていく知将でもある。兎に角、二股でも三股でもいいから滅ぼされないことだ。

小領主は敵味方を替えながら、機敏に情勢を分析して、巧みに生きていくしかない。それが乱世だった。

もたもたしているとたちまち攻め滅ぼされてしまう。

「弾正忠殿、安祥城は矢作川の西にあり沼や湿地が多く、攻めるには難儀でござるが、策はありまするか？」

水野忠政は安祥城攻撃に慎重であった。

安祥城は刈谷城と岡崎城の中間にあって、安城《あんじょう》城とか森《もり》城、安條《あんじょう》古城などというのが正しく、安祥城というのは江戸期になってからだともいう。

信秀は忠政の話を頷きながら聞いている。信秀の構想は古渡城、鳴海城、刈谷城、安祥城と、兵や兵糧の補給路を整備して岡崎城に迫りたい。いきなり矢作川を越えると前回のように反撃を食らう。

「いかにも、右衛門大夫殿が申される通りでござる。それがしにいささか方策がないわけでもない……」

信秀は二人の間の絵図を指した。

「安祥城は森城といわれるように、周囲は鬱蒼たる雑木の林でござる。この北方の高台の林にわが軍が騎馬と徒歩《かち》兵にて二千人を布陣し、右衛門大夫殿の軍はこの南方に徒歩にて千人の兵を別働隊として置かれてはいかがか？」

「うむ、城兵の分断でござるか？」

右衛門大夫は信秀の策に感心したが三千の兵では不安でもあった。

「いかにも、敵兵は千余たらず、わが方は三千余で少ないが、おそらく岡崎城には援軍もなかろう。万一に備えて右衛門大夫殿の軍の後方に五百ほどの援軍を置き申すがいかがか？」

信秀が挟み撃ちの策に自信を示した。

「宜しゅうござる。して出陣はいつでござるか？」

あっさり右衛門大夫が信秀の策に賛同した。いざとなれば信秀は一万五千人の兵を集められる。

「されば、六月四日といたしたいが」

「充分でござる。承知！」

水野忠政が言い切って話がまとまった。

信秀は膨大な財力によって、勝幡城から那古野城、それに古渡城と進出し着々と実力を蓄え、三つの城で千騎近い騎馬兵を持つまでになっている。水野忠政は内心「織田信秀恐るべし！」と考えていた。尾張の統一は信秀で決まりかと思う。だが、そう易々といかないのが乱世の戦いなのだ。

刈谷城に戻ると忠政は即座に兵たちに出陣を命じ、嫡男信元《のぶもと》に城の守備を命じる。

信秀は一門衆と津島衆、熱田衆にも出陣を命じた。当然、那古野城にも二百人の出陣命令がきた。四家老のうち出陣は青山与三右衛門と内藤勝介で、林佐渡守秀貞と平手政秀は吉法師の那古野城を守備する命令であった。

「勝介、戦に行くのか？」

槍の稽古が終わって吉法師が聞いた。

「さよう、大殿のご命令でござる！」

汗を拭きながら吉法師に笑ってみせた。

「爺が三河と言っていたが、敵は松平か？」

「いかにも、矢作川の手前の安祥城でござる。青山殿と騎馬五十騎、徒歩百五十でまいりまする。若はその間も槍の稽古をなされ、一日休むと三日の損でござる」

勝介は吉法師を諭すように言った。

「わかった」

「若殿もいずれ戦場にまいらねばなりませぬ。太刀、槍、弓、乗馬など手を抜いてはなりませぬぞ！」

　吉法師は素直に頷いた。

「勝介、必ず戻れ、これは吉法師の命令だ！」

　生きて戻れということだ。口をへの字にして勝介を睨んだ。

「畏まって候。若殿の初陣にはこの勝介が先陣仕りまする。そのためにはまだまだ死ぬわけにまいらぬ！」

　ニッと笑って吉法師に一礼して城に戻っていった。

　吉法師は厩に向かい、最近新たに吉法師の馬になった黒竜《こくりゅう》を見にいった。やはり、黒鹿毛の牡で黒雲に負けない毛艶の良い馬体の大きな馬だった。厩では喜介と五平《ごへい》が多くの馬に飼葉をやっていた。

「宗平《そうへい》はいるか！」

　吉法師は厩番頭の宗平を呼んだ。

　宗平は厩の奥から顔を出して朝の挨拶をすると、吉法師が何を言い出すか不安な顔をする。頭の宗平を呼ぶときは何かある時だ。

「吉法師さま、何かご用でございますか？」

「宗平、吉法師の黒雲と黒竜と勝介の鹿毛ではどれが一番強い！」

　馬の目利きでは超一流といわれている厩番頭の宗平に吉法師が聞いた。

「それは吉法師さま、黒雲に決まっております……」

「間違いないな？」

吉法師が念を押した。訝しく思った宗平が大きく頷いた。間違いないという太鼓判だ。

「なぜでございますか？」

「勝介が戦に行くのだ。黒雲を勝介にやる！」

「えッ！」

宗平が驚くと喜介と五平も驚いて振り向いた。

「黒雲も戦に出てみたかろう。宗平、間違いなく強いな？」

吉法師の口調はいつになく厳しかった。

「はい。黒雲が数段上と宗平は見ておりまする。ただ、黒雲が内藤さまを乗せますか、それが心配にございます。黒雲は賢く気の荒い馬でございますれば……」

宗平が考えながら腕を組んだ。

「五平、すぐ勝介を呼んでこい！」

「へいッ！」

五平が城に走っていった。

「喜介、黒雲に勝介の馬具をつけろ！」

吉法師はそう命じると馬場に出ていった。そこへ勝介と五平が走ってくる。

黒雲が勝介の鞍を載せて喜介と宗平に引かれてきた。黒雲は朝の日に輝いていたが
もう異変に気づいている。

「黒雲、勝介を乗せて戦いに行くのだぞ。わかるな。勝介だ！」

轡を摑んで吉法師が黒雲に語りかける。

「これは命令だ。勝介はわしの大切な家臣だ。必ず乗せて戻ってこい。いいな？」

吉法師の言葉がわかる自慢の黒鹿毛である。

「勝介、そなたに黒雲をやる。戦に連れていけ、乗ってみせろ！」

「若殿、黒雲はこの城一番の名馬でござる。大将の乗る馬でござる」

勝介がとんでもないと恐縮した。

「だから勝介にやるのだ。悔しいが吉法師はまだ出陣できぬ。早く黒雲に乗れ！」

吉法師に促され、勝介は手綱を喜介から受け取り鞍を摑んで騎乗した。吉法師以外の人を乗せたことのない黒雲には吉法師の命令がわかる。嫌がることなく勝介を乗せた。

「勝介、走らせろ！」

吉法師が命じた。一礼した勝介は馬腹を蹴って馬場を走らせながら、右に左に手綱を引いて自在に黒雲を走らせる。黒雲は大きな目を剝いて、これから何が起きるのか

察知しているようだ。

「ふむ、内藤さまは槍だけでなく馬も名手でござる」

宗平が吉法師の傍で感心した。

黒雲は毎日、吉法師に鍛えられた名馬である。勝介の貧弱な鹿毛とは比べるべくもなかった。その黒雲を吉法師は惜しげもなく勝介に与えたのである。戦いに行くということがどういうことなのか吉法師にはわかっていた。

出陣した以上は必ず勝ってきて欲しい。負けるということは死ぬことである。

森城

古渡城に続々と兵が集結する。

大将は信秀で副将は弟信康という布陣で決まり、先鋒は騎馬と徒歩で百人といつものように内藤勝介と決まった。次鋒は大橋重長の津島衆で百五十である。三陣は信光の百、四陣は藤九郎の二百である。信秀の旗本には二百五十と与三右衛門、主力は五陣の寺沢又八の四百と信康の八百という陣立てにした。

八段の構えである。

勝介の精鋭である先鋒百人が揃って信秀の前に進むと、騎乗した信秀が驚いた。

「勝介、馬を変えたな。どこから手に入れた？」

「はッ、若殿から頂戴してござる！」

勝介が鼻高々で自慢した。あの変わり者の吉法師が自慢の馬を手放したことに信秀はまた驚いた。一方で、戦いに出る家臣のことを考えられるようになったかと嬉しい気持ちでもある。さい先がいいではないかと思う。

「黒雲か？」

「いかにも、黒雲でござる。この黒雲に乗ると大殿の葦毛《あしげ》は駄馬に見えまする」

勝介がニタリとそう言って笑った。確かに信秀の葦毛は少々歳を取ってきた。賢く分別のある馬にはなったが、勝介が言う駄馬ではないが確かに元気がない。

「おのれ、言うたな。それにしてもあの吉法師がのう……」

人一倍馬好きの吉法師が、最も好きな黒雲を手放したことに信秀が唸った。そこに間者の弥五郎が馬を飛ばしてきた。

「水野殿、出陣されました！」

「熱田衆はどうした？」

大声で告げる。

「すでに出陣され、水野殿の後ろに付きましてござる！」

「よしッ、勝介！」

「畏まって候。いざッ！」

勝介は自慢の槍を振り上げて黒雲の馬腹を蹴った。

続いて次鋒の津島衆が重長と行くと、次に大将信秀と旗本の母衣衆と小姓衆が進んだ。

古渡城の城門から続々と騎馬と兵が二列縦隊で出陣する。古渡城には勝幡城を廃城にして戻った武藤掃部助雄政と信秀の長男、信広が三百の兵で残った。四方を二重の濠で囲まれた古渡城は、清洲の彦五郎信友が千や二千の兵で攻めても、易々と落とせるような城ではない。

安祥城は森城といわれるように雑木林に囲まれ、六月の空は重く雨になりそうだが、雨になれば湿地や沼が兵や馬の動きを鈍らせる。こういう戦いは早期の決着が最も望ましい。もたついていると雨の中の戦いになって難儀する。

安祥城の北方の高台に到着した信秀軍は、勝介隊を先鋒に出して隊形を整え、いつでも出撃できる構えでいる。南方の水野軍から次々と使いがきて信秀に状況を知らせた。

南北から挟まれると安祥城はにわかに城内が騒がしくなり、六月六日の早朝、城兵千余が北と南に二分して織田軍に斬り込んできた。これこそが信秀の望むところで兵を三千に控えた理由だ。五千や一万で包囲すれば敵は籠城して出てこない。だが、敵が少ないと思えば城から出て戦いを仕掛けてくる。援軍が望みうすの安祥城は戦って敵を追い払うしかない。そこを読み切った信秀の作戦である。

「勝介ッ！」

信秀が出撃を命じて叫んだ。

「はッ、畏まってござる。続けやッ！」

勝介が槍を振り上げ黒雲と突撃すると、その後ろに続いて重長が津島衆と突進する。信光、藤九郎の四陣まで敵中に突っ込んでいった。安祥城の周辺では土埃の中でたちまち大乱戦になった。三河兵は強いことで知られている。なかなか崩れないのを見ながら信秀は傍の家老に命じた。

「又八ッ、勝介と重長を助けろ！」

「承知ッ、行くぞッ！」

寺沢又八が四百の兵で乱戦の中に突っ込んでいった。水野軍を見にいった母衣が一騎戻ってきた。

「水野軍、苦戦しておりまするッ！」

「よしッ、熱田衆に水野軍の加勢をするように伝えろ！」

信秀は戦況を見ながら命じると母衣が伝令として戻っていった。そこへ勝介が単騎で戻ってきた。少々慌てている。

「大殿ッ、三河兵は死兵でござるぞ！」

そう叫んだ。

死兵とはもはや生きることを諦めて、死を覚悟している兵のことである。

死を覚悟した兵は、死にもの狂いで襲いかかってくるから恐ろしい。三倍、四倍の兵を前に恐れを知らない兵になる。嚙みついてでも食いちぎってでも敵を倒そうとするのだ。そんな化け物たちを相手にしてはたまったものではない。

「信康ッ！」

信秀は弟の顔を見た。

「兄上、まいりますッ！」

主力を投入しても三河兵を叩き潰しにかかる。副将の信康が勝介と共に八百で雪崩を打って、乱戦の中に押し寄せていった。

「押せッ、押し潰してしまえッ！」

「怯むなッ！」

「敵は寡兵だッ。皆殺しにしろッ、容赦するなッ！」

信秀軍は一気呵成に松平軍を叩き潰しにかかる。

だが、半数ほどになった敵兵はその場に踏み止まって戦い続けている。

味方の屍を踏み越えてくる敵はどの顔も血みどろであった。逃げても城に戻っても生きられないなら一人でも多く敵を倒して討死するということだ。こうなると話が少し違ってくる。松平軍は劣勢ながら安祥城を死守して、逆に信秀軍をジリジリと押してくる。こういう逆襲は怖い。弱気になる味方が崩れかねない。

味方を励ます大将の出番である。敵を恐れて逃げないよう後ろから支えてやる必要があった。信秀は旗本と与三右衛門の二百五十を引き連れ、自ら大乱戦の中に突撃して槍先に敵兵を引っ掛けていった。大将がそういう姿を見せることで、逃げ腰の味方に突進する勢いが戻ってきた。

「押し戻せッ！」

「敵を叩き殺せッ！」

信秀が見たのは死をも恐れぬ三河兵だった。

足の踏み場もないほど屍が転がっている。それでも全滅覚悟の三河兵は引かない。城を枕に討死するつもりだから下がらないで押してくる。一進一退の攻防は弱気になったほうが負ける。信秀は敵兵を五人、六人と槍先に掛けたが、これ以上戦えば味方の兵の損傷がひどく、次の戦に支障が出るかもしれない。それを恐れた。

「引けッ、引けッ！」

突然、信秀は引き上げを命じると、使いを走らせて引き上げを水野軍にも伝えさせて、雑木林の高台に兵をまとめた。敵には追撃の余力は残っていない。呆然とその場に立って高台を見上げている。

安祥城の主将松平長家を始め、主な松平家臣は討死していた。

それでも松平軍は戦い続けたのだから強い。信秀がここで無理をしなかったのは正しかった。こういう城は何度かに分けて攻撃することだ。やがて敵兵の気持ちが萎えて戦う気力が薄れてくる。

高台から見える戦死者は双方で千人を超えているかもしれない。

南の戦いでも水野軍に犠牲が出ていると信秀は判断した。

敵兵は三百も残っていないだろうとみたが、ここで再度出撃しても、城に籠って戦う死兵は攻略が難しい。味方の犠牲が大きくなることは得策ではない。なるべく犠牲が少ないうちに戦いを止めることが大切と決断して、兵をまとめて引き上げることを水野軍にも伝え、負傷した兵と馬を集めて信秀は北方の高台から姿を消した。

安祥城の攻略は失敗に終わった。

松平軍から見れば織田軍の犠牲は遥かに少なかったが失敗は失敗である。援軍を出せない三河安祥松平は明らかに衰退していることがわかった。これからはむしろ今川義元の出方を慎重に見る必要があった。すでに東三河は蚕食《さんしょく》されて義元の手中にある。河東問題を抱えているからゆっくりだろうが、義元は間違いなく西に進攻してくる。やがて西三河も奥三河も今川軍の手に墜ちるだろう。

そうなる前に信秀も三河の城を一つでも多く手に入れたい。

そのように領地を広げておくことが、今川軍の尾張侵入を止めることにもなる。信秀は今川氏豊を追い出して那古野城を奪い取ったのだから、義元がその那古野城をいつ奪還にくるかわからない。二、三万の兵を率いて義元が那古野城を取り戻しにくることは考えられるが、今は今川軍の主力が東を向いているのだから、そんな大軍で尾張に現れる心配はない。

危ないのは河東の戦いに決着がついた時だ。

今川の大軍が北条軍に阻まれて箱根山を越えられず、向きを西に変えて三河に現れることは充分に考えられる。その時までに信秀が二万を超える兵を動員できるか。その力を持てなければ信秀は義元に叩き潰されるかもしれない。

信秀が見ているのは松平広忠ではなく、その向こうにいる今川義元なのだ。

遷宮

安祥城の戦いから帰った勝介は、厳しかった戦いの状況を吉法師に語った。

「ふん、信秀は弱いな！」

吉法師は戦いが中途半端になって不機嫌だった。小さな城一つを落とせないで戻ってくるなど言語道断である。面白くない。

「しかし、若殿、黒雲は強うござる。敵を蹴散らし疲れ知らずで戦いまするぞ」

勝介が黒雲の戦いぶりを話した。この頃は、源平の頃の船戦では水夫《かこ》を殺してはならない、陸上の戦いでは馬を殺してはならないという気分がまだ残っていた。だが、鉄砲が伝来するとその馬も撃たれるようになる。

「そうか。黒雲は強いか？」

吉法師は目を輝かして勝介に聞いた。

「強いのなんの疲れ知らず、さすがに黒雲は大将の馬でござる。大殿の葦毛など駄馬に見えまする。やはり、黒雲は若殿が乗るべき馬でござる」

勝介は黒雲を吉法師に返上する意思を示した。

「駄馬か、それは面白い。勝介。返さなくてもよい。黒雲は勝介のものだ！」

吉法師は嬉しげに笑って黒雲に未練はまったくないようだ。

「これからは黒竜を黒雲以上にしてやる」

吉法師はよほど嬉しいのかニヤニヤ笑っていた。馬は毎日乗り回して鍛えると賢く良い馬になる。厩に繫いで宗平たちに任せておくと駄馬になってしまう。馬の数が多いから世話が行き届かないのだ。吉法師は人任せにしないで面倒を見ないと良い馬にはならないと信じている。

「では、勝介が有り難く黒雲を頂戴いたしまする」

吉法師に丁重に礼を言った。

毎朝、一刻ほど乗馬するのが吉法師の習慣になっていた。勝介との槍の稽古も続いていた。

翌年、天文十年（一五四一）美濃の斎藤新九郎利政が土岐頼芸の弟頼満《よりみつ》を毒殺するという事件が起き、新九郎利政と頼芸の関係が崩れ始めている。蝮が名門土岐家に嚙みついて殺したのだ。これにはさすがの頼芸も怒って、蝮との関係が悪化していくことになる。こんな事件が起きるようでは蝮の毒で痺れている証拠だ。

土岐頼芸が六角家の娘を娶っていたが、美濃の守護としてかなり危険な状況にあると信秀にはわかる。いずれ蝮の利政と頼芸は戦うことになるだろうが、勝負は見えていると信秀は考えた。美濃を蝮が奪い取ってしまうかもしれない。それが現実的になってきたようにも思う。蝮の勢いが止まらなければ、その時の策を考えておかなければならない。美濃から土岐家が追い出される可能性が出てきた。

下剋上の乱世では決して珍しいことではない。

信秀は東の三河ばかりではなく、北の美濃にも気を配らなければならなくなった。

この年、信秀は伊勢神宮の遷宮のための、材木と銭七百貫文を献上している。応仁《おうにん》の乱以来、伊勢神宮では二十年に一度の式年遷宮を行うのが難しくなっていた。仮遷宮が行えればいいほうである。伊勢神宮に献金する大名など少なかった。織田弾正忠家のように裕福でないとできないことだった。

九月には朝廷から礼として三河守《みかわのかみ》に任じられた。

信秀が織田三河守信秀となったのである。本来であれば松平広忠が欲しい官位官職であった。だが、今川家に乗っ取られそうな、疲弊して貧乏な松平家には朝廷に官位を欲しいと奏請する力すらない。乱世の中で朝廷も天皇領や公家領を失い、勤皇の志のある武家からの献金で内所を賄っている。

本来であれば足利将軍家が朝廷の費用を面倒見なければならないのだ。

信秀は常々、上洛して将軍に拝謁したいと考えていたが、内外に敵を抱えて尾張を留守にすることはできないでいる。

一方、那古野城の吉法師は政秀の願いが叶って、師として美濃から沢彦宗恩を迎えて学問を身につけ始めている。八歳になるがその素行は相変わらずで、勝三郎と城外に出て遊び回っており、大うつけなどと呼ばれるようになっていた。だが、そんな吉法師に沢彦は改めろとは言わない。

吉法師は沢彦宗恩を師に迎えて、その天性の才能が正しく開花していく。

どんな優れた才能でも師によって正しく育てられないと、ねじ曲がり折れ曲がってしまうことが少なくない。人はどこで誰と出会うかが決定的に大切なのだ。それを運命ともいうし邂逅ともいう。吉法師は沢彦宗恩に出会ったことが、その生涯を決定づけたともいえる。人はそういう幸運に恵まれることは少ない。出会っても気づかないで素通りさせてしまったりするからだ。

五六蔵や商家の次助や大女のおすなを中心に、家臣が六十人の集団に膨れ上がっていた。

吉法師は夏冬を問わず小袖一枚で遊び回っている。だんだん野生が剝き出しになるようで、遊ぶ範囲も広がり、腕っ節の強い数人を引き連れ、城下から遠い村々まで喧嘩をしに出かけ、戦いに勝って乱暴者を従わせている。ことに吉法師は祭りの賑やかさが大好きで村から村へ遊び回っていた。

格好はおよそ那古野城の城主とは思えない襤褸《ぼろ》姿で、夏などは裸同然で城下を歩き近郷をうろついている。勝三郎のほうがよほど城主らしく見えた。あまりだらしない格好になると母に叱られるからだ。そういうところを吉法師はまったく気にしない。髪があまりぼさぼさになると吉法師は勝三郎に赤い紐で結わせる。

「五六蔵、どこかに強い餓鬼大将はいないか?」

「うん、このあたりにはもうおらん。みな吉法師に負けたからこのあたりにはいない」

ぶっきらぼうに五六蔵が言った。吉法師に散々に負けて従順な五六蔵だ。

「吉法師、津島の祭りに行こう！」

近頃、吉と呼ぶと母親に叱られる勝三郎が吉法師と呼んで誘った。津島の天王川《てんのうがわ》の川祭りは面白いと勝三郎は城で聞いた。

津島は大永四年（一五二四）春より、信長の祖父信定によって織田弾正忠家の支配下に置かれた。津島衆は、南朝後醍醐《ごだいご》天皇の嫡流である良王《よしたか》親王を守護した一族の末裔で気位が高く、かねて自治を主張してきたが、信定は焼き討ちまでして制圧したのだ。大橋家を中心に、四家、七苗字家、四姓家が団結して津島十五党と呼ばれていた。

川祭りは、津島五ヶ村《ごかむら》から祭り船が出て、夜も天王川に漕ぎ出して盛大だというのだ。それが面白いと勝三郎が聞いた話をすると、興味を持った吉法師が目を輝かせた。

だが、那古野城から津島湊まではかなり遠い。四里半ほどあるという。とぼとぼ歩いて行ける道のりではない。歩けば遠いが馬ならそう遠くはなかった。

「津島か、勝ッ、馬に乗れるか？」

勝三郎がまだ馬に乗れないことを知っていて聞いた。

だが、勝三郎も吉法師の腰巾着だから意地っ張りで素直ではない。右と言うと左と言いたい天邪鬼である。この大将にしてこの家来ありというところだ。

「馬か、乗れるに決まっている！」

強情に言い切った。勝介に一、二度乗せてもらった程度なのだ。

落馬したら怪我をしかねない危ない話だが、この二人は無分別というか怖いもの知らずなのだ。

「よし、行こう！」

吉法師は決心すると行動が早い。

「みな、これから津島の祭りに行ってくる。今日はこれまでだ！」

吉法師は仲間を捨てて城に向かって走っていった。勝三郎は稽古槍を担いで吉法師に従って走る。馬で津島まで行くのかと思うと少々不安だが、走っていくよりはだいぶ楽だろうと思う。何を考えているのかこの二人はわけのわからないところがある。

「喜介、五平ッ、いるか？」

厩の前で吉法師が呼ぶと五平と草太《そうた》が顔を出した。

「へい、若殿、これから馬で？」

「そうだ。五平、馬を出せ、勝介の鹿毛はいるか？」

「はい！」

五平が頷いた。

「あの鹿毛は勝三郎にやる。黒竜と一緒に出せ！」

五平に命じて勝三郎にニッと笑って見せる。

「馬をくれるのか？」

「うむ、良い馬だぞ。勝介の馬だからな。お前にやる！」

「内藤さまの馬を？」

「そうだ。勝介が大切にしていた鹿毛だ。おとなしいからお前でも乗れる」

不思議そうに勝三郎は馬をくれるという吉法師を見た。すると、吉法師はまたニヤリと笑った。こういう時の吉法師は機嫌が良いのである。そんな馬をもらって母や政秀に叱られないかと考えるが、素直にもらわないと吉法師の気分を壊してしまう。

「勝介には黒雲をやった。だから勝介の馬は勝にやる！」

理由を言って勝三郎を安心させる。それに納得した勝三郎が嬉しげに頷いた。

「本当にもらっていいんだな？」

「うん、乗りこなせ！」

吉法師がニコニコの勝三郎に命じた。勝介の馬をもらったのだからこんな嬉しいことはない。吉法師は物惜しみをせず気前がいいのだ。

「もらった。返さないからな？」

「うむ、草太、その馬を勝に渡せ、今日から勝三郎の馬にする」

「はい！」

「若さま、どちらまで……」

五平が黒竜を引いてきて心配顔で吉法師に聞いた。太陽が中天を過ぎると西に向かって急ぎ足になる。こんな刻限に吉法師が馬に乗るのは珍しい。それに池田勝三郎が一緒だというから怪しい話だ。行き場所を聞いておかないと政秀に叱られる。

「津島の祭りに行ったと爺に言っておけ！」

「津島まで？」

「祭りを見にいったと言え！」

そう言うと吉法師は黒竜の手綱を受け取り鞍を摑んで飛び乗った。

身軽な吉法師は時々失敗もするが、一人で黒竜に騎乗できるようになっている。馬体の大きな馬だから乗ってしまえば安心だ。黒竜も黒雲に似て賢い馬だから吉法師には素直である。

「勝ッ、乗れるか？」

「うん……」

頷いたが一人では鞍に手が届かない。すると草太が素早く膝と両手を地面に付いて、這いつくばると勝三郎の踏み台になろうと言う。

「すまない！」

勝三郎が詫びて草太の背に乗って鞍を摑んだ。だが、勝三郎は自分の力で馬に乗るのが初めてである。そんなことで津島まで四里半の道を、二人で行こうというのだから乱暴な話だ。この二人は五平が止めても聞くようなことはない。行くとなったらどこまでも行くのだ。

「勝ッ、早く乗れ！」

　吉法師がイライラする。五平が慌てて勝三郎の尻を押し上げると、勝三郎が反対側にドサリと落ちた。馬の背に腹ばいになればそういうことになる。足を広げて鞍に跨らないと馬には乗れない。

「ハッハッハッ……」

　吉法師がゲラゲラ大笑いする。止まっている馬からの落馬だから大丈夫だが、馬が走っていれば間違いなく怪我をするだろう。落馬というのは結構怖い事故なのだ。古くは源《みなもとのよりとも》頼朝が落馬が原因で亡くなったといわれている。

「くそッ！」

　勝三郎は着物の埃もはたかず、再び草太の背に乗って五平がまた尻を押し上げた。今度は上手く騎乗に成功したが心もとない格好だ。だが、馬の背にへばりついていればなんとか津島までは行けそうだ。

「勝三郎殿、大丈夫でござりまするか……」

　五平が心配して聞いた。

「うん、大丈夫だ！」

　強情っぱりが強く頷いた。勝三郎は顔色を変えて不安だったが真剣である。もう馬から落ちることはできない。一度で充分だ。また落ちれば吉法師に小馬鹿にされる。

それがわかるから勝三郎は馬の首にしがみついてでも落ちるわけにはいかない。

「勝ッ、手綱を緩めて馬の腹を蹴ってみろ！」

「はい！」

吉法師に言われた通りにすると鹿毛がゆっくり歩き出した。

「五平、握り飯はないか！」

「はい、ただいま！」

五平と草太が厩に走った。吉法師が輪乗りをしている。厩番が昼に食う握り飯を持っているのを知っていた。腹が空いた時のためにそれをもらうつもりだ。

「どうぞ……」

二人が戻って来て吉法師に握り飯の包みを差し出した。

「五平、もらうぞ、草太は五平に分けてやれ！」

そう言って包みを鞍に縛り付けると黒竜の馬腹を蹴った。勝三郎は城門に向かってノロノロと行っていたが、吉法師は追い越し際に鹿毛の尻に鞭をくれた。馬が驚いて足を速めると、勝三郎が手綱を握ったまま鹿毛からもんどりうって転げ落ちた。それを見ていた門番が大慌てで走ってきた。咄嗟のことだったが、勝三郎が手綱を放さなかったから後ろに落ちないで済んだのがよかった。

「勝三郎殿ッ、大丈夫でござるかッ！」

門番が慌てて勝三郎を抱き起こした。

「くそッ、吉法師めッ！」

負けず嫌いな勝三郎が舌打ちをする。

「早く馬に乗せろッ！」

二人の門番に叫んだ。吉法師はそんな勝三郎を振り返りもせず、遥かに前方を早足で黒竜を走らせている。門番が急いで勝三郎を馬の背に押し上げた。負けず嫌いの勝三郎は吉法師に追いつこうというのだ。

「馬の尻を叩け！」

門番に命じて自分は鞍と鬣《たてがみ》を摑んで馬上に体を伏せる。鐙に踏ん張って絶対落ちない覚悟だ。

「宜しいか！」

「おう……」

門番が馬の尻を強く叩いた。鹿毛は黒竜を追うように走った。なんとも危ない主従なのだ。走っている馬から落ちると二、三間は飛ばされかねない。

吉法師は蹄《ひづめ》の音に気づき振り返ると、鹿毛に追いつかれそうになって黒竜に鞭を入れて走り出す。勝三郎は落ちないように鞍にしがみついているだけだが、鹿毛は黒竜を追って速かった。那古野城から津島まではほぼ四里半である。日はまだ高い。

鞍姫

吉法師の黒竜は足が速い。黒い馬体が汗をかいていた。

勝三郎の鹿毛の足も速いが追いつけない。賢い鹿毛は勝三郎が落ちないように走っているのだ。那古野と津島のほぼ半ばまで来ると、路傍《ろぼう》を津島に向かっている四人の子どもがいた。馬蹄《ばてい》の音に路傍に寄って振り向いたのは、那古野城下で別れた次助、五六蔵、おすな、おなかだった。

「おッ、どうッ、どうどう……」

吉法師は手綱を引いて黒竜を道端に止めた。

「大将の馬は黒くて良い馬だな……」

次助が黒竜を褒める。

「次助、お前たちも津島に行くのか？」

馬上から吉法師が聞いた。

「うん、おれたちは吉法師の家来だからな……」

次助が五六蔵に同意を求めた。

「そうだ。おなかとおすなは吉法師の嫁になるんだし……」

五六蔵が言ったところに、勝三郎の鹿毛が駆けてきて、子どもたちの手前で急に止まった。その勢いに飛ばされて馬上の勝三郎が、路傍の草叢《くさむら》にドサリと落ちて一回転すると、傍の田んぼの小川に頭から突っ込んでいった。よく馬から落ちる男だ。今日は三度目である。それでいて怪我をしないから不思議だ。次助と五六蔵が慌てて小川に入ると勝三郎を助け出した。

「勝ッ、大丈夫か?」

「ふん、これしきなんでもないわい!」

ずぶ濡れでそう言いながらも小川から上がってくると、額が少し擦り剝けて血が滲んでいた。

「勝三郎、血が出ているぞ!」

するとおなかが着物の袖を裂いて勝三郎の頭を鉢巻に縛った。おなかは吉法師も好きだが小さい勝三郎が大好きだった。嫁になるなら勝三郎のほうにしようかと迷っている。

「勝を馬に乗せてやれ!」

吉法師が黒竜の馬腹を蹴った。

「みんなも走れ、津島は見えているからもうすぐだ!」

「誰か馬の尻を叩け！」

勝三郎が命じるとおすなが持っていた木の枝で鹿毛の尻を叩いた。

鹿毛は再び黒竜を追いかける。その後を四人も一斉に走り出した。だが、二頭の馬は見る見る遠ざかって姿を消した。この街道は那古野と津島を行き来する津島街道という。津島上街道ともいい、津島から勝幡、木田《きだ》、甚目寺《じもくじ》、清洲、那古野を結んで、正確には三里十五町といわれていた。もともとは鎌倉街道の萱津宿《かやづしゅく》と津島を結んでいたのだ。より古い津島下街道は熱田と桑名《くわな》を結んでいて、熱田神宮と伊勢神宮を結ぶ道ともいう。後の東海道七里の渡しなどになる。木曽三川という木曽川、長良川、揖斐川の河口のため、熱田、津島、伊勢を結ぶ道は海も陸も大切にされた。

そのため津島湊は大いに栄えたのである。津島十五党は実に交通の要衝に陣取ったことになる。

「おッ、勝ッ、さすが津島の祭りだな、賑やかだぞ！」

黒竜を止めて人混みの手前で二人が下馬した。勝三郎は上手く手綱を引いて馬を止め、今度は上手く踏ん張って鹿毛から落ちなかった。

二人は馬を引いて雑踏の中に入っていった。その二頭の馬の素晴らしさに目を止めた武士がいた。大橋重長である。その時、重長は妻の鞍《くら》と茶店で茶を飲みながら、通りの賑やかさに満足していた。大橋重長は津島十五党の頭領である。信秀に臣従しているが津島の事実上の支配者といえる。

信定と信秀父子に敗北して臣従し、歳の離れた信秀の娘の鞍姫を後添えにしたが、その実力は十万石以上の勢力を保持していた。祭りの長閑《のどか》さの中でも重長は街道を行き交う人々に目を止めている。この時、重長と鞍姫は吉法師とは会ったことがなく、噂では那古野城の城主だと聞いていた。その吉法師が子どもの家来一人と、祭りの人混みの中にいるとは夢にも思わない。

そんなところに出てきたら命が危ないからだ。

「鞍、あの馬を見よ。二頭ともこのあたりでは見かけぬ良い馬だが、引いておる子どもはどこの誰であろうかのう……」

「はて、見かけない子ですが、汚れた短袴に小袖一枚でずいぶんと汚らしいお子ですこと……」

鞍はまさか自分の弟とは思わずにそう言った。今日は落馬ばかりして勝三郎のほうも薄汚いが、吉法師のほうは毎度のことでかなり薄汚く、浮浪の子のようにさえ見えるが、それにしては引いている馬が立派すぎる。どこからか盗んできた馬とも思えなかった。よく手入れされていなければこういう良い馬にはならないとわかる。

薄汚い二人の餓鬼はいわくありげで重長が興味を持った。

「誰かあの子どもの名を聞いてまいれ！」

重長が家臣に命じた。その家臣が追っていって吉法師の前に立った。勝三郎は何事かと前に出て身構えたが、武士はニコニコと笑い敵意のないことを示した。

「二人の馬はたいそう立派な馬でござるな。それがしの主人がどこのどなたか聞いてまいれとのことで、失礼ながらお止め申した。ご無礼の段はお許し願いたい」

「ふん、そなたの主人とは誰だ？」

吉法師が詰問するように睨みつけて聞いた。こういう時に怯まないのが吉法師だ。

「これは失礼しました。それがしの主は大橋重長と申す者でござる」

「大橋重長か、どこかで聞いたことがある。信秀の家臣だな？」

「の、信秀とは、織田三河守さま？」

「弾正忠だ！」

「確かに……」

吉法師は父を呼び捨てにして武士の視線を追って茶店を見た。勝三郎が前に出ようとするのを制し、縁台に座っている大橋重長を睨んだ。こういう時、吉法師は相手に位負けしないように警戒する。それは誰から教えられたわけでもなく天性のものだ。

「お名前を、是非……」

「那古野城の吉法師だ！」

「えッ、き、吉法師さまで！」

おかしいほど武士は慌て出した。勝三郎がニッと笑う。

「し、しばらくお待ちくだされ！」

信じられない顔の武士が、無礼にもなめるように吉法師を見て、自分の主人のもとに走るとその耳に小さく囁いた。

「なにッ、那古野の吉法師さまだと？」

重長も驚いて席を立った。

大橋重長は吉法師が風変わりな子だとは聞いていたが、顔を見るのは初めてだから薄汚い子どもに仰天だ。信秀が那古野城に吉法師を置いて古渡城に移ったことを重長は知っている。その吉法師が馬を引いて目の前にいるのだからびっくりだ。

「鞍、そなたの弟さまだぞ！」

「はい……」

鞍姫も汚らしい子と言ったばかりだから、弟だと言われてもにわかには信じがたい。清楚な姉と薄汚れた弟はなんともおかしな出会い方をした。だが、吉法師と名乗ったからには見過ごすことはできない。二人が立ち上がって吉法師に近づいてくる。

勝三郎は例によって吉法師を守ろうと身構えた。

怒ったように今にも飛び掛かる顔付きだ。鞍は汚らしい子が弟と言われ、戸惑ったが重長に従うしかない。見てはいけないものを見てしまったように思う。もちろん鞍姫は弟である那古野城の吉法師のことは重長から聞いている。だが、目の前にいるのはおよそ城主とは思えない。それにしてもおかしな格好の子ども二人だ。

「これは那古野城の吉法師さま、知らぬこととはいえ失礼いたしました。それがしはこの津島の大橋重長でござる」

穏やかに微笑んだ。吉法師は大橋重長という名を知っていたし、津島の大立者であることも知っていた。平手政秀から、津島の大橋重長と熱田の加藤順光《かとうのぶみつ》のことは聞かされている。この二人は弾正忠家にとって大事な人だということだ。もちろん姉の鞍姫のこともそういう人がいるとは聞いた。

「そなたが重長か、爺から聞いている」

吉法師が丁重な重長を見上げた。

この時、吉法師がこの大橋重長と出会ったことも重要だった。吉法師には天祐があり幸運だったともいえる。大うつけを理解できない者も多かったが、逆にそんな吉法師に期待をする叔父の信康や信光、また沢彦宗恩や大橋重長や加藤図書助《ずしょのすけ》順盛《のぶもり》のような人々もいた。

「恐れ入りまする、あまりにも良き馬ゆえ、お呼び止めいたしました。吉法師さまはご存じかと思いますが、この重長が室にて鞍と申す、お見知りおきくださるように……」

重長は鞍姫を紹介した。

「信秀と爺から聞いている。吉法師の姉の鞍だな？」

射抜くような目で鞍姫を睨んだ。怖い目だった。鞍姫は父や自分を呼び捨てにする吉法師に少なからず反感を持った。兎に角、この薄汚い子どもを好きにはなれないように思う。

「鞍にございまする。吉法師さまは祭り見物ですか？」

鞍姫がニッコリと笑った。薄汚い弟よりはグンと大人である。母の咲姫に似て優しい笑顔は美人だった。吉法師は初めて見る自分の姉を姉とは思えなかったが、勝三郎は鞍姫の笑顔に早々と警戒を解いてしまう。怖い顔の吉法師は鞍には答えず無視する。この姉と弟の出会いは良くなかった。鞍姫は長く吉法師を好きになれなかったのである。

「重長、安祥城の戦のこと勝介から聞いたぞ！」

「はい、大乱戦になりまして、今一息でございましたが引き上げました」

「信秀は戦が下手だ。だからみなが難儀する」

怒った顔の吉法師が平然と言ってのけた。そう言われても重長はそうですとは言えないから沈黙する。だが、その吉法師の言葉に重長は非凡なものを感じた。この子の大うつけはただ者ではないと感じる。重長の勘は正しかったのだ。この大うつけこそ吉法師が龍になって天下に昇る兆しだった。それは間もなく証明される。

重長は吉法師の青黒く澄んだ目を笑顔で見ていたが、この子は噂で聞くほど愚かではないと見抜いた。確かに変わり者ではあるが、毅然として恐れを知らない顔だ。仏の怒りの顔にも似ていると思う。この時、重長は六道輪廻を行く阿修羅の戦う神の姿を見ていたのである。吉法師に強く興味を持った。噂とは当てにならぬとも感じる。

「吉法師さま、良い折でござる。わが屋敷に是非お立ち寄りくだされ。そなたは吉法師さまをお守りする池田殿でござるな？」

そう聞かれた勝三郎は頷いてから吉法師を見る。その顔は行こうと言っていた。勝三郎は吉法師さまをお守りする池田殿と言われ、重長をいっぺんで好きになった。その通りなのである。命がけで吉法師さまをお守りする池田殿とは自分のことだ。なんとも気持ちのいい池田殿である。できれば池田勝三郎殿と言ってもらいたい。

「よし、行こう！」

吉法師が誘いを受け入れると、重長は鞍を促し家臣に手招きして歩き出した。

堀田

豪壮な大橋重長の屋敷は堀のない城といえた。

さすがに津島十五党の頭領である。この大橋重長が南朝後醍醐天皇と深い関わりがあることを吉法師は知らない。この津島には他に氷室《ひむろ》家もあった。

「内藤殿は吉法師さまから那古野城で一番の名馬を頂戴したと自慢しておられました。実に良い黒鹿毛でした」

重長が戦場で見た勝介の黒雲を褒めた。吉法師は自分が育てた黒雲が褒められれば気分が良い。黒雲は名馬中の名馬だと信じている。

「勝介は槍を教えてくれる。その褒美だ！」

感謝の気持ちだと、ことも無げに言って大橋屋敷の庭に入った。遠くに厩があって数十頭が並んでいた。重長とその家臣たちの乗る馬が育てられている。

「馬をお預かりいたしまする」

重長の家臣が吉法師と勝三郎の馬の手綱を受け取って厩の方に歩いていった。

「吉法師さま、夕餉など差し上げたいのだが」

そう言うと重長が鞍に合図した。朝餉以来、吉法師は何も口にしていなかった。

この頃、公家は朝餉と夕餉が当たり前で、昼餉の習慣はなく、昼餉を取るとすればそれは武家ぐらいだった。朝夕も意のままにならない乱世で、貧しければ朝餉だけとか夕餉だけということも当たり前である。

「握りを持っている」

吉法師が断ると、勝三郎がどうして握り飯を持っているのだという顔をした。

「勝ッ、黒竜の鞍に結んである。取ってこい！」

「はい！」

勝三郎が頷いて駆け出した。重長は鞍に汁と菜を持ってくるように言って、吉法師と並んで縁側に腰を下ろした。

「吉法師さまは馬が好きだとお聞きしたが、この重長がそのうち良き馬を探して差し上げまする」

吉法師を知る良い機会だと重長が吉法師の機嫌を取った。

「重長、馬は黒が良いぞ！」

吉法師に馬をくれるなら黒にしろと注文を付けられ、さすがに津島の大立者も形無しである。だが、きっぱりした言い方は小気味よく聞こえる。

「畏まってござる！」

大橋重長が微笑んだ。この子は変わり者だが実に賢いと思う。

津島十五党の頭領だけに重長は人を見る目は確かである。吉法師の尋常でない目の輝きに将来の成長が楽しみになってきた。今はまだ子どもだが一軍の将になるまでそう長いことではない。あと四、五年もすれば初陣して戦場に姿を現すだろう。その時にどんな大将に育っているかだ。

平手政秀が苦心して沢彦宗恩を師にしたと聞いている。

沢彦宗恩と津島は浅からぬ縁があった。妙心寺第一座の秀才が吉法師を育ててみようと思ったのだから何かある。周の孫陽《そんよう》は良馬か否かを見抜く相馬眼《そうまがん》を持つ名人で、伯楽《はくらく》とか伯楽将軍といわれた。

沢彦宗恩はおそらく吉法師の才能を見抜いた伯楽なのだと思う。

世に伯楽あり、しかる後に千里の馬ありという。吉法師は千里の馬になるということなのだ。重長は吉法師と会ってみてそう見抜いた。

そうでなければ沢彦宗恩ほどの僧が、わざわざ尾張に来て吉法師の師になるはずがない。

傅役の平手政秀の苦労が見えるようだ。さすがに重長の勘は鋭い。

二人のいる庭に旅姿の武士が顔を出した。

「大橋さま、しばらくでござる……」

日焼けした旅の武士が重長に頭を下げた。

「これは堀田《ほった》殿、わざわざ祭りの見物でござるかな？」

重長がにこやかに堀田という男を迎えた。二人はかなり親しいとわかる。旅の武士は頷きながら吉法師を見た。堀田は吉法師に睨まれる。

「このお子は？」

旅の武士が吉法師の鋭い目を気にする。その時、吉法師は勘でこの男は味方ではないと見た。自分には敵になる男だと思う。

「このお方は那古野城の主、吉法師さまでござる」

「き、吉法師殿！」

旅の武士が慌てたのを吉法師は見逃さなかった。

「吉法師さま、この堀田殿は津島の生まれだが美濃の土岐殿の家臣でござる」

重長が笑顔で旅の武士を吉法師に紹介した。

「堀田道空《どうくう》でござる。見知りおきくだされ……」

「道空、美濃の蝮は生きておるか？」

吉法師がいきなり聞いた。

道空は目を丸くして無礼な吉法師を見る。それを重長は笑っていた。

堀田道空は土岐家から蝮の家臣に移っている。それを見抜いているかのように鋭い吉法師の聞き方だ。この時が吉法師と蝮の初めての接触であった。

「いたって壮健にござる」

「そうか。いずれ尾張の吉法師が蝮の首を斬りにまいると伝えておけ！」

吉法師が道空を睨んで言い放った。これには道空がひっくり返るほど驚いた。初対面なのに首を取りにいくという挑戦状を叩きつけられた。

なんという無礼な餓鬼かと道空は腹を立てた。だが、幼いながら吉法師には只ならぬ殺気が感じられる。

「道空、いずれこの吉法師の家来になれ、よいな？」

「はあ、いずれとは？」

「十年待て、死ぬなよ！」

吉法師はいたって真剣である。堀田道空が津島で生まれたと聞いて家来にしようと思った。このことは十年が過ぎて後に実現する。吉法師の言葉はそのようになるのだ。この時、道空は呆れていいのか怒ればいいのか戸惑って重長を見た。この後、道空は蝮の斎藤道三の家老になる男だ。

「ということでござるよ。堀田殿……」

「なんと……」

重長に道空は小さく頷いたが、道空は吉法師の正体を見抜く力がまだなかった。

「吉法師殿、これは約定でござるか？」

「道空、吉法師は約定を必ず守るぞ。蝮にそう言っておけ！」

沢彦宗恩と政秀から聞いて、吉法師は美濃は蝮のものになるだろうと見ている。

蝮の首を取って吉法師は美濃を自分のものにすると考えていた。阿修羅の神はすでに乱世を薙ぎ払おうと目覚めている。堀田道空も六道輪廻を行く阿修羅の神を見ていたのだ。その神が戦場に出てくる日が近い。それを吉法師は十年と言ったのである。

厩に行った勝三郎が持ってきた包みを開いて、三つある大振りな握り飯をまず勝三郎に与え、一つを初見の道空に差し出した。

「道空、これを食え、約定の証だ!」

「はい、有り難く頂戴いたします……」

吉法師の強烈な命令に痺れた道空はその握り飯を受け取ってしまった。

もはや、吉法師は道空を家来にしたつもりでいるのだから仕方がない。道空は握り飯を持ったまま呆然と立っていた。これはどういうことなのだと思う。堀田道空が八歳の吉法師に位負けした形になった。このような恐ろしい小僧を道空は見たことがなかった。それは重長も同じであった。愚昧なのかそれとも神童なのか、握り飯をかじっている姿からは判断できずにいる。

「道空、食え、美味いぞ!」

吉法師に命じられ、堀田道空は重長の隣に座って握り飯を頬張った。

「あら、堀田さま!」

鞍が侍女に汁と菜を持たせて現れた。

「これは奥方さま、庭から失礼しておりまする」

奥方と吉法師は姉弟ではないかと道空は思い出した。

「鞍、わしにも握り飯をくれぬか？」

重長までが握り飯を願った。侍女がサッと立って戻ると十個ほどの握りを作ってきた。

「吉法師さま、もう一ついかがでございますかな？」

「一つでよい。勝、お前は幾つでも食え！」

「はい……」

勝三郎は何度も落馬するなどいつになく空腹で握り飯に夢中だ。

そこへ騒々しく次助、五六蔵、おなか、おすなを引き連れ、政秀が家臣たちと馬を引いて現れた。厩の五平から吉法師が津島湊の祭りを見に行ったと聞いて、十人ばかりの家臣を引き連れて馬を飛ばした。吉法師はどこにでも遊びに行くが津島はさすがに遠い。それに清洲城の傍を通るのは危険すぎる。

津島街道で政秀は四人の吉法師の家来を拾った。

馬を止めて「吉法師さまを知らぬか？」と聞いた。賢い次助が警戒して答えない。

「わしは吉法師さまの傅役だ。心配するな」

そう言うと次助が急に泣きそうになって、吉法師が勝三郎と先に津島へ行ったのだと話した。その後を追ってきたが四人は歩き疲れている。元気がいいのは吉法師を大好きなおすなだけになっていた。

「これは平手さま！」

重長が座を立って政秀に挨拶する。

「大橋殿、鞍姫さま、おう、堀田殿もおられたか、吉法師さまをお迎えにまいった次第でござる」

政秀がそう言って鞍姫に「お元気そうで……」と頭を下げた。

「お陰さまで、お父上さまは？」

「大殿は意気軒高、いたってご壮健にございます」

そう鞍姫に言っているようで道空に言っているのだ。間違いなく平手政秀の言葉は蝮の耳に届くだろう。実は、堀田道空が日焼けしているのは、清洲城、那古野城、古渡城、刈谷城、安祥城まで見に行った帰りだからなのだ。そのことは暗黙の了解のようで重長も政秀も道空に聞かない。そういうことをあからさまにすると角が立つ。乱世において敵の情勢を探るのは当たり前のことである。

「爺、その馬を貸せ、外には出ない！」

頷いた政秀から手綱を受け取った。

「重長、厩を見てもいいか？」

吉法師がそう聞いた。さっきから黒竜が連れていかれた厩を気にしているのだ。

「結構でござる」

そう重長が言うと、五六蔵が素早く吉法師の前に寄って、「大将……」と言い膝と両手を地面について踏み台になった。

「五六蔵、いつもすまぬな」

「うん……」

吉法師が易々と政秀の馬に乗った。

「重長、この四人は吉法師の家来だ。腹いっぱい握り飯を食わせてくれ！」

吉法師が命じると鞍と侍女が座を立って奥に消えた。那古野城下から吉法師を追って走ってきたのだろうと思う。

「なんと汚らしい子らか……」

鞍姫が小さく不満を呟いた。吉法師を始め家来たちはみな薄汚れている。美しく賢い雪姫からなぜ、吉法師のような薄汚い子が生まれたのかと考える。

鞍姫は今は亡き母の咲姫から、雪姫さまという方は勝幡城の観音さまと言われ、それはそれは美しい方で、その雪姫さまの父上がそなたの養父となられた小嶋日向守さまなのだと聞いていた。

「勝、続けッ！」

吉法師が馬腹を蹴った。

「畏まって候！」

一人前に叫んで勝三郎も駆け出す。その後ろ姿を道空が見つめている。

なんとも不思議な子どもで言いようがない。家来になる約束をさせられてしまった。

「平手殿、吉法師さまは神童でござるな？」

道空が政秀にありきたりの言葉で吉法師を褒め上げたが、本当に神童なのかと言われればわからないと言うしかない。小生意気な餓鬼と言えばそういうことでもある。

「はて、堀田殿にはそのように見えまするか？」

「いかにも、先ほどこの道空、吉法師さまの家来になりましてござる」

そう言った道空は、吉法師の少々無礼だが小気味の良い賢さに魅せられていた。

「なんと、家来とは堀田殿には相すまぬことでござる。許されよ」

生真面目な政秀が美濃の蝮の家臣である道空に謝った。道空が吉法師に面食らったことがその言葉からわかる。堀田道空は美濃大宝寺《だいほうじ》の住職、沢彦宗恩が時々尾張に行っていることを知っていた。

道空は吉法師と平手政秀と大橋重長に会って、沢彦宗恩が尾張で何をしているのかもわかった。吉法師に会いに行っているのだと理解できる。ということは吉法師がただ者ではないとあの禅師が見ていることになる。なんとなく政秀と道空の間にいやな緊張が生まれた。どこに行ってもおかしくない僧侶とはいえ、美濃と尾張は隣国で決して仲が良いとは言えない。

美濃の蝮と尾張の虎の激突がないとは言えないのだ。

そんな状況の中で沢彦宗恩のことも気になるが、津島十五党の出身である堀田道空の立場は微妙になる。そんなことがあって道空は時々津島の実家と、十五党の頭領である大橋家には顔を出していた。

津島と美濃は木曽川や長良川を通じて関係が深い。

「いや、平手殿、吉法師さまと堀田殿の戦、まことに面白うござった。堀田殿が負けて吉法師さまの家来になられたのだ」

大橋重長がそう言って緊張を嫌うように愉快そうに笑った。堀田道空は握り飯を頬張る汚れた子らにも興味を持った。吉法師が家来だと言った汚れた餓鬼どもだ。

「その方らは城下の子か？」

次助はジロリと道空を見る。

「そうだ。おれたちは吉法師の家来だ。今は四人だが那古野城下にはもっといる」

自慢げに言った。だが、次助は旅仕度の道空を味方ではないと疑っていた。

「城下には何人おる？」

「それは言えん！」

次助が握り飯を食いながらきっぱりと断った。

「なぜ言えぬ？」

「敵か味方かわからん者に兵の数は言えん。吉法師に叱られる」

道空を睨みつける次助も賢く頑固だ。津島は吉法師の味方だとわかっているが旅の者は信用できない。吉法師の敵になるかもしれないと思う。

政秀も重長も二人の話に興味を持った。

「さようか、わしもそなたらと同じ吉法師さまの家来になったばかりだ」

「本当か？」

次助が道空を疑うような目で見る。

「次助、怪しいぞ。どこの誰か聞いたほうがいい……」

吉法師を好きなおすなは姿は武家だが頭が坊主の道空を疑っている。

「わしは美濃から来た堀田道空というものだ」

「ほら、美濃だと……」

「わしが生まれたのはこの津島だ」

おすなに疑われた道空は子どもたちに言いわけするように言う。

「次助とやら、わしは那古野城の家老で吉法師さまの傅役の平手監物という。この堀田殿は信用できる。わしも吉法師さまの家来の数は知っておきたい」

「お城のご家老……」

五六蔵が飯の入った口をあんぐり開けてびっくりしている。

那古野城下では鬼より怖いご家老さまだ。子どもたちは吉法師の次に偉いのはご家老だと知っていた。とんでもない人と出会ってしまったものだ。

「次助、言え！」

おすなが命じる。吉法師の嫁になりたい巴御前だ。

「うん、二百五十だ。もうすぐ三百になる！」

「三百となっ？」

「吉法師はそのうち三万にすると言っている。三万になったら美濃と三河を取りに行くつもりだ」

次助がペラペラと喋った。

「次助、もう言うな！」

大女のおすなが次助を叱った。すると道空が何を聞いても誰も答えなくなった。

政秀も重長も道空も頭が大混乱する。吉法師が三百人の餓鬼どもの統率を取っているというのか。近隣の村々の餓鬼を集めた大将ではないか。そういう吉法師ならあと十年もすれば万の兵力も可能だと三人は考えた。末恐ろしい子が尾張に生まれたものだと道空は厩のほうを見る。

政秀なども重長も沈黙してしまった。

郷近在の子らすべてが、精々二、三十人だろうと思っていた。それが三百人となれば近在の子らすべてが、吉法師の家来ということになるではないか。大うつけのできることではないと思う。道空は確かに三万もの兵になったら、吉法師は蝮の首を取りにくるだろうと考える。


決してあの吉法師なら夢物語ではないのだ。

その証拠が大宝寺の沢彦宗恩で、話のつじつまがぴったりである。なんだか嫌なことが起こりそうな気配がすると感じ取った。歳を取った蝮はその首を吉法師に取られる。背筋が寒くなるような嫌な話だ。

そこへ鞍姫と侍女が追加の握り飯を持ってくると、四人の子どもは何も言わなくなって黙々と食べ続ける。腹ペコで那古野城下から走ってきたのだ。四人はどこで拾ったのか足軽が履く踵《かかと》のない足半を引っ掛けている。埃だらけで年寄りの足のように皺くちゃで汚れていた。大橋重長はこんな子たちが三百人もいるのかと思う。

吉法師が厩から戻ると四人はピタリと食べるのをやめて立ち上がった。

「爺、重長の馬はみな良い馬だぞ。駄馬は一頭もいない」

羨ましげに言った。

「はい、津島衆の馬はどれも良い馬ばかりにございます」

「津島は金持ちだと聞いたが本当だな。重長、良い馬を待っているぞ！」

「必ず、那古野城へお持ちいたします」

「うむ、鞍も達者で暮らせ！」

そう言って吉法師が照れるようにニッと笑う。呼び捨てにされた鞍姫が「ふん……」と鼻を振って怒る。せめて姉上ぐらいは言ってもらいたいものだ。薄汚い弟に呼び捨てにされる筋合いはないと思う。早くも姉弟喧嘩になりそうだ。そこへ勝三郎が黒竜と鹿毛を引いて戻ってきた。

「爺、城に帰るぞ！」

政秀の馬から下りて黒竜の手綱を摑むと、五六蔵がまたサッと踏み台になった。

「五六蔵、いつもすまぬな」

吉法師がそう言ってから黒竜にひょいと騎乗する。それを道空が見ていた。

「爺、勝三郎はここに来る時、三度も落馬したのだ。それでどこも怪我をしなかった。褒めてやれ！」

「はい……」

嬉しげに吉法師が笑うと政秀は頭を布で縛った勝三郎を見る。

「掠り傷で……」

勝三郎が睨んでいる政秀に言いわけした。

「次助、もう腹はよいか。城まで一気に走るぞ。重長、鞍、また来る。道空、首を洗っておけと蝮に必ず伝えろッ！」

吉法師はそう叫んで馬腹を蹴ると大橋屋敷の門を潜った。あたりは薄暗く人通りはもう少なかったが津島の祭りは夜も盛大に行われる。津島の祭りは夜の川祭りなのだ。

「平手殿、吉法師さまを大切に育てられよ」

道空が不思議なものを見たように言って微笑んだ。どんな武将に育つか敵将の道空までが楽しみに思う。吉法師にはそんなことを感じさせる魅力があった。

「堀田殿、いずれまた失礼いたす。大橋殿、鞍姫さまこれにて失礼いたしまする」

政秀は騎乗して深々と一礼し馬腹を蹴った。

「世間の噂とはまるで逆だ。やはり自分の目で見てみぬとわからぬものだ」

堀田道空が呟いた。

「いかにも……」

重長も小さく頷きながら初めて見た吉法師の姿に驚愕した。

義兄を義兄とも見ず、姉を姉とも見ず、敵将を敵将とも見ていない。計り知れない知恵があり頭脳明晰、野心を秘めた目の輝きは人を魅了する。重長は湧き上がる言い知れぬ爽快感を味わっていた。いずれあの吉法師がこの尾張を統一するのだろう。だが、尾張一国に収まる器ではないと思う。間違いなく龍になって天下に昇っていく。熱田と津島の神がそんな使命を吉法師に与えたように思うのだ。

子どもながら家臣には実に優しい。三百人もの子らが吉法師を慕う気持ちが重長にも道空にもわかっている。それはあの優しさにある。吉法師の優しさは自信でもあり強さでもあると思う。

「恐ろしい大将になるやもしれぬ……」

道空が空を見上げて呟いた。明らかに龍になろうとする幼い子を見てしまった。

「蝮殿にそう報告されますかな？」

重長が聞いた。

「いや、わが尾張の神童を楽しみにするだけでござる」

津島出身の堀田道空が笑った。やがて吉法師は尾張の大うつけだ、いや神童だそうだと真っ二つの噂が広がった。だが、吉法師の本当の姿を知っているのは、ほんの少しの人たちに過ぎない。その人たちですらまだその正体に気づいていないのだ。百年余の乱世を薙ぎ払うため、六道輪廻を駆け巡る阿修羅が降臨したのである。

「堀田殿、何か話があってまいられたのであろう。このまま屋敷に帰られるのも味気ないことよ。握り飯一つでは無作法、一献いたそう」

重長が道空の気持ちを察して酒に誘った。

道空の実家である堀田家は津島十五党の七苗字家である。大橋家とは吉野《よしの》以来の南朝方で二人は気心の知れた者同士なのだ。道空は実家を出て美濃に行ったが敵味方は抜きで話ができる。

酒の好きな道空はニッと笑って頷いた。

「久しぶりに馳走になるか、それにしても重長殿、あの吉法師さまは恐ろしい武将になるやもしれませんな。奥方さまの弟さまとは驚きました」

道空には衝撃的な出会いで、吉法師の強烈な印象からまだ覚めていなかった。

「確かに、だが、吉法師さまにお会いしたのは初めてなのだ。あの馬があまりに立派なので声を掛けたのだが、まさかのことでこの重長も驚いている。誰よりも鞍が驚いたことだろう……」

そう言って重長が手を叩くと侍女が姿を見せた。

「堀田殿と一献やるから支度を、その前にまず、濯《すす》ぎを持ってまいれ！」

侍女に命じると縁に上がって先に部屋に入った。重長は道空が現れて美濃のことで話があるのだろうと思った。美濃の土岐家が蝮に嚙みつかれていることを知っている。その痛みに土岐頼芸はよく耐えていると思っていた。美濃が相当に混乱しているはずなのだ。そのすべてを道空は知っている。

二人が酒膳を置いて向き合って酒を飲み始めたが声が小さくなった。

「堀田殿、美濃の蝮殿の子という豊太丸殿が、四ヶ月で産まれたともっぱらの噂だが誠でござるか？」

まず重長が聞きたいことから切り出した。道空は苦い酒のように顔を歪めて頷いた。

「そのことだが大橋殿にまでそのように聞こえてござるか？」

道空はそう言ったが鞍と侍女が酒と肴を置いて消えるまで二人は沈黙した。女にはあまり聞かれたくない話だった。

「こういうことは天下に聞こえておることでござろう？」

重長が冷静に言った。道空はどこから話すか考えている。この豊太丸誕生の秘話は少々厄介な経緯があった。子どもが四ヶ月で産まれることはない。そんな早産の子は育たないだろう。

「だいぶ以前のことだが、蝮殿が頼芸さまの歓心を買うため、西美濃三人衆の一人稲《いな》葉良通《ばよしみち》殿の姉、深芳野さまを側室として頼芸さまの傍に上げたのだが、その深芳野さまがなかなかの方で蝮殿が欲しくなった。あろうことか頼芸さまの側室が蝮殿とできてしまった。よくありがちなお粗末な話だが、深芳野さまに子ができて隠せなくなってしまった。そこで深芳野さまが頼芸さまにすべてを話されたのだ。頼芸さまは蝮殿からもらった側室だから是非もないと、何も言わず深芳野さまを蝮殿にお下げ渡しになった。それが本当のところなのだが、美濃にはそれを信じぬ者が多くて話がこじれた」

「話がこじれた?」

「うむ、まず子が四ヶ月で産まれるなどというのはおかしいということになった」

「なるほど、豊太丸殿は蝮の子ではないということか?」

「そこが面倒なことになった」

道空は盃を嘗《な》めるようにして酒を飲んだ。

「では、頼芸さまの子だというのか?」

「いや、豊太丸さまは蝮殿の子だと深芳野さまが言うのだから間違いない」

「それではなんの問題もなかろう?」

「そこがそうはいかない。土岐家の家臣たちがお胤は頼芸さまであると信じて譲らないのだ。こうなると話がグイッとねじ曲がって、豊太丸さまは頼芸さまの胤だと一気に広がってしまった」

「なるほど、噂というものは厄介なもので、なかなか消えるものではないから……」

重長が道空に同情的に言った。

「今や深芳野さまの産んだ子は頼芸さまの子だと口さがない」

「つまりは蝮殿の子では都合が悪いというのかな？」

美濃の混乱の核心を重長が聞いた。酒をクイッとやりながら堀田道空は、しばらく考えていたが思い切ったように顔を上げる。

「大橋さま、ここだけの話にしてもらいたいのだが、実は蝮殿の豊太丸さまは深芳野さまの産んだ子であり、蝮殿の子に間違いないのだ。誰のお胤かは女にしかわからないことだと決まっている。だが、土岐一族にはそれでは面白くない者が多い。ことに蝮殿に反感を持つ者には深芳野さまなど、尻軽女で信用できないということになる」

「哀れだな……」

「美濃は豊太丸さまの誕生で真っ二つに割れた」

ぽつぽつと道空が美濃の事情を語り始めた。

「美濃は古くから土岐家のものだから分家や支流というのが多い。妻木《つまき》、明智《あけち》、小里《おり》、金森《かなもり》、蜂屋《はちや》、青木《あおき》、浅野《あさの》、乾《いぬい》、饗庭《あえば》、荻原《おぎわら》、原《はら》、高山《たかやま》、深沢《ふかさわ》などはみな土岐一族ということなのだ。蝮殿の味方はわしとか竹中《たけなか》殿とか極少ない……」

重長が聞いている噂とはまるで違う。土岐家に嚙みついた蝮のほうが有利に思っていたがそうではないようだ。道空の話に重長は考え込んでしまう。

「豊太丸さまが頼芸さまの子だというのは……」

「産後しばらくして深芳野さまが亡くなられたことが噂の根になった。深芳野さまは愛妾のままで正室にはなれなかった。深芳野さまが亡くなられ、蝮殿には明智光継《みつつぐ》殿の息女、小見《おみ》の方さまが正室に入られて、孫四郎《まごしろう》さま、喜平次《きへいじ》さま、帰蝶《きちょう》さまなどが生まれたのだが、豊太丸こと義龍さまが長子だから厄介この上ない。もし廃嫡にでもしようものなら土岐一族が騒いで美濃は大荒れになると思うのです」

「確かに、土岐一族と蝮殿の戦いになる」

「越前朝倉や近江の六角も黙ってはいないということです」

「なるほど……」

「まったく先が思いやられることだ。だが、美濃はいずれ蝮殿のものになる。これは間違いない。残念だが頼芸さまは殺されるか、それとも美濃から追放されてしまうか二つに一つです。そうなれば蝮殿の野望は尾張に向かうか、それとも京に向かうか。それがしが見るところ尾張を狙う。そうなれば困ったことになる」

そこが道空の本音だと重長は思った。蝮が尾張を攻めるようなことになれば、津島十五党の堀田道空は股裂き状態になる。

「頼芸さまの家臣ではあったが、頼芸さまでは美濃は治まらぬと考えて蝮殿に仕えたのだが、この先は苦しいことばかりになる……」

道空は今でも相当苦しいのだろう。そう言って話を切った。

重長は腕を組んでそんな道空の気持ちを考えながら時々盃に手を出した。津島十五党の頭領として判断しなければならない。乱世は親子兄弟でも戦うことが少なくない。だが、南朝の津島十五党は吉野から出て以来、結束することで生き残ってきた。その結束こそが津島十五党の絶対的な約束である。そのことを道空はわかっている。

「津島に帰ることも考えられてはいかがでござる」

津島十五党の頭領の優しい言葉だ。道空の苦慮を津島十五党の頭領として受け入れることを告げる言葉だった。戦いに明け暮れる乱世を、重長は津島十五党の固い結束で生き残ろうと考えている。津島は木曽三川の河口にあり、熱田神宮と伊勢神宮の中間という恵まれた場所にある。目の前が三河や駿河、伊勢志摩《しま》や熊野《くまの》にまで広がる海だ。

牛頭天王社を中心に結束さえしっかりしていれば、何代先までも津島十五党は生き残れると大橋重長は考えていた。

「有り難いことでござる。頭領の言葉を肝に銘じます。それがしには美濃がどうなるか見届けたい気持ちもある。尾張は津島湊と熱田湊があって重長殿と信秀殿がおられます。熱田には加藤殿もおられる。それゆえに弾正忠家は裕福で戦上手でもある。それに三河の安祥松平家は風前の灯だし、美濃は大混乱。信秀殿と吉法師さまが尾張を統一されるのは間違いない。それも近い……」

道空は羨ましげに言って酒をグイッと飲んだ。

「いや、道空殿、そう簡単ではないと思う。信秀殿は織田一族の末の末でござれば、清洲織田も岩倉織田もござる。いざとなれば協力して弾正忠家を潰しに来る。美濃も尾張も同じこと、乱世だからな。今日は吉法師さまと会って先が楽しみにはなったが……」

重長は信秀の危うい立場を理解している。油断すれば安祥松平の清康のように何が起きるかわからない。三河を若い清康が統一するだろうと見られていた矢先の事件だった。

「義龍殿本人が蝮殿の実子であると認めれば、美濃も少しは鎮まるのだろうが、こそこそと土岐一族が義龍殿にあれこれと入れ知恵をするので困る」

道空は津島の頭領である重長に、何も隠すことなく愚痴を零した。こういうところが津島十五党の結束とも言えるのだ。やがて蝮の道三が死ぬと堀田道空は大橋重長のところへ帰ってくる。そこで信長が楽しく踊りを踊ったと後世に伝えられる。人の世は不思議な糸で結ばれているのだ。

「蝮殿は美濃をどうするか考えているだろう。もし、義龍殿が頼芸さまの子だと信じ先々に禍根を残すと考えれば、蝮殿のことだから躊躇することなく義龍殿を殺すだろう……」

重長が平然と言って盃を傾けた。

「さよう、このことはいずれ決着が付き申す。ところで、信秀殿は美濃に野心はござりまするか？」

道空がもう一つの核心を突いてきた。重長は肴をつまみながら慎重になる。

「乱世でござれば、野心がないと言えば嘘になる。おそらく三河にも美濃に対しても野心はあると思う。だが、その道のりは遥かに遠いとみるがどうかな？」

重長がそう聞き返して道空の顔色を見た。いざとなっても決して敵味方にはならないと信じる二人は、こういう微妙な問題にも虚心坦懐である。あえて隠すようなことはしなかった。互いに何を話しても重要なことが漏れることはない。津島十五党は口が堅く余計なことは喋らない。

「いかにも、野心はあれど越後の上杉も甲斐の武田も、駿河の今川も相模の北条も動きが取れない。西国の毛利も同じようなもので上洛することはない。果たしてどんな英雄が現れるのか三十年後、五十年後、百年後までも見たいものでござる。あの吉法師さまの行く末もこの目で見てみたい」

「そうだな。吉法師さまはあと十年も待てば戦場に出てくる。どんな武将か見られる。蝮殿の首が欲しいそうだから……」

そう言って重長が道空の盃に酒を満たしニッと笑った。

「あの吉法師さまは楽しみだ」

道空は少々酔ってきている。このところめっきり酒が弱くなったと思う。

考えてみれば深芳野の事件があってから、道空は深酒をしなくなったのである。何が起こるかわからないからだ。道空自身が闇夜に斬られるなどということも考えられた。それほど義龍のお胤問題は深刻でもある。

「この国を統一する武将が生まれておるのか、いないのか、誰も知らないのだから不思議なものだ。わが後醍醐帝のような英邁《えいまい》なお方でも、意のままにはならぬのが天下というものであろう……」

「まことに……」

重長の言う後醍醐天皇は建武《けんむ》の中興という改革を行った。いや、頼朝が義経《よしつね》捕縛の名目で、全国に置いた守護、地頭に奪われ失った土地を、天皇は武家から取り返そうとして成功したかに見えた。だが、土地の支配というのはなかなか難しく、後醍醐天皇はそれを朝廷の力で行おうとしたのである。

北条義時《よしとき》の承久《じょうきゅう》の乱で、天皇家や公家は三千カ所とも五千カ所ともいう荘園をすべて武家に奪われたのだから、取り返したいのは当然だった。それは武家社会を終わらせて貴族社会に戻すことにもなる。

ところが全国というのは広い。実に広大である。

朝廷による土地の支配に後醍醐天皇は失敗してしまう。この国で起きる戦いの多くは土地の奪い合いからなのだ。いつの世も同じで、人は一度手に入れた土地は、一握りの土でも他人には渡したくない。そこに手をつければ天皇でも大問題になる。

後醍醐天皇による天皇親政の改革は一瞬の輝きだった。

結局、武家に担がれた足利尊氏などに土地の支配は任されたのである。この時の混乱で天皇家が南朝と北朝に分裂した。あってはならないことが起きてしまう。ところが国を任された足利尊氏《たかうじ》も武家に担がれた大将で、大混乱になってしまう。

それでも三代将軍足利義満《よしみつ》の時に、なんとか泰平の世が来たかに思われたが、足利家には天下静謐《せいひつ》を実現できる武力がなかった。

やがて応仁の大乱が勃発して収拾困難になってしまう。群雄割拠とか下剋上などと恐ろしい乱世が始まってしまった。京は焼け野原になり、大混乱は全国津々浦々にまで広がったのである。

以来百年が過ぎた。

「京の将軍も、細川《ほそかわ》や三好《みよし》や松永《まつなが》らの思うがままではどうにもならない」

道空の話は京にまで及んだ。応仁の乱やその後の乱世は、無力な足利将軍にすべて責任がある。その将軍は今や細川晴元《はるもと》やその家臣の三好長慶《ながよし》、松永久秀《ひさひで》らに壟断《ろうだん》され、京にさえいられず、近江の坂本《さかもと》や朽木谷《くつきだに》に逃げて、辛うじて幕府の体裁を保っていただけなのだ。

十二代将軍足利義晴は湖西の朽木で政務を取っていたこともあった。

肝心の将軍が京にいられないようでは、国が大混乱になるのは当たり前だった。力のある者が京に上って権力を手にする。朝廷は兎に角、上洛してきた力のある者にせめて京や五畿内の静謐を託したい。だが、それすらもままならないのが実情だった。

「ところで大橋さま、先の安祥城は壮絶な戦だったと聞きましたが、三河が衰退すればいよいよ今川義元殿が動き出すのではないかと思うのですが？」

道空が話柄を変えて尾張の東に興味を示した。

「堀田殿、越前の朝倉家や南近江の六角家などは、国を統一した大名として力を持っている。今川家もそんな大名ではあるが、少々京には遠いと言える。足利一門ゆえ上洛したいのだろうが難しい相談だ。駿河、遠江など三河の東はすでに義元殿の手にある。三河をも呑み込んで西に進めば尾張と衝突することになる。尾張で義元殿と戦える力を持っているのは信秀殿だけでござる。その信秀殿は義元殿と戦うに違いないが、もし信秀殿が敗れ、義元殿が上洛のため美濃に向かったら、蝮殿はいかがいたすかな？」

「うむ、それは難しいことになる。義元殿の兵力は三万か四万か、頼芸さまでは戦わずに従うしかござるまいが、蝮殿なら義元殿に戦を仕掛けられる。勝つか負けるかは別として従うことはないと思う」

道空は土岐頼芸なら道を空けて今川義元を通すだろうが、蝮ならばそう易々と通すことはないと断言する。道空の知る蝮ならば義元を倒そうとするはずだと。蝮のいる美濃の稲葉山城は、三万や四万の大軍に囲まれても簡単に落ちる城ではない。

「なるほど、すると義元殿は尾張から伊勢に出るか。だが今の情勢では上杉や武田や北条などが、今川軍の上洛を許すまいと思うがどう思う？」

重長は本格的な上洛を、足利一族の今川家といえども、そう易々と実現するのは無理だと見ている。今川義元が強引に上洛してもかえって京が大混乱しかねない。上洛しても今川義元に大きな益はないと重長は見ていた。

「将軍次第ではなかろうかと思います。もし将軍が今川に支援を求めれば考えるでしょうが、これ以上足利家が衰退するようだと救いようがない。上杉も武田もみな動き出して収拾がつかなくなる」

「美濃もでござるか？」

「いや、美濃は京に最も近いが蝮殿は京に野心はない。尾張はどうですか？」

「信秀殿にも京への野心はないと見る。上洛しても天下統一にはほど遠いし、益になることが多いとは思えない」

重長がそう言い切った。尾張から上洛しても、兵が疲弊してボロボロになって帰国するようであれば危険だ。そうならないとは限らないと重長は考える。京というところには魔物が棲んでいて、権力を目指して上洛した者が次々と滅んだところでもある。平清盛《たいらのきよもり》、木曽義仲《きそよしなか》、源義経、赤松満祐《あかまつみつすけ》や山名宗全《やまなそうぜん》などだ。長く生き残ったのは細川京兆《けいちょう》家ぐらいなものであった。それを重長は知っている。

「尾張だけでは統一しても精々四、五十万石ほど、美濃も精々四、五十万石ほど、合わせてなんとか百万石というところだから、手を組めばなんとかなるがなかなか難しい。今のところは上杉、武田、今川、北条の四竦《よんすく》みで、そこへ尾張と美濃が加われば互いに動きが取れなくなる」

道空は少々あきらめ顔で重長に言った。

確かに、今の勢力図は道空の見立て通りであった。そこに越前の朝倉、北近江の浅《あざ》井《い》、南近江の六角が京への道を塞いでいた。乱世の大名家はどこも隣接する大名家と大なり小なり悶着を抱えている。それは多くの場合、国の境界をめぐって起きているから、一度や二度は間違いなく戦いになっていた。戦いになると死傷者が出るから、互いに恨みつらみが深くなるという図式なのだ。

こういう厄介なことが折り重なっていつまでも乱世が続いていた。

そんな乱世を、楚《そ》の項《こう》羽や魏の曹操のような勇猛な英傑が出現して薙ぎ払わない限り、際限なく続きそうな危険をはらんでいる。

重長と道空はそのあたりのことを充分に理解していた。

祖父

今川義元は、三河の安祥松平が弱体化すると東三河を手中にした。

だが、力をつけて西から勢力を伸ばしてくる尾張の織田信秀が目障りであった。氏豊を騙して那古野城を奪った男である。今川家にとって信秀は許しがたいが、今のところ手出しができなかった。その今川軍が徐々に西三河に入り始めている。

西三河も手中にしたい義元はついに大軍を動かした。

駿河、遠江、三河と三国を手にすれば、義元の勢力は七十万石近い強大な勢力になるからだ。駿河と遠江だけでは四十万石程度だが、三河は三十万石ほどの大国である。三河をそっくり呑み込めば強大な力を手にできる。二万人から四万人の兵を動員できるようになる。今川義元にすれば何がなんでも欲しい豊饒な土地であった。尾張を踏み潰して京へ進撃する足掛かりにもなる。

だが、今川義元が三河を丸ごと手に入れれば、尾張と直に接することになる。信秀はその脅威だけはなんとか避けたかった。義元と直接対決して勝てる可能性は低い。兵の数も足りないし勝つ自信もなかった。尾張を統一して三万人ほどの兵を動員できないと、今川の大軍には太刀打ちできないと思っていた。尾張の虎と呼ばれる男にしては心細いが、こういう冷静な判断は大切である。

猪《いのしし》武者の蛮勇ではとても義元とは戦えない。

なんといっても今川軍には太原雪斎と朝比奈泰能がいる。この二人をなめてかかると木っ端微塵にされかねない。今川軍の恐ろしいところは、こういう家代々の勇将が揃っていることなのだ。

そこで信秀は与三右衛門と間者の弥五郎と三騎で、津島に隠棲している小嶋日向守信房を訪ねた。雪姫の父は古渡城や那古野城に出てくることはないが、津島衆に守られて晴耕雨読の日々を過ごしていた。壮健で人とも交わり、世捨て人ではない。挨拶もそこそこに二人が対面すると日向守信房は信秀の覚悟を見抜いた。

「三河守殿、出陣のようでござるが?」

小嶋日向守信房は信秀の殺気を感じあえて穏やかに言った。金吾が信秀に温めの白湯を出して炉端から去った。信秀は金吾に仕官を断られている。それを日向守は知っていたが金吾には何も言わない。

「いかにも、駿河の公家が三河へ出てまいった」

「ほう、今川殿はよほど信秀殿が目障りと見えるのう……」

日向守信房が薄く笑って囲炉裏に薪を足した。義元が西に出たがっていることはわかっている。足利一門として上洛したいのも理解できるし、義元は臨済宗の僧として太原雪斎と長く京に住んでいた。京に詳しいこともわかる。だが、今すぐ上洛するとは考えにくい。東に北条、北に武田を抱えて国をがら空きにはできない。

「敵兵はどれほどですかな？」

信房はいつも冷静である。信秀が戦う覚悟でいる以上、問題は兵力と作戦ということになる。ことに今川軍には軍師雪斎がいる。作戦負けすることも充分にあり得るのだ。雪斎ほどの軍師は信秀の気持ちまでも読み込んで、ありとあらゆる方策を整えて出てくるに決まっている。

そう易々と勝てるような相手ではない。

「報せでは今川軍が一万ほど、松平軍が二千ほどかと……」

「ほう、一万二千でござるか、大軍でござるのう。して尾張の軍勢はどれほどですかな？」

信秀を見て日向守が微笑んだ。優しい笑顔である。その笑顔の中に信秀は最愛の雪姫を見ていた。高ぶった気持ちが鎮まっていくのを感じる。この日向守の百姓家は清洲城下にあった百姓家に似ていて、雪姫がひょっこり顔を出すように思うのだ。雪姫の面影は遠くなりつつあるが信秀の中では色褪せることがない。

「精々六、七千がいいところかと考えております」

「半分ですか。わかり申した。古渡城はこの小嶋日向守信房がお守りいたしましょう。守備する兵は四、五十もあれば充分でござる。那古野の城も古渡から近いようですからご心配あるな。後顧に憂いなく戦いなされ、強敵ほど歯応えがござる」

信房は白湯を手に取った。

「お手を煩わせ申す……」

信秀は冷めた白湯をグッと飲んで、信房に深々と頭を下げて座を立った。与三右衛門と弥五郎は庭で待っていた。日向守信房は炉端に座ったまま見送らなかった。見送れば信秀が死ぬような気がした。

「信秀殿は別れに見えられたか。雪、信秀殿を守ってやりなされ、雪斎殿と戦って勝てるとは思っていないのだろう。そなたが守ってやらなければ信秀殿は討死する……」

信房は雪姫にそう呟いて目を閉じた。

織田弾正忠信秀が騎馬千騎と徒歩兵四千を率いて出陣すると、日向守信房と金吾父子は尾張に来て初めて武装して古渡城に入った。ほとんど兵がいないに等しい城内をひと廻りして状況を見る。二重の濠だけが頼りの城になっていた。

「金吾、そなたはこの城を守れ、いずれの尋ね人も城に入れてはならぬ。弓矢を射掛けて追い払え、城内の旗をすべて立てよ。旗がなければ下帯でもよい。父はこれから吉法師の那古野城にまいる。異変があれば狼煙《のろし》を上げればよい。だが、援軍があると思うな。おそらく那古野城も手一杯のはずだ」

「はいッ！」

信房は古びた太刀を握って大玄関に向かい、ひょいと騎乗すると単騎で城を飛び出した。

古渡城から那古野城まではほぼ一里である。信房にとっては一走りだ。那古野城に到着すると城門の前に馬を止めた。

「小嶋日向守信房でござる。ご開門願いたいッ！」

大音声で呼ぶと信秀から命じられている門番が沈黙したまま開門した。

「御免！」

馬に鞭を入れ一気に大広間の縁まで馬を飛ばした。

下馬すると草鞋《わらじ》を履いたまま大広間に入った。正面の城主の座で吉法師が床几に座っている。勝三郎と五人の近習《きんじゅ》がサッと身構えて吉法師を守った。

「おおッ、吉法師か？」

武装した日向守信房がつかつかと主座に近づくと、初めて呼び捨てにされた吉法師が立ち上がった。まだ元服も初陣もしていない吉法師はいつもの短袴に小袖の格好だ。

「誰だ！」

鋭く誰何《すいか》する。

「おッ、吉法師か良き子かな。そなたの母の父じゃ！」

「なにッ、お雪の父か？」

吉法師が驚いた顔で二、三歩前に出た。初めて見る祖父だ。

「母の名を知っていたか、その雪の父だ。生まれた時にそなたとは会っている」

信房が微笑んだ。吉法師は勝三郎の制止を振り切ると信房に走り寄った。

「小嶋の爺かッ？」

「そうだ。吉法師、戦いの時、御大将は床几から立ってはならぬ！」

小嶋日向守信房が厳しく吉法師を戒めた。

「うん……」

素直に頷くと吉法師は床几に戻って座る。

「吉法師、幾つじゃ？」

日向守信房が聞いた。もちろん、信房は吉法師の歳ぐらい知っている。

「九歳だ！」

「うむ、良き武者振りである。母も喜んでおろう。何があっても大将はそこを動いてはならぬ、よいな。首を刎ねられてもじゃ、総大将が帰るまでこの城を守れ！」

「はいッ！」

吉法師の素直さに近習が振り向いた。

だが、この時、吉法師は小便を漏らしそうなほど緊張していた。

「ご家来衆、兵は何人でござる？」

「はい。五十人でございまする！」

「そうか、信秀殿と約束した数だな。これから総大将が帰るまで籠城する。まず、城内の畳をすべて裏返しにしろ。足が滑っては戦いにならぬ。それに使える武器をすべて大広間に集めるように、また、旗という旗はすべて一間おき半間おきに立てろ。足りなければ布切れを旗にいたせ、馬は何頭残っておるか？」

「三頭でござる！」

「よし、鞍をつけてすべて厩から出し、そこの広場に連れてまいれ、急げッ！」

いざという時は吉法師だけは津島へ逃がすためである。信房が吉法師を振り返った。

「吉法師！」

「はいッ！」

強情な吉法師も信房の気迫になす術がない。

「そなたの家臣が城下におるそうだな、重長殿から聞いたが、吉法師のために死ねる家来は何人おるか？」

信房が厳しく聞いた。

「それは……」

吉法師は自分のために死ぬ覚悟の家来の数など答えられなかった。

「愚か者ッ、己の家臣の覚悟を知らずになんとするか？」

信房の雷が吉法師に落ちた。その吉法師の傍にいる勝三郎は縮み上がった。

「御大将が自分のために死ねる家来を知らぬとは呆れたものだ。そなたは吉法師と乳兄弟の池田殿の倅《せがれ》だな。今すぐ城下に走っていって、吉法師のために死んでもよいという家来を連れてまいれ、すぐ行けッ！」

信房が厳しく勝三郎に命じる。

「勝ッ、行けッ！」

吉法師の形相が変わった。誰も来ないかもしれない。死ぬのは誰でも嫌だ。

叱られた勝三郎は裸足のまま庭に飛び下りて走り去った。

「吉法師、あらゆる策を考えて戦いは勝たねばならぬ。大勢の兵が死ぬ負ける戦いはしてはならぬのだ。よいな？」

「うん、信秀は勝つか？」

吉法師が心配を聞いた。

父の信秀はあまり戦いが上手くないと吉法師は思っている。

「勝つ、必ず勝って帰るから心配するな」

「爺、なぜわかる？」

「爺は信秀殿の顔を見てそれでわかった」

「顔か？」

吉法師は不思議なことを言うと納得できなかった。

「吉法師、そなたは賢すぎる。頭で考える前にまず相手の顔をよく見ろ。その顔には何を考え何をするか表れておる。それがわからぬ大将は戦には勝てない」

信房が吉法師に言い切った。

「爺、どうすればそれがわかる」

初めて会った祖父の言葉が吉法師の胸を突き刺し動揺させた。

「まずは、沢彦宗恩さまと学問をなされ、次には馬、弓、槍などの武術をなされ、その次には遠くの物事をよく見て深く考えることだ。なぜそうなっているのかを。次には一族や家臣を大切にせよ。ことに吉法師のために命を捨てる覚悟の者は大切にいたせ。刃向かう者でも降参したら一度は許してやりなさい。だが、二度目は許してはならぬ。斬って捨てろ！」

吉法師に厳しく言う信房は神々しく見えた。母の言葉のようにも思う。

吉法師の周りにこのような人はいなかった。吉法師はこの爺の娘である母に初めて強い興味を持った。どんな人が母だったのだろうと思う。政秀からは勝幡城の観音さまだったと聞いたことがある。観音さまは仏さまではないかと思った。

しばらくして勝三郎が連れてきた吉法師のために死ねる家来は八人だった。女のおなかは勝三郎のために死ねる女だから七人ということになる。

「もう少し集まると思ったが……」

あまりの少なさに勝三郎が吉法師に言いわけをした。

「黙れ愚か者ッ。勝三郎、そなたは吉法師のために死ねるかッ！」

信房が厳しく聞いた。

「はい、死ねます……」

「さようか、ならば首を出せ。この爺が斬って遣わすッ！」

信房が凄まじい形相で立ち上がると太刀を抜き放った。勝三郎は本当に斬られると思って逃げ腰になる。怯えて足が震えてしまい勝三郎は腰が抜けた。

「爺ッ、勝を斬らんでくれッ！」

吉法師が信房の前に飛び出した。

強敵

天文十一年（一五四二）初秋、駿河の太守、今川治部大輔《じぶのたいふ》義元二十四歳と、尾張の虎、織田弾正忠信秀三十二歳が対決することになった。今川、松平軍は生田原《しょうだはら》に陣を敷き、織田軍は三河に入り矢作川を渡って西三河に深く入り、岡崎城の近く上和田《かみわだ》に陣を置いた。かなり危険な陣取りである。

織田軍と津島衆、熱田衆、三河に接する尾張の諸城の武将、信秀の一門衆など織田弾正忠家の全軍だが、清洲城の織田彦五郎信友と岩倉城の織田七兵衛尉《しちべえのじょう》信安《のぶやす》は、支援することなく信秀の戦いを相変わらず静観していた。

百でも二百でも援軍を出せばまだしも、信秀が負ければ義元の前に這いつくばる魂胆なのだと思われる。尾張の虎の勢力が拡大して面白くない。そのうち尾張は信秀に統一されてしまうかもしれぬという恐怖がある。人とはおかしなもので一方の恐怖は嫌だが、もう一方の恐怖は仕方ないと受け入れるようだ。

信秀は嫌だが義元ならいいというのか。

危険なのは信秀ではなくむしろ義元のほうなのだ。義元が尾張を支配すればすべて吸い取られる。この後、三河の松平広忠が急死して、義元に支配された三河は骨の髄まで吸い取られ、義元が死に人質にされた家康が帰還するまで、松平家の家臣は雨水をすすり泥をなめるような塗炭の苦しみに落とされる。

信秀が義元に敗れれば尾張がそういうことになるのだ。

そこがわかっていないから、ただ信秀憎しのような愚かなことになっている。

八月十日のことだった。微かな秋風が吹く朝、両軍は暑くなりそうな気配の空の下を進軍して、岡崎城の東南にある小豆坂《あずきざか》で激突した。

多勢であり坂の上に陣を取った今川軍は、戦いに有利とみて雪崩をうって織田軍に突進してきた。中段にいた信秀は先鋒の内藤勝介の戦いを見ながら、次々と後方の軍を前に出して先鋒の戦いを支える。

戦場は坂であり、狭隘《きょうあい》な場所で両軍とも自由な用兵が難しかった。

だが、信秀には絶対に負けられない戦いである。ここで負ければ今川義元は西三河だけに留まらず、勝った勢いで尾張領内に雪崩れ込むに決まっていた。そうなってからでは今川軍を追い返す手立てはない。古渡城も那古野城も清洲城も踏み潰されて、尾張は散々に蹂躙され、義元は木曽川を見て、美濃の蝮と対峙することになるだろう。

信秀は何がなんでも義元に矢作川を渡らせたくない。

もし押されて矢作川に押し戻されたら、対岸に陣を敷いて今川軍には渡河させないつもりだ。ここでしか今川軍の西進を止められない。尾張に入れてしまったら万事休してしまう。尾張の虎は義元を恐れることなく勇猛だった。

それに戦場の小豆坂がさほど広くない場所で、大軍より動きやすいことが信秀には幸運だったと言える。

「突っ込めッ！」

「怯むなッ、押し返せッ！」

槍を振り上げ信秀自ら前線に出ようとした。

だが、狭い場所で瞬く間に槍も使えぬほどの白兵戦になってしまう。敵味方がギシギシ軋みそうな大混戦である。こうなると数の少ないほうが押し合いには不利だ。

「押せッ！」

「押せッ、押し戻せッ！」

「下がるなッ！」

先鋒の内藤勝介軍を支え続けるが、今川の大軍がジリジリと押してくる。

織田与次郎信康、織田酒造丞信房、青山与三右衛門信昌、平手監物政秀、佐々隼人正政次《まさつぐ》、その弟の孫介成経《まごすけなりつね》らが馬上から槍を振るい、敵を押し戻そうとするが今川軍の勢いは止まらない。

織田四郎次郎信実が遮二無二敵を突き崩して戻ってくる。

内藤勝介が自慢の黒雲で突進して敵を切り崩す。三度、四度と突き崩して敵の武将の首を上げてくるが、敵の圧力があまりにも強く息を切らして戻ってきた。とても今川軍を崩し切れない。

信秀の弟、信康と信実も必死の形相で槍を振るっていた。

二人とも信秀を支える織田軍の勇将でなかなかの馬術と槍術である。三人、五人と敵兵を突き倒しなんとか前に押そうとする。両軍が激突したこの小豆坂が正念場だとわかっていた。

「叩き潰せッ！」

「川まで追い詰めて沈めてしまえッ！」

今川軍の勢いが少しも止まりそうもなかった。

「孫三郎ッ、前に出ろッ！」

信秀も前を支えながら乱戦の中で弟の信光を前に出そうとする。

織田軍の猛将たちは一歩も引かない。ここで引いたら生涯の悔いになる。中野《なかの》又兵《またべ》衛《え》重吉《じゅうきち》と下方《しもかた》弥三郎《やさぶろう》貞清《さだきよ》に織田孫三郎信光、林新五郎秀貞と山口左馬助教継らが次々と突進していくが、何段にも構えた敵を押し崩すところまではいかない。

赤川彦右衛門景弘と神戸市左衛門、毛利藤九郎と永田《ながた》次郎《じろ》右衛門《えもん》らが後方から次々と突進してきた。信秀の傍を通って先鋒で戦う内藤勝介を助ける。

「殿ッ！」

家老の又八が信秀の傍に馬を止めた。

「内藤殿がいつになく粘り強い！」

「うむ、崩れる気配がない。勝介を支えればこの戦はなんとかなる！」

「御意ッ、それがしも前へ出まする！」

寺沢又八が手勢の百人ばかりを率いて勝介の援軍に向かう。信秀の周りには二、三十人の護衛しか残っていない。兎に角、先鋒の内藤軍を支えて前線で今川軍と戦うしかなかった。それでもじりじりと押されている。

小豆坂の上から次々と新手の今川軍が突進してくる。信秀は中段から後ろに下がっていた。湧き出すように現れる敵兵を見ていた。今川軍は狭い坂を駆け下りてくるが味方同士で押し合いへし合いだ。

「勝介殿ッ、突っ込みまする！」

信秀の傍の母衣が鐙に立ち上がって叫んだ。

織田軍一の槍の名人は名馬黒雲の馬腹を蹴り、得意の短槍を頭上で振り回しながら敵兵の首を次々と薙ぎ払っていく。吉法師が見たら泣いて喜ぶ雄姿だ。そこへ山口左馬助教継も敵の真っただ中に突進、孤軍奮闘ながら次々と敵兵を突き殺している。

織田孫三郎信光と下方弥三郎貞清、中野又兵衛重吉の三人が輪乗りをしながら敵兵を寄せ付けない。近づく敵兵の頭、首、肩、胸、腹などどこでも串刺しにして倒す。

壮絶な戦いになってきた。

　中段から少し下がった信秀はそんな戦いを見ている。

　そこへ平手政秀が血みどろで戻ってきた。

「政秀ッ、傷かッ？」

「何の、返り血でござる！」

　平手政秀の息が荒く馬上にいるのさえ辛そうだ。そこへ与次郎信康も返り血に染まって戻ってきた。

「兄上ッ、先ほど通った空地に敵を誘い込んで、騎馬隊で突き崩しましょうぞ！」

　信秀の弟の犬山城主、織田与次郎信康がそう強く進言した。このままこの坂で押し合っていても埒が明かない。そこで信康は軍を下げて広い場所に今川軍を誘い込み、自慢の騎馬隊でその今川軍を血祭りに上げれば、今川軍の勢いが止まると考えた。

「だいぶ後ろではないか？」

「いえ、だいぶ押されましたので、すぐそこでござる！」

「よしッ、騎馬隊をまとめて、そなたと監物は下がって待て！」

　信秀は咄嗟の決断で与次郎信康の考えを理解した。

　敵が押し寄せてくる力を利用する信康の策を入れる。引いたふりをして敵を誘い込んで全滅させる。戦いが膠着すると数の少ないほうが不利になるのだ。その打開策にはもってこいだと思う。味方の損傷が少ないように思える。

「わしが敵を誘い込んでくる！」

「承知ッ！」

信康と政秀が、林新五郎秀貞、佐々隼人正政次、その弟孫介成経らを残して、騎馬隊を率いてジリジリと半町ばかり後退して、後方で一息入れさせ林に囲まれた空地に集合させると、それぞれが身を隠して、敵が信秀軍を押してくるのを冷静に待つよう命じる。

信秀は味方の兵を大量に損じることを恐れた。

敵は大軍なのだから無理な策では味方の全滅もあり得る。ここは信康の策でなんとか今川軍の勢いを止めたい。勢いが止まれば反撃できるということだ。だが、敵を深追いすることは危険であると信秀はわかっている。

「無理に押すなッ！」

信秀が味方に叫んで自らもジリジリと後退した。信秀は味方の槍襖《やりぶすま》で守られている。

それを見て勢い付いた今川軍が我武者羅《がむしゃら》に押してくる。そこがこっちの仕掛けた罠である。後ろには下がるが決して逃げない。百人ばかりに守られて信秀が下がる。今川軍七、八百人が首を取ろうと追い詰めた。

「討ち取れッ！」

「ひと押しだッ、逃がすなッ！」

「包囲しろッ！」

ついに信秀軍は空地に押し込められ絶体絶命だ。

だが、そこには信秀自慢の騎馬隊千騎が待ち構えている。今川軍も松平軍も徒歩の兵が多い。騎馬は織田軍が圧倒的に多かった。信秀が豊富な財力で育て上げた自慢の精鋭の騎馬隊である。この日のためだったとも言える。

与次郎信康と平手政秀は今にも飛び出しそうな騎馬を抑え、信秀軍が奮戦しながらも今川軍に押されてくるのを見ていた。

「まだ、まだ！」

信康は冷静に戦局を見ながら、騎馬隊を押し止め突撃の戦機を窺っている。今川軍の中段から後方が空地に入ったのを確認して槍を上げた。皆殺しにしてくれる。

「今だッ、突っ込めッ！」

叫びながら信康自ら灌木の間から突進していった。政秀が続く。

「生かして駿河に帰すなッ！」

「突き殺せッ！」

突っ込んでくる騎馬の勢いは凄まじい。土草を蹴散らして騎馬軍団が猛然と敵の前線に突っ込んでいった。信秀軍を包囲して全滅させようという当てが外れた。後ろから続々と押してくるから逃げるに逃げられない。

「伏兵だッ！」

「待ち伏せだッ、逃げろッ！」

敵兵が叫ぶとさすがに押す勢いがピタッと止まった。こうなっては戦いの勢いが逆転する。騎馬隊は敵の前線を蹴散らし、中段を踏み潰して後方の今川軍を次々と槍で突き刺した。逃げれば後ろから突き刺されるのだから手の打ちようがない。与次郎信康の騎馬隊に追われて逃げると、内藤勝介軍に挟まれて次々と刺殺される。

崩れたところに援軍が来ても、かえって足手まといになるだけだ。

今川軍は大軍だけに崩れ出すと止められなくなる。そんなところへ中野又兵衛、下方弥三郎、織田孫三郎、林新五郎、山口左馬助、赤川彦右衛門、神戸市左衛門、毛利藤九郎、永田次郎右衛門、寺沢又八、織田酒造丞、青山与三右衛門、佐々隼人正、弟の佐々孫介、織田四郎次郎らが続々と戻ってきて今川軍を串刺しにする。

戦いは完全に逆転した。

今川軍の徒歩兵が槍を担いで続々と後方に走って逃げていく。

「引くなッ、引くなッ！」

馬上の武士が叫んでいるが逃げる兵の足は止まらない。殺されたくなければ逃げるしかない。

戦いながら孫三郎信光が興奮しながら叫んだ。

「兄上ッ、あの敵陣までッ！」

坂上を指して信光はそこまで攻め込んでいきたいと言う。そんな勇み立つ信光を見て与次郎信康は冷静になった。怯えて逃げ出した兵をまとめて逆襲するのはほぼ不可能であるが、調子に乗るとろくなことがないのが戦場だ。一瞬の油断が命取りになる。

「信光、勝ちは六、七分でよい。味方の兵を損じては次の戦が難儀だ！」

信康が槍を振り上げて後方の信秀に合図をした。すると信秀の傍にいた母衣の一騎が走ってきた。

「殿はもはやこれまで、引くべしとの命令でござるッ！」

「承知ッ、信光、兄上も同じことを考えておられるぞ。深追いは禁物、引こう！」

与次郎信康が孫三郎信光にニヤリと笑ってみせた。二人は大樹寺で逆襲されたのを覚えている。坂の上を見て信光は悔しそうだが、坂の上に義元がいれば見ているはずだから充分だと思う。

「引けッ！」

信光が叫んで信康と共に撤退して信秀の傍に戻ってきた。

「信康、矢作川を渡って向こう岸に布陣せい。義元の出方を見る！」

「承知！」

「孫三郎ッ、殿《しんがり》を警戒せい！」

信康が最後尾の守りを信光に命じて引き上げの合図をする。

「孫三郎殿、殿にまいろう！」

そう声を掛けたのは津島衆の大橋重長だった。重長も壮絶な戦いで返り血に染まっていた。二人とも殿軍の大切さは知っている。味方が矢作川を渡河している最中に後ろから襲われないとも限らない。

「されば、二人だけで殿は寂しかろう……」

造酒丞信房がニコニコしながら馬を進めてきた。造酒丞は織田一門ではないが、その勇猛さから織田を名乗ることが許された武将だ。信秀の信頼が厚く、内藤勝介と共に織田軍の先鋒にいることが多い。信秀は造酒丞や勝介が傍で自分を守る時は負け戦だと思っている。

殿には佐々兄弟と中野又兵衛が張り付いていた。

三人が最後尾に到着すると今川軍の騎馬十騎ばかりが追撃してきた。

「無謀なことよ……」

造酒丞信房が道に馬を横にして塞いだ。

その横を血気盛んな中野又兵衛と下方弥三郎が敵に突進していった。その後に続いたのは佐々兄弟である。敵の騎馬を叩き潰そうというのだ。

「信光殿、われらもまいるか？」

「造酒丞殿、足を怪我されておるのでは？」

「おッ、これか、掠り傷だ。雑兵の槍が当たったまで。大事ない。まいろう！」

そう言うと馬首を回して孫三郎信光と槍を振り上げて敵の騎馬に突進する。するとそのまま勢いよく槍を敵に向かって投げた。造酒丞の槍が見事に騎馬兵の胸板を鎧ごと貫いた。後方にドサッと落ちて敵は息絶える。

「血祭りにしてくれるわ。覚悟ッ！」

造酒丞は自慢の刀を抜き放ち、鐙に踏ん張って立った。

手綱を放し両手で刀を八相に構え、鬼の形相で突進すると敵は怯んで引き返していった。十騎のうち戻ったのは二騎だけで、あとは空馬になっていた。白馬に騎乗した敵将が坂の上から造酒丞の戦いぶりを見ている。その白馬の武将は義元ではなく太原雪斎だったのである。雪斎は反撃をしなかった。考えていた以上に信秀は強いと感じて引き上げを命じた。

雪斎にしてみれば小手調べである。

今川軍の敗北だが、雪斎は負けたとは思っていない。むしろ本当の戦いはこれからだと思っている。戦いではこういう冷静さが怖いのだ。この後、信秀は雪斎との戦いに苦戦することになる。

坂の上の白馬をしばらく信光が見ていた。

「造酒丞殿、あれは義元ではないか?」

そう言って信光が振り返るとすでにその姿はなかった。

「今川軍も今日はここまでかな?」

ニコニコしながら造酒丞は機嫌がいい。顔の下半分に大髯をたくわえた造酒丞が笑うと薄気味悪いのだが、自慢の大髯を血だらけの手でしごいた。

「大橋殿、次に出てくる時は今川軍も本気で尾張を取りに出てくるだろうな?」

馬上の造酒丞が思案顔で重長に話し掛けた。これぐらいのことで引き下がる今川軍ではないと思うのだ。義元の西への野心は三河で留まるものではない。奪われた那古野城を取り返し尾張を呑み込めば、間違いなく百万石を超える巨大大名になれる。その上で上洛したいと考えているはずなのだ。

「さよう、兵力もこの度の二倍以上でござろうか?」

「いつ頃だと考える?」

敵の胸に突き立った自分の槍を抜きながら聞いた。

「そう遠いことではないと思うが、いつかは……」

「刃毀《はこぼ》れした……」

「槍先でござるか、鎧ごと見事に貫きました」

重長が血飛沫で汚れた顔で笑う。武将たちの顔に激しい戦いの跡が残っている。信秀に率いられた織田軍が続々と矢作川を渡河し始める。対岸に陣を敷いてしばらく様子を見るつもりでいた。

「さて、急ぎましょうぞ。取り残されてござる！」

重長が馬腹を蹴って味方を追った。激しい乱戦にしては敵味方とも兵の損傷は少なかった。敵も思っていたほどの大軍ではなかったようだった。

「津島衆は戦が強いと聞いたが戦場に慣れてござるわ……」

造酒丞が豪快に大笑しながら重長に続いた。中野又兵衛と下方弥三郎が水飛沫を上げて矢作川に入っていくのが見える。

老僧

信秀は三河から帰還すると、自ら建立した萬松寺《ばんしょうじ》の山門を潜った。

山号は亀岳林《きがくりん》、寺号が萬松寺といい、織田弾正忠家の菩提寺として信秀が開基した。その本尊は十一面観音である。勝幡城の観音菩薩といわれた雪姫によく似た清楚な美しいお顔立ちの仏さまだった。

護衛の兵たちは山門前に控え、信秀に従うのは平手政秀と内藤勝介の二人である。

萬松寺は曹洞宗《そうとうしゅう》の寺院であったが、単立の寺でどこの寺院にも属していない。そこで信秀は建立と共に叔父である大雲永瑞《だいうんえいずい》和尚こと、尾張随一の曹洞宗寺院大龍山《だいりゅうさん》雲興寺《うんこうじ》八世を開山として迎えた。

萬松寺は那古野城の南側に天文九年に荘厳に建立された。

大雲永瑞は信秀の先触れが来ると、本堂の扉を開き信秀の来訪を待った。眉に白い雪を置いた大雲永瑞は信秀の父、織田弾正忠信定の実弟である。

「これは大雲さま、お待たせいたした」

信秀は小刻みに石段を踏んで本堂に昇った。その後に政秀と勝介が続いた。

豪刀を腰から抜き右手に下げ一礼して本堂に上がる。禅寺らしく豪壮ではあるが装飾の少ない禅の修行の道場である。大雲永瑞は穏やかに微笑んでいる。父の織田良信《よしのぶ》や兄の織田信定の菩提を弔っている老僧であった。

「信秀殿、ご苦労でござったのう……」

温厚で端整な顔が人懐っこく微笑んで三人を迎え入れた。大雲永瑞は質素な薄墨の衣で信秀と対座する。何度も会っていて互いに気心は知れている。曹洞禅を修行してきた老僧には威厳があった。

「今川義元を相手では難儀なことでござったろう……」

大雲永瑞和尚は勝敗も聞かずにそう言って信秀を慰めた。もちろん今川家には臨済宗の太原雪斎という大軍師がいることを知っていた。

「まあ、いいところ五分五分の小手合わせでござる」

信秀が苦笑して謙遜したが内心では今川軍に勝ったと思っている。だが、勝ったと言えば油断になる。前半は押されたが後半はなんとか逆転したというところだ。

「それはようござった。五分であれば義元殿も考えることでござろう。そう易々と那古野城は取り返せないと……」

永瑞は今川義元のことも太原雪斎のことも、朝比奈泰能のこともよく知っていた。僧侶の世界はそう広いものではない。永瑞は駿河の曹洞宗の僧たちとも交流がある。

「いずれ義元は三河を手に入れ、大軍で尾張に侵入してくるだろうが、いつになるか油断はできません」

信秀は苦く笑いながら懐から書状を出した。

「大雲さま、ここに萬松寺の寺領を書いてまいりました」

書状を信秀が永瑞和尚の前に置いた。それを手に取ると開いて一読し、大雲永瑞が小さく頷いて信秀に頭を下げた。

「このように頂戴して宜しいのかな？」

「むしろ、大雲さまには少ないかと恐縮してござる」

信秀が静かに頭を下げた。禅寺はどこも禅を修行する学僧を多く入門させる。萬松寺にも大雲永瑞和尚を慕って学僧たちが入山してくるだろう。信秀は坊舎も必要になると考えていた。

「信秀殿、これでも過分でござる。坊主などは食する分があれば結構、一生修行でござれば華やかなことは何もござらん。師の教えは無一物ゆえ……」

禅僧らしく無欲の本心を言う。禅の極意は無一物中無尽蔵である。

「叔父上にはこの信秀、教わることのみでござる。父月巌《げつがん》を始め一族の菩提をよしなにお願い申しまする」

信秀が老僧にそう言って頭を下げて願った。菩提寺というのは一族の心の支えでもあった。同時に信秀のために戦って亡くなった兵たちを供養する寺でもある。それは大将たる者の務めなのだ。そのために信秀は萬松寺を建立した。

「おう、そのことだ。わが兄上のことを忘れてはなるまいのう。歳を取ると兄上のことまで忘れてしまいそうじゃ……」

永瑞和尚がなんとも邪気のない顔で笑った。老僧は修行を積んで生老病死を悟り、赤子へと戻っていくのかもしれない。そんなことを感じさせる無邪気な和尚の笑顔だ。

「それでは、遠慮なく頂戴しておきましょうかな……」

永瑞は寺領の書状を捧げ一礼して、合掌してから墨衣の懐に入れた。

「ところで信秀殿、那古野城の吉法師は良きお子じゃのう。拙僧の欲目かもしれぬが龍に育つかもしれないと思う」

突然、永瑞が話柄を変えた。その言葉に政秀は自分が褒められたようで嬉しかった。

「大雲さまのところにまで顔を出しましたか、何か悪さを？」

信秀がそう聞くと政秀はサッと顔色を変えた。

「いやいや、寺には参らぬが、境内に城下の子らを集めて、早速戦ごっこに夢中でござる。なかなかの大将ぶりじゃ。実に賢い」

いつも吉法師たちを見ているから嬉しそうに永瑞が笑った。

「大雲さま、まことに申し訳ござりませぬ。境内を騒がせるとはこの政秀の責めでござる。ご容赦を……」

傅役の政秀は吉法師が何かしでかしたかと先に謝った。

神出鬼没の吉法師は家来という餓鬼たちと、城下のあちこちで物を壊すから鼻つまみ者になっている。新しく建立された萬松寺が、吉法師たちの遊び場になっていることは知っていた。

「いや、平手殿、そなたを責めているのではない、むしろ、褒めておるのじゃ。あの子は育てるのが難しかったであろうと思ってな。これからも気を緩めてはならん。鯉のままかそれとも登竜門を潜って龍になるかはこれからじゃ……」

永瑞はニコニコとなんとも嬉しそうに言った。それは政秀が密かに念じていることでもある。

「信秀殿、吉法師は弾正忠家には得がたいお子かもしれませんぞ。あの澄んだ目は遥か遠くを見ている目じゃ。政秀殿も腕白を咎めてはなりません。あの目はこの日の本を睨んでおる目のように思うのじゃ……」

　永瑞は最上級の褒め言葉で吉法師の話を実に嬉しそうに語った。

　勝介は永瑞の言葉が胸に染みた。確かに吉法師は和尚の言うように龍になるのかもしれないと思う。あの小さな体の中に、何か得体の知れないものが棲んでいると感じることがあった。それが龍なのではないかと勝介は和尚の言葉から感じた。そう思うと何もかもが腑に落ちる。

「あの変わり者が龍に……」

　古渡城にいて吉法師と会うことのない信秀は信じられない。

　吉法師は大うつけだと聞いているのだから、龍になるという話はにわかには信じがたいが、大雲永瑞和尚が言うのだから嘘とも思えない。

「さよう、変わり者で大いに結構じゃ。この乱世がすでに奇怪で異常なのだからのう。わが織田家に龍が生まれたのやもしれぬぞ。龍なればいずれ雨を呼び、嵐を呼ぶことでござろう。平手殿、決して吉法師を咎めてはなりませんぞ、まあ、咎めても易々と聞くような子ではないがのう……」

永瑞はそう政秀に言いながら、実は信秀にも言っているのだった。

吉法師に龍の片鱗を見ているのは平手政秀、内藤勝介、大橋重長、堀田道空、小嶋日向守、それに大雲永瑞など極少ない。むしろ次助やおすなたちが吉法師の龍を見ていたのかもしれない。それにもう一人いる。それは吉法師の正体を見抜いたであろう師の沢彦宗恩である。

六十歳の老僧がなんとも嬉しそうだ。

勝介は大雲永瑞和尚を心から尊敬した。槍の稽古をしながら勝介が日頃から感じていたことを和尚は見事に見抜いている。

「確か、九歳だそうだが、あと五、六年もすれば男の子は大きく変わってくるものだ。大きく変わるか、小さく変わるか、荒々しく変わるか、おとなしく変わるか、あの目が澄んだままか、濁ってくるか。平手殿、楽しみでござるのう……」

永瑞が五十一歳の政秀の心を読んで嬉しげに励ました。大雲永瑞は平手政秀が先代信定の家臣であり、吉法師の那古屋城の次席家老であることを知っていた。信秀が政秀を吉法師の傅役に選んだことは正しかったと思う。政秀が吉法師の師として妙心寺の沢彦宗恩を招いたことも聞いている。永瑞の目には得がたい人々が吉法師の傍に集まっているように見えた。

「大雲さま、吉法師をよしなに導いてくだされ……」

そんな魅力が大うつけと噂の吉法師にあるのかと、信秀は半信半疑ながら永瑞和尚に願った。

「信秀殿、この老寺鼠《てらねずみ》がなんで天に昇る龍を導けましょう。そのようなご無理を申されますな。それには相応しい方がおられましょう……」

そう言うと永瑞がわっはっはっと軽快に大笑する。相応しい人とは沢彦宗恩のことなのだ。

だが、老僧の目が笑っていないのを勝介は見逃さなかった。座禅をしながら乱世を見通してきた禅僧には、次の時代が見えているのかもしれない。

「ここから吉法師の戦ごっこを見ているばかりでござる。あの子が龍になるのを見届けることは残念だが拙僧には叶うまい。尾張の虎が龍を生したということであろう。雪姫殿に一度会いたかったのう……」

大雲永瑞が墨衣の袖を払って雪姫に合掌した。

勝介は込み上げてくる気持ちを拳を握ってグッと抑え込んだ。その気配を和尚は見逃さない。

「内藤殿といわれましたな？」

「はッ！」

「龍には雲が必要じゃ、龍が裸では見るに耐えぬ。そなたは槍の使い手だと聞いた。

龍の雲になりなされや……」

和尚に穏やかに言われ勝介は気持ちを見抜かれたと感じた。

「畏まってござる。この一命に懸けて……」

「うむ、そなたは天に昇る龍を見られるやもしれぬ。死ぬな！」

老僧の目は気迫に満ちていた。厳しい修行で磨かれた英知が輝いている。

「はッ、必ず！」

勝介は深々と頭を下げて合掌した。

「ところで、信秀殿、今川家には太原崇孚雪斎という臨済宗妙心寺の坊主がおるのをご存じかな？」

永瑞が真顔で聞いた。

「確か、義元殿の軍師と聞いておりますが？」

「さよう、この生臭坊主、なかなかの仁でのう、駿河、庵原家から出て京の五山、建仁寺で修行をして妙心寺の大住持にまでなった傑物じゃ。幼い頃から義元はこの僧の弟子で京におったが、兄たちが急死したため父の氏親殿に呼ばれてのう。二人は駿河に戻って義元は還俗した。雪斎は臨済僧でありながら軍師でもある。なかなか秀でた手腕でこの坊主の右に出る軍師はいないだろう。それだけの師だから太原雪斎あっての今川義元ともいえるのじゃが、その坊主にはくれぐれも油断召されぬように、なかなかの戦上手だとも聞いている。確か、今は四十五、六であろうかのう……」

　永瑞和尚が信秀に注意を促した。

「太原崇孚雪斎のことは少々聞いておりましたが、この度の小豆坂には出ておらぬようでござったが？」

「どこぞで高みの見物でござろう。なかなか姿を見せない仁でござるよ。次は駿河殿に代わり必ず出てこよう、強敵でござるぞ」

　永瑞が薄く笑って言った。

「はい、肝に銘じておきまする」

「天下一の策士なればご油断なく、気を付けるに越したことはないから……」

「雪斎か」

　呟くように言った信秀はこの時、永瑞和尚が言うほど深刻には考えていない。むしろ信秀は朝比奈泰能を警戒している。掛川城の城主として西進してくることが考えられた。この油断が信秀を苦しめることになる。大雲永瑞と信秀の話し合いは半刻ほどで終わった。

　信秀が那古野城に戻ると吉法師が待ち構えていた。

　古渡城を築き信秀が移り住み、滅多に会うことのなくなった父子である。那古野城の奥の部屋に信秀と吉法師が対座し、勝三郎とその母と政秀の三人しかいない。

「親父殿、義元との戦は勝ったか？」

吉法師がいきなり聞いた。

「これ、吉法師さま、お父上さまに対してお言葉が乱暴でござりまする！」

吉法師の乳母であり、信秀の側室でもある勝三郎の母が叱った。

「ふん！」

鼻であしらう吉法師を見て信秀は永瑞の笑顔を思い出した。

この小生意気な小童《こわっぱ》のどこが天に昇る龍なのか、大雲永瑞和尚は何を見ているのかと考えてみる。噂の大うつけのほうが相応しいように思う。だが、見れば見るほど吉法師は雪姫に似ている。それなら龍かもしれない、などと心もとない。信秀の中にまだ雪姫は生きていた。

「吉法師を頼みます」

そう言った雪姫の言葉が思い浮かぶ。

信秀は自分も乱暴だったからか、吉法師の無作法を気にしていなかった。

「うむ、この度の戦はほぼ五分、少しはわしのほうが良かったようじゃ……」

信秀がそう言うと吉法師は不満げな顔を露わにした。

「ふん、親父殿は戦が下手だ！」

毒づいて逃げるように座を立って部屋から飛び出した。勝三郎は逃げ遅れて母にピシリと尻を叩かれた。

「大殿、申し訳ございませぬ。わらわが至らぬばかりに……」

勝三郎の母が信秀に詫びて口を結んだ。

だが、政秀は何も言わず信秀を見ながら考えている。本当に和尚の言う龍に育つのであろうか。吉法師の振る舞いを見ていると政秀の気持ちが揺れるのだ。大うつけなどではないと否定するが、乳母は泣きそうな顔になっている。

「気にするな……」

そう言った信秀は腕を組んで考え込んでしまう。

戦が下手だと言われたのは初めてだ。それも何も知らないだろうと思う息子に言われたのは痛い。実は、信秀は吉法師の言うように戦上手とは思っていなかった。

その日、信秀は珍しく那古野城に泊まり、翌朝、古渡城の兵と那古野城の兵に守られて古渡に帰っていった。

内裏

この年、天文十一年今川軍と戦って西三河への侵入を防いだ信秀だが、美濃では土岐家に嚙みついた蝮が実力をつけて暴れ出した。

この頃は頼芸と頼純は和睦していたが、今度はその二人に蝮が襲いかかった。美濃守護になっていた土岐頼純が居城とする大桑《おおが》城を、斎藤新九郎利政こと道三に攻められて、頼純は越前の朝倉家に逃亡し、土岐頼芸とその子頼次《よりつぐ》は尾張に追放されたのである。

信秀は頼ってきた土岐親子を熱田に保護し、美濃を奪った斎藤新九郎利政と織田弾正忠は、頼芸の美濃復帰を名目に戦うことになる。尾張には清洲織田や岩倉織田はいるが、信秀に刃向かえる勢力ではない。

尾張の虎である信秀はそこまで力を付けてきていた。

今川軍と戦っても負けないというのだから兵は集まるに決まっている。

信秀は美濃に近い犬山城主の弟織田与次郎信康と協力、信秀軍は木曽川を渡り信康軍と合流して、織田軍一万五千近い兵力で美濃に攻め込んでいった。信秀は今川軍と五分以上に戦ったことで強大になりつつあった。勢いよく稲葉山城下まで攻め込んだが、越前から朝倉宗滴《そうてき》が美濃の援軍に入り信秀は戦いに敗れる。

いきなり朝倉軍が出てきたため面食らって引き上げることになったのだ。

織田軍の騎馬兵は迅速果敢であったが、朝倉と美濃勢の防戦が強固で突破できず信秀は敗北し、撤退したのだが、この戦いは次の戦いの序章でしかなかった。双方の損害は軽微なものだった。だが数年後、斎藤新九郎利政と織田弾正忠信秀は、美濃で激突し死闘を繰り広げることになる。

翌年、天文十二年（一五四三）吉法師は十歳になった。

相変わらず吉法師は遊びの名人で、萬松寺は吉法師たちの格好の戦場であった。だが、以前とは違い吉法師は祖父小嶋日向守信房の教えを守り、家来の本気度を洞察するようになっている。

この頃、吉法師の生涯において重要な意味を持つことになる出来事があった。

その一つは、昨年暮れ十二月二十六日寅の刻、三河の岡崎城に、父松平広忠、正室於大こと水野忠政の姫の間に、竹千代《たけちよ》こと後の徳川家康が誕生したこと。

もう一つは、年が明けた天文十二年八月二十五日、種子島《たねがしま》西村小浦湾に漂着したジャンク船に同乗のポルトガル人、フランシスコ・ゼイモトとアントニオ・キリシタ・ダ・モッタの二人が、鉄砲を所持していることが判明したことだ。

島主種子島恵時《しげとき》と時尭《ときたか》父子が、この鉄砲を一丁千両という大金で二丁購入して、刀鍛冶に複製を作らせ薩摩《さつま》の島津義久《しまづよしひさ》に献上した。島津義久はその鉄砲を幕府十二代将軍足利義晴に献上する。献上された鉄砲は細川晴元によって近江の国友《くにとも》村に持ち込まれ、刀鍛冶の善兵衛《ぜんべえ》ら四人の匠によって複製される。

この鉄砲伝来の時、種子島にいた堺《さかい》の貿易商橘《たちばな》屋《や》又三郎《またさぶろう》と、紀州根来寺《ねごろじ》の僧兵津《つ》田算長《だかずなが》の手によって鉄砲が畿内にもたらされ、急速に戦国の世に伝播していくことになる。実戦に初めて鉄砲を使った人物は薩摩の家臣伊集院忠朗《いじゅういんただあき》だが、この鉄砲を主力兵器として革命的軍事力を持つのは織田信長である。

乱世の戦い方を劇的に変えてしまったのが新兵器の鉄砲だった。

ちなみに、この種子島伝来の鉄砲は明治の西南戦争で消失、複製の国産一号は現存している。この二つの出来事は歴史が大きく転換する証でもあった。

もう一人の面白い男が尾張の中《なか》村に生まれ七歳になっていた。名は元吉《もとよし》という。激動の乱世に三人の子が揃い、そこに鉄砲が出現したのである。

吉法師たちの屯《たむろ》する境内に顔を出した大雲永瑞に吉法師が叫んだ。

「和尚ッ、吉法師の大叔父だそうだな？」

唐突に聞いた。永瑞はニコニコしながら吉法師に近づいてきた。

「さよう、吉法師はわしを知っておったようじゃな」

笑顔の白眉が目を隠すほどに長い。少し窪んだ目が吉法師を見ている。この和尚が褒めていたと政秀から聞いた。吉法師は自分が大うつけと言われていることを知っていた。

「和尚、戦に負けない方法はあるか？」

吉法師が真剣に聞いた。

「ある！」

永瑞はニッと微笑んでなんとも嬉しそうである。

「和尚、それを教えろ！」

吉法師は口をへの字に結んで永瑞を睨んだ。永瑞和尚は真顔になって吉法師を見る。

「それはな吉法師、戦うなら負けぬことだ」

永瑞は真剣に言うと吉法師を睨んだ。その顔はお前にわかるかと言っている。

「ふん、そうか、負けると思ったら戦をするなということか、わかった！」

おかしな禅問答に吉法師はニヤリと笑う。

吉法師の鋭利な頭脳は和尚の言いたいことを理解している。永瑞は不敵な吉法師の笑顔に龍を見ていた。この子は途方もなく賢いと思う。

「負けぬことだぞ」

永瑞が念を押した。

「うん、わかった！」

吉法師の遊び場は萬松寺を中心に、今では北は岩倉城あたり、東は古渡城あたり、南は熱田あたり、西は津島あたりと広大になり、吉法師は黒竜に乗って、勝三郎は金《きん》竜《りゅう》と名付けた勝介の老馬で出かけた。吉法師の家来探しが目的だった。

この年、織田信秀は窮状にある朝廷の要請を受けて、平手政秀を名代として上洛させ、内裏修繕費用として銭四千貫の巨費を朝廷に献上した。

今なら五億円ほどに換算できる金額で、裕福な織田弾正忠家でなければ無理である。

後年、正親町《おおぎまち》天皇の即位の礼の費用として、西国安芸《あき》の太守、毛利元就は二千貫を献上しているが、これと比べても信秀の財力が、いかに巨大であったかがわかる。その財力の根源は津島湊と熱田湊の二十万石ほどの支配と、尾張下四郡三十万石ほどの支配にあった。

総石高では今川義元の五十万石に劣らぬ力を持ち始めている。

吉法師は津島と熱田の賑わいが好きで、早朝から勝三郎と馬を飛ばして津島や熱田に遊びに向かった。津島に行けば大橋重長に会い、津島十五党の面々と交わり、熱田に行けば加藤図書助順盛や子の順政《のぶまさ》や次男の弥三郎《やさぶろう》、加藤図書助順盛の弟、岩室孫三郎次盛《いわむろまごさぶろうつぐもり》とも親しくなった。

岩室孫三郎には吉法師より三、四歳下の可愛らしい姫がいた。

この姫が、後に織田信秀の最後の側室となる岩室殿であった。吉法師が弥三郎と遊んでいるとどこからともなく着飾った姫が遊びにくる。いつも一緒に遊びたそうにしていた。

「もう少し大きくなったら遊んでやる。馬にも乗せてやるから……」

「うん！」

頷いてじっと吉法師を見ている。

吉法師より年下の弥三郎は、姫が吉法師を好いていることを知っていた。

「姫はこの吉法師の嫁になるか？」

「うん……」

いきなり吉法師に聞かれて可愛らしく素直に頷く。言葉もやることも乱暴な吉法師だが、姫には優しい兄のように映っている。この岩室家の姫が重要な存在になっていく。

「弥三郎、わしの家来になれ！」

弥三郎を気に入っている吉法師が命じた。

「いいよ。那古野城へ行くのか？」

弥三郎は気軽に答える。

「そうだ。必ずだぞ。約束だからな？」

吉法師は暴れん坊の弥三郎の大胆さが好きだ。もう一人家来にしたいのがいる。それはだいぶ歳の離れた姫の兄だった。それが目的で熱田までくる。

「勝ッ、城に帰るぞ！」

吉法師は目的を遂げると他には目もくれない。

「姫、また来るぞ！」

吉法師が手を振った。可愛い姫が好きだ。

「約束を忘れるな」

「うん……」

頷いて小さく手を振り姫が吉法師を見送った。

そのうち吉法師は時々姫に会いにくるようになる。

吉法師と勝三郎の二人が那古野城に帰ると、古渡城から信秀が来ていた。庭に古渡城の兵が溢れている。

「爺、なんで親父殿がいる？」

吉法師は戦でも始まるのかと政秀に聞いた。

「吉法師さま、今日は大広間が使えません」

「なぜだ？」

吉法師が気に入らないという顔で政秀を睨んだ。

「ただいま、大広間には京の朝廷より勅使が見えておりまする」

「勅使とはなんだ？」

「吉法師さま、勅使とは京の天子さまからのお使いでござる」

政秀は信秀が内裏修繕費用として、四千貫文を寄進したことを説明し、勅使という使いが天皇からの礼を伝えに来たのだと語った。

「ふん、そうか、津島に行ってくる。勝ッ、行こう！」

そっぽを向いて吉法師は勅使などにはまったく興味がない。ただ四千貫文というのは大金だとわかっている。

「吉法師さま、大殿さまが来ておられまするぞ」

「だから、津島に行くのだ。小嶋の爺のところに泊まる」

「そ、その前にしばらく！」

そう言って吉法師を待たせると政秀が佐久間信盛《さくまのぶもり》を連れてきた。

「今日から大殿のご命令で、吉法師さまにお仕えする佐久間信盛殿でござる」

政秀がそう紹介した。

「佐久間信盛でござる。よしなにお願い申し上げまする」

信盛が平伏した。吉法師は信盛を知っていた。この時、佐久間信盛は十六歳だった。

後に信盛は殿《しんがり》の戦いを得意としたことから退き佐久間《の》といわれ、鳴海城の城主になるなど織田弾正忠家の第一の宿老となっていく。その人柄は思慮深く、礼儀正しい大いなる勇士という。フロイスは、五畿内で信盛のように良い教育を受けた人を見たことがないと言ったと伝わる。

「信盛、明日、爺と津島にまいれ！」

二人に命じて、勝三郎を引き連れて吉法師は信秀に会うことなく城を出ていった。

安城

信秀は天文十三年（一五四四）八月に、織田左馬助敏宗《としむね》と子の飯尾定宗に兵三千余を率いさせ、安祥城攻略を命ずるが、勢力の衰えた松平広忠とはいえ、安祥城は簡単には落ちなかった。

だが、松平広忠は信秀の敵ではなかった。

安祥城攻略に刻は掛けられない。一つは美濃との戦の準備に入っていること。もう一つは今川の大軍が援軍としていつ押し寄せるかわからないからだ。駿河に入っている間者の甚八からは、今川軍が西へ動く気配はないと報せてきていたが、油断はできなかった。三河に近い掛川城に朝比奈泰能がいるからだ。

八月に敏宗・定宗親子が攻略に失敗すると、信秀は間髪を容れず九月に大軍を向け、自ら指揮して安祥城を攻め落とした。松平清康が陣中で刺殺されてから九年の歳月が流れていた。清康の死が二十五歳とあまりにも若く、幼かった嫡男広忠が三河になかなか落ち着けず、安祥松平家の勢力はなかなか回復しない。

背に腹は代えられないというが、阿部定吉が広忠を三河に復活させようと義元に支援を願ったため、義元の手が伸びてきたから厄介なことになった。三河をそっくり義元に奪われては元も子もない。しかし、そうなる可能性が高まってきていた。

その状況を嫌った信秀が、上手いこと安祥城を攻めて陥落させたのだ。

信秀は安祥城の守将として長男の織田信広を入れ、兵八百に守備させて古渡城に帰ると、美濃から間者の将左衛門とお仙が戻っていた。信秀は、土岐頼芸の美濃復帰を実現する策は、美濃の後方、越前の朝倉孝景《たかかげ》との連携しかないと考えた。

尾張にいる土岐頼芸と越前の朝倉孝景と頼純との連携を画策していた。

昨日の敵は今日は味方というのが乱世の常だ。争う者同士が協力するという信秀の戦略である。この方法しか土岐家の美濃復活は考えられない。南近江の六角が加わらなくても、北から朝倉軍、南から織田軍で蝮を挟めばさすがに稲葉山城から動けまい。

この時、活躍したのは美濃に入っているお六、将左衛門、お仙、幽鬼、百鬼丸《ひゃっきまる》、風之丞《ふうのじょう》らの間者たちだった。

なんとしても土岐頼芸を美濃に戻したい。

いくら国盗りとはいえ、蝮ごときに美濃一国を奪われるのは納得できない話だ。それは越前の朝倉家も同じはずだと思う。

「おッ、将左衛門にお仙、朝倉殿と頼純殿はどうであるか？」

信秀は急いでいる風だった。

「はッ、朝倉孝景殿も土岐頼純殿も、頼芸殿の美濃復帰には、異論はないとのことにございます。朝倉殿からの約定書を持参してまいりました」

将左衛門が懐から油紙を取り出して中の書状を信秀に渡す。それを一読した信秀は孝景と頼純の連名を確認する。

「雪の降る前とあるが、越前の冬は早かろう。どうだお仙？」

政秀が久しぶりのお仙に聞いた。

「はい、十月に入ればいつ雪が来てもおかしくありません」

「うむ、であろうな。朝倉殿は急いでおられるようだ。わが軍は四、五日の内には出陣できると伝えよ。頼純殿は革手《かわて》城を目指すとある、当方の頼芸殿は揖斐北方《いびきたかた》城を目指すことにする！」

「畏まって候！」

将左衛門が越前への連絡を急ぐために立ち上がった。

「お仙、そなたは大殿の出陣を見届けてから大垣《おおがき》に戻ってまいれ！」

そう言い残して将左衛門が古渡城から姿を消した。将左衛門のいつもながらの気遣いであった。それはお仙がいつも信秀に会いたがっていたからだ。こういう時でないとお仙は信秀の寝所に忍び込めない。

信秀は安祥城の勝利を祝う間もなく、美濃への出陣を命じる早馬を、津島や熱田に走らせて支度を急がせる。越前から出てくる朝倉軍に後れを取ることはできない。木曽川の左岸に集結して渡河する時を待つ。稲葉山城下の井ノ口を南北から挟撃する。頼芸父子を揖斐北方城に入れる。朝倉軍は頼純を革手城に入れるのがこの作戦だった。

お仙はその夜遅くから毎晩、信秀の寝所に忍んできた。

将左衛門が消えてから三日目の夜、信秀はお仙の耳に口を寄せて小声で呟いた。

「明日には出陣だ。朝倉軍はすでに美濃に入ったようだからな？」

「はい、今夕に入りました」

「間違いないか？」

「ええ、間違いございません」

平然とお仙が答える。

「お仙、誰からの知らせだ。幽鬼老人か？」

それにお仙がフフッと笑った。お六に追い回されている幽鬼を思い出したからだ。お互いに好きなくせにお六と幽鬼は素直になれない。

「若さま、お仙は若さまのためだけに働いております、間違いはありません」

自信満々で言って信秀に甘える。

「それより若さまはいつまでも上手になりませぬな……」

そう呟いて信秀の胸に顔を埋めた。こういう時は戦いのことより今がお仙には大切だ。

「ふん……」

信秀はお仙といる時が一番安心できた。

だから傍に置きたいと思うがそれができない。間者のお仙には働いてもらわなければならないし、何よりも母親のお六が納得しないから側室にはできなかった。お仙は明け方近くになって寝所から姿を消した。

その朝、那古野城からも林新五郎秀貞、青山与三右衛門信昌、内藤勝介、佐久間信盛ら二千余の兵が出陣する。先鋒にはいつものように黒雲に騎乗した勝介がいた。那古野城から出陣する陣立ては変わらない。吉法師と留守居の平手政秀、池田勝三郎、加藤弥三郎は城門まで出て見送った。

「爺、だんだん兵が多くなるな?」

吉法師が出陣する兵を見て政秀にそう言った。

「いかにも、大殿さまが強いので兵が増えるのでございます」

平手政秀はわがことのように自慢した。確かに今の弾正忠家は以前のように兵の動員に苦労していない。各武将ごとに動員できる兵が決まっていた。兵は各武将の下に所属していて好き勝手に出陣はできない。あえて信秀に味方したいという者は陣借りといって、武将の許しを得て陣借り参戦をするが、勝手な参加だから兵糧も自前だったり、武功に対する褒美もなかったりする。

陣借りは一人だったり数人だったり、家臣団を率いてすることもあった。

この他には傭兵という者たちもいる。銭をもらって戦いに出てくる者たちで、後の紀州雑賀衆《さいかしゅう》などはこの傭兵で稼いでいた。

「信秀の軍は何人いる？」

どれぐらいの兵力なのか吉法師の知りたいところだ。

「さよう、総勢では一万五、六千にはなりましょうか……」

政秀もこのところ急激に増えた兵に驚くばかりなのだ。以前は総動員令を出してようやく一万を超え、一万五千人を集めるのは容易なことではなかった。それが今は百姓の若い衆がみな集まってくる。この頃はまだ百姓をしながらの兵だから、跡取りの長男はできるだけ家に残すようにしていた。働き手が死んでしまっては困るからだ。

「そうか一万五千以上か、清洲も岩倉も手出しはできないか？」

吉法師が愉快そうに言って笑った。

「清洲と岩倉が手を結んでも、その半分ほどの兵力にすぎません。大殿と戦うなど笑止千万、とてもとても……」

「爺、信秀の兵は強いか。どうか？」

吉法師が問題の核心を突いてきた。そこが実は痛いところなのだ。

平手政秀は微笑みながらも考え込んでしまう。尾張の兵は決して強くない。むしろ三河兵から見れば尾張兵は弱かった。このことが大問題だったのである。尾張兵は粘りがなくすぐ逃げたがるから困る。そのことを政秀は知っていたが弱いとは言えない。噂を聞いているのか鋭い吉法師の問いなのだ。

「強い兵もいれば弱い兵もいるようでござる……」

弱いとも言えず政秀はそう曖昧に言うしかない。すると吉法師は怒った顔になった。

「弱い兵はいらん。吉法師は死ぬ気で戦う兵が欲しい！」

例の強情な口ぶりで言って口を結んだ。勝三郎も弥三郎もそうだと言うように首をかくかくと頷いていた。このところの吉法師は沢彦宗恩から、孫子の兵法や六韜三略《りくとうさんりゃく》など難しい学問を学んでいる。

古くからある戦いの基本原則のようなものだ。

ことに吉法師が興味を持ったのは項羽や呂尚《りょしょう》などの武将たちだ。中でも三国志の人物などは実に面白かった。ひときわ吉法師の気持ちを引き付けたのが魏の曹操である。

「この兵たちは美濃に行くのか？」

「さよう、土岐頼芸殿のために越前の朝倉孝景殿と助け合って、美濃の蝮殿を挟み撃ちにするのでござる」

政秀は信秀の作戦を教えた。

「美濃の蝮はそれほど強いのか?」

吉法師は挟み撃ちにされる美濃の蝮のことを考える。津島で道空に蝮の首を取ると宣言した。だいぶ前から蝮という毒蛇の名をつけられた男に興味を持っていた。蝮とは嫌な渾名だと思う。

「そのうち吉法師さまご自身で確かめられれば宜しいと存じます」

「ふん、蝮など踏み潰してやるわい!」

吐き捨てると吉法師はさっさと城に帰っていった。

この戦いで蝮こと斎藤新九郎利政は、信秀と朝倉孝景に挟まれて戦いに敗れ、土岐頼芸は揖斐北方城へ入り、土岐頼純は革手城に望み通りに入って、美濃の守護は土岐頼芸と決まって復帰した。この時、信秀は勢いに乗って大垣城を攻略して奪い、織田造酒丞信房を入れて尾張に引き上げてくる。造酒丞ではなく織田播磨守《はりまのかみ》だったともいう。

蝮を南北から挟撃する策は見事に成功した。

だが、斎藤新九郎利政は一筋縄ではいかぬ男であることを信秀は知っていた。

この大垣城は五年間は信秀のものだったが、蝮に攻められて蝮の家臣の竹腰尚光《たけごしなおみつ》が城主になる。乱世の城が取ったり盗られたりすることは珍しくない。この頃の大垣城は牛屋《うしや》城と呼ばれていて、牛屋川こと揖斐川を外堀に本丸と二ノ丸しかなかった。

美濃から全軍を引き上げ古渡城に帰ると、十一月初めに天皇の使いの勅使代理として、連歌師谷孤竹斎宗牧《たにこちくさいそうぼく》が下向するとの報せを受けた。孤竹斎は田舎わたらいに来たことがあって弾正忠家とは親しかった。孤竹斎の下向まで日にちも少なく、急遽、那古野城下の平手政秀の屋敷に勅使接待を用意させる。

忙しいことで勅使代理は五日に到着、平手屋敷に入った谷孤竹斎宗牧は翌日、装束を改め那古野城に登城し、信秀に天皇の女房奉書を手渡した。この女房奉書というのは、後奈良《ごなら》天皇のお言葉を側近の女房こと女官が仮名書きで書き取ったもので、勅旨として発給される文書である。

この時も吉法師は勝三郎と弥三郎を連れて、熱田の岩室の姫に会いに行って城を留守にしていた。大うつけの大将は馬に乗って毎日あちこちを駆け回っている。

第三章　大うつけ

元服

前年、織田信秀に奪い取られた安祥城を取り戻して、衰退した岡崎城の安祥松平家を復興したい松平広忠は、家臣の反対を押し切り、安祥城の奪還を狙って出陣した。この時、広忠は二十歳だった。

危険な戦いになることはわかっている。

だが、安祥松平家の本拠である安祥城を奪われたままでは、どうしても我慢がならない広忠だ。何がなんでも安祥城を取り戻したい。それを考えると広忠は胃の腑のあたりがきりきり痛んだ。尾張の虎と呼ばれている弾正忠信秀が強いことはわかっている。自分が名乗るべき三河守を取られたことも気に入らない。

天文十四年（一五四五）である。

そんな焦った戦いに勝てる見込みはないとして、家臣らは攻撃を中止するべきだと進言するが、広忠は聞き入れず安祥城攻撃を開始した。だが、案の定、広忠が出てくるその機会を狙っていた織田軍は、二手に分かれて広忠を挟撃し松平軍を崩壊させ、大将である広忠自身の命までが危うくなると、本多忠豊《ほんだただとよ》らの忠臣が広忠の身代わりとなって織田軍を食い止め、広忠を岡崎城に逃がし本多忠豊は壮絶な戦いをして討死する。

松平清康が陣中死した守山崩れを起こしてから、安祥松平家はやることなすことが上手くいかなかった。家が傾くとはこういうことで、なかなか復活できない。清康は二十五歳にして一万人からの大軍を動かした。そんな兵力を広忠は望むべくもなかった。

もはや、松平広忠には独力で織田軍に立ち向かう勢いはない。

広忠が頼れるのは駿河、遠江の太守である今川義元しかいないのだが、今川軍に頼りすぎると東三河だけでなく奥三河も西三河も奪われてしまう。安祥松平家はすべてを失い三河から追い出されるか、今川軍の武将の一人として西進の先鋒を務めさせられる。

そんな状況が見えているだけに広忠は苦しかった。

なんとか自力で安祥城を奪還しようと戦いを挑んだが、城を取り戻すどころか広忠が討ち取られそうになって逃げてきた。安祥城から織田軍があとひと押し東に進攻してくると岡崎城だ。岡崎城は矢作川によってなんとか織田軍の東進を食い止めてきた。広忠がどんなにもがいてもこの状況は変わらない。

むしろ、もがけばもがくほど兵力が衰退し状況は悪化しかねないのだ。松平家譜代の家臣たちは強いといっても限度がある。尾張から侵入してくる織田軍は、刈谷城と安祥城を足掛かりにして大軍だった。その上、織田造酒丞や佐久間信盛、佐々兄弟など勇将たちが揃い始めている。

中でも尾張上社村で生まれた柴田勝家《かついえ》は二十歳になり、権六郎と呼ばれる猛将に育ちつつあった。その権六と同じ年恰好で、尾張岩崎《いわさき》村で生まれ十六歳で信秀に仕えた河尻与四郎《かわじりよしろう》は秀の字をもらい、河尻秀隆《ひでたか》と名乗っている。十九歳になり、小豆坂の戦いでも踏ん張って良い武将に育ってきている。

譜代の家臣の少ない弾正忠家に、若き良き武将が集まり始めていた。

その翌年、天文十五年（一五四六）に、吉法師は筆頭家老の林佐渡守秀貞を始め、四家老の平手中務大輔《なかつかさのたいふ》政秀、青山与三右衛門信昌、内藤勝介らと古渡城に行って、元服の儀式を行い、吉法師から織田三郎《さぶろう》信長と名を改める。この時、信長は十三歳になっていた。

信長という名は、その字画から四十八歳にして天下を取ると、師の沢彦宗恩が選んだ名前で、それが実現するのだから不思議だ。

恐るべし沢彦宗恩である。この頃も吉法師の学問の日々は続いていた。

吉法師から三郎信長と名は変わったが、その日常は相変わらずの大うつけで何も変わらなかった。元服の儀式が終わると、信長は用もない古渡城から、秀貞や政秀を置き去りに一里の道を単騎で那古野城に帰ってきてしまう。

信長は古渡城を出る時すでに、小袖一枚に膝までの短袴になっていた。

人形のような堅苦しい衣装など着ていられるか。そんなものはポイと投げ捨ててしまうに限る。信長が好きなことは、自分で集めた三百余の家来を二分しての戦い、祭りの見物、取っ組み合いの相撲、川干しの魚取り、水練の泳ぎ、黒竜の遠乗り、近頃、めっきり上達した弓での狩りなどだが、ことに津島や熱田の賑わいが好きだった。

その信長の傍には蛭のように勝三郎と弥三郎が付いている。

美男の信長が歩くと城下の年頃の女はみな注目したが、大人たちの評判はあまり芳しくなかった。信長の耳にも大うつけの評判は聞こえてくる。だが、まったく気にしないどころかわざと大うつけをひけらかしている。城下をムシャムシャ餅を食いながら歩いたり、五六蔵におぶさって歩いたり、女の着物を着て歩いたり珍妙奇妙なのだ。

とても那古野城の若殿さまとは思えないから、大うつけといわれ評判が良くなるはずがなかった。そんな信長に沢彦宗恩はそれでいいと言うのだからいかんともしがたい。

「人というものは、身なりや姿形で、兎や角、あれこれ言いたがるものよ！」

信長は一蹴してまったく気にしていない。確かに人には見た目で人の値打ちを決めてしまう悪い癖がある。

信長の天才的な個性や価値観が芽を出してきていた。

年頃の女にもほとんど興味はない。もともと女には淡白で男同然に扱う信長だが、この春、森の中で戦をしている最中に大女のおすなと二人だけになった。

おすなが信長を見てニッコリ笑ったのがいけなかった。

「おすな、いいか？」

「うん……」

おすなが頷いて吉法師をきつく抱いた。信長になるほんの少し前の大事件だ。

少し膨らんだおすなの乳房が甘い芳香を放っている。吉法師は思わずおすなの乳首を吸ってしまう。こうなるとおすなも本気になって、吉法師はおすなを押し倒しことに及んだ。吉法師以外ならおすなに吹っ飛ばされていただろう。

森のざわめきの中で吉法師は初めて女を知った。

だが、この時のおすなとの事件ではなんの感動も驚きもなかった。ただこんなものかと思っただけで、なぜそんなことをしたのか、逆に自分を愚かな奴だと蔑んでしまう。契ったからといって吉法師にもおすなにも、何か格別に変わったこともなく過ぎ去った。

信長は元服すると徐々に本性が剝き出しになってくる。

勝三郎は、母親に言われれば渋々ながら従うが、信長は誰の言うことも聞かない。政秀は諦めることもできずに勝介に頼ってみたが、勝介は「結構なことではござらぬか」などとただ笑うだけで取り合わない。師の沢彦宗恩も、信長の癇癖も素行も咎める気はなかった。

二人が話し合って信長が納得すればそれでよい。

なんともおかしな師弟で、臨済宗の公案の名手である沢彦宗恩は信長にもわかるよう話をする。時々、禅問答のようなことになることもあったが、信長は納得するまで沢彦宗恩を問い詰めた。それをごまかさずに丁寧に答える。

妙心寺第一座の秀才を信長は深く信頼するようになった。

信長を覇王に育て上げたのは沢彦宗恩だったのかもしれない。

元服した信長は津島の重長から贈られた若駒の黒鹿毛に、信秀と同じ黒鬼と名を付けて、毎日のように遠乗りに出かける。若駒は乗り回すことによって馬体も良くなり賢くなる。黒雲も黒竜もそうして良い馬に育てた。厩に繫いでおいては駄馬になってしまう。勝三郎と弥三郎の馬は瞬く間に黒鬼に追いつけなくなった。

そんなある日、信長は津島の小嶋日向守信房を訪ねた。信房はこの数ヶ月寝たり起きたりの日々を過ごしていた。天気が良くても滅多に畑には出ず、気分が良いと起きて書見をしていた。畑のほうは近所の老婆と金吾がしている。

「爺、体の具合は良いか？」

いつも唐突に訪ねる信長を信房は快く迎え入れた。

娘が残したただ一人の孫である。日向守は元服に招かれたが、古渡城には行かなかった。

遠出をすることになれば大橋重長に迷惑をかける。それでなくても重長と鞍姫には何かと世話になっていた。

「おう、吉法師、今日も黒鬼の遠乗りか？」

横になっていた日向守信房が起き上がってニコニコと機嫌が良い。日向守の楽しみは信長の元気な顔を見ることだ。信長は益々雪姫に似てきている。

「爺、寝たままでいいぞ！」

信長は汚れた足を懐の布で拭いてズカズカと枕元に行って安座する。

「爺、早く良くなってくれ！」

信長の澄んだ目は日向守が丈夫になることを真剣に願っていた。

「そうだのう、じゃが吉法師、人にはそれぞれ定められた寿命というものがある。そなたの母は十九歳で亡くなった。そなたを産むためにこの世に生まれてきたのかもしれぬ。この爺もそう長くは生きられぬようじゃ、そこでじゃ……」

痩せた手で信長の肩に摑まり立ち上がると、押入れから大小の太刀を取り出した。

「この刀はまだ人を斬ってはおらぬ。見た目は古びた拵《こしら》えになっておるが名刀じゃ。手入れはしてある。抜いてみよ」

信長に大小の太刀を渡して褥に座りゆっくり横になった。

「少し、重いか？」

「うん、大丈夫だ」

信長は鞘口を切ってゆっくりと太刀を抜いた。

陽の光にかざしなんと美しい太刀だと信長は感動した。

「備前長船光忠《びぜんおさふねみつただ》二尺四寸三分と脇差《わきざし》は一尺二寸一分じゃ、近江の国友村で爺が願って打たせた。それを元服祝いに吉法師にやろう。爺とそなたの母の魂と思うがよい……」

疲れたように息を吐くと日向守が目をつぶった。信長は太刀を鞘に納め脇差も抜いた。その脇差には確かに母の魂が映っているように思う。

「爺、もらうぞ。大切にする！」

この時以来、信長は華やかな長船光忠の作を好むようになる。

信長の傍にはいつも長船光忠があった。生涯で二十数振りを集めたと伝わる。太刀はそれを持つ人を選び、名刀はあるべきところを知っているのだ。

「爺、まだ死ぬな。この信長が天下を取るまで見ていてくれ！」

信長は真顔で信房に言った。

「そうか、そなたの望みは天下か。爺もそなたの母も必ず見ておる。吉法師なら天下はおろか、海の彼方まで行けるだろう。思うがまま生きてみなさい……」

「うん！」

信長は素直に頷くと、日向守信房が目を開いて信長を見つめた。

「爺はまだ死なぬから心配するな。沢彦禅師の話をよく聞きなさい。そなたの軍師になってくれるだろう」

ニッコリ笑ったがその笑みには力がなかった。

「どこから矢が飛んでくるかしれぬ。決して油断してはならぬぞ」

「うん、わかった」

信房は明るいうちに城に帰れと信長に命じた。

信房の忠告が重大な意味を持ってくるのだが、そのことに信長はまだ気づいていなかった。信長は金吾からもらった紐で、両刀をぐるぐる巻きにして背負うと、黒鬼に騎乗して外で待っている勝三郎と弥三郎と一緒に津島を後にした。

その頃、織田秀敏と堀田道空は蝮の発案で美濃と尾張の盟約を画策していた。

この盟約は美濃にも尾張にも得策だった。美濃統一を狙う蝮には後ろの尾張が安心できる。尾張には三河松平と今川軍に対して後ろの美濃が安心できる。昨日は戦ったが今日は手を結んで和睦するというのは乱世の常だ。

互いに利害の叶った名案だったが、この画策がなぜか越前の朝倉方に漏れて、朝倉孝景は素早く美濃に使者を送り、間髪を容れず蝮と先に和議を結んでしまった。油断も隙もあったものではない。信秀は朝倉にまんまと先を越されてしまったのである。

和睦の条件は、土岐頼芸が美濃守護を土岐頼純に譲ることであった。

秀敏と道空は悔しがったがすでに遅く、こうなると蝮が元気になり美濃と尾張の戦機が高まる。美濃の後ろに越前朝倉が構えることになった。蝮は美濃を手に入れればいいのだから味方は織田でも朝倉でもいい。朝倉も蝮と組めば攻められることはないということになる。

乱世は互いの利害や、面子《メンツ》、血の繋がりによって敵になったり、味方になったり目まぐるしく変わった。油断も隙もないのが当たり前である。寝返りや裏切りは日常茶飯事といってもいい。下剋上などという妙なことが日常的になっていた。

領主に能力がなければ家臣が取って代わる。

もし力があれば主家に襲いかかって奪い取るということだ。美濃の蝮は土岐家に噛みつき何年もかけて国盗りを仕掛けている。実は朝倉孝景は信秀と組んで美濃を攻めた時、稲葉山城下の井ノ口を焼き払ったのだが、蝮に夜襲を仕掛けられて一万近い死傷者を出して、越前に逃げ帰っていたのである。つまり朝倉十代目当主の孝景も生きるか死ぬかなのだ。この時、孝景は五十四歳だった。名門は抜け目がなかった。

朝倉孝景は二年後に急死して、十六歳の義景《よしかげ》に当主が代わる。

人質

三河松平八代目で岡崎城主の松平蔵人佐《くらんどのすけ》広忠は、西の尾張からの侵食と圧力に耐えかねていた。一方、駿河の今川家が遠江、東三河へと西進してきている。広忠は東西から押されて身動きができない。自力で戦う力のない大名は乱世の浮草であった。

傾いた家勢を立て直すのは容易なことではない。

その上、広忠の正室於大の父、三河刈谷城と尾張知多《ちた》緒川城の城主水野忠政が病死すると、その嫡男、水野信元が駿河の公家の如き今川義元に危惧を感じ、尾張の信秀と手を結んだのである。

この三河と尾張の両方に城を持っている水野家の離反は痛い。

水野家は平安の頃から尾張や三河の塩を支配して大きくなった豪族だった。水野家は境川や逢妻川《あいづまがわ》の荷舟も支配している。

慌てた広忠は義元の機嫌を損ねることを恐れた。天文十一年十二月二十六日に生まれた竹千代こと後の家康は、まだ三歳であった。広忠は、幼い竹千代の母於大を離縁して刈谷城に送り返した。

苦渋の選択だが、松平家を守るため広忠は正室を犠牲にするしかなかった。

本来であれば、兄が敵の織田に寝返ったため、於大は殺されても仕方のないところだが、息子竹千代の生母であったからか、広忠はその命を取らず岡崎城から出して水野家に返した。於大が生きていたことは、竹千代こと後の家康に大きく影響する。

於大を刈谷城に返しても尾張からの攻撃は止まらず、むしろ、水野信元を味方にした信秀の攻撃は激しくなり、ついに広忠は義元に救援を要請するしかなくなる。

三河三十万石を狙う義元は交換条件として、広忠に息子である竹千代の人質を要求してきた。

広忠は止むなく竹千代を人質として駿府に送る決意をして、三河から駿府に向かわせたが、その途中、広忠の継室の父、三河田原《たはら》城主戸田《とだ》弾正少弼《だんじょうしょうひつ》康光《やすみつ》に裏切られ、織田方に渡されてしまうという事件が起きた。

銭千貫で売られたという家康自身の話は、後の物語で創作された家康らしい話である。

戸田弾正少弼康光は、広忠が於大を離縁すると、娘の真喜姫《まきひめ》を継室として広忠に嫁がせていた。康光にしてみれば、真喜姫に男子が生まれたら、竹千代は家督相続の邪魔者でしかなかった。だから康光は竹千代を織田信秀に渡した、または千貫で売ったと言いたいのだろうが、それは後に東照大権現さまになった家康の美談作りである。

実のところは天文十六年九月頃、岡崎城は信秀に攻められて一時的にではあるが降伏し落城した。その時、広忠は竹千代を人質として織田家に渡したのである。この広忠の敗北とみじめな人質差し出しを隠すため戸田康光が利用された。大権現さまやその父広忠に、このような不名誉があったとは三河武士には耐えられず、誰かが美談に作り変えたのだろう。

この後間もなくして戸田康光は、三河での勢力拡大を義元に嫌われて今川軍に攻められ滅んでいるから、死人に口なしで美談作りに都合が良かったということである。

東照大権現さまになった家康の話には、あちこちにこういう美談作り権威作りが、頻繁に行われているから、眉唾で見なければならない。二百六十年の泰平の世を実現するため、家康を飾り立てることは必要だったのである。

信秀は、戦いに勝って人質に取った竹千代を、奪還を恐れ熱田の加藤図書助順盛に預け羽城《はじょう》に隠した。松平広忠に尾張織田へ与力するように交渉したが、広忠はまったく聞き入れず今川方に固執したため、竹千代は結局父広忠に見捨てられることになった。この真実をそのまま残すことができない江戸幕府の事情も理解はできる。これは家康こと竹千代六歳の痛恨の悲劇だった。

だが、このことがあったから竹千代は信長と出会うことができたとも言える。

竹千代が加藤図書助順盛の屋敷で遊ぶうち、順盛の次男弥三郎とも親しくなった。

当然、遊びに来る信長とも知り合い親しくなっていった。

信長は三河の人質に興味を持ち、勝三郎と見にいくと、弥三郎と遊んでいる最中だった。

「そなたが三河の竹千代か？」

信長が話し掛けると、小太りの竹千代は警戒する様子もなく頷いた。

「弥三郎、竹千代は賢いか？」

「はい、なかなか賢く強情です」

弥三郎は正直に感じたままを信長に言う。

「そうか、この信長が見てやる。そこで相撲を取ってみろ！」

二人に命じると信長は馬の鞭を持って縁側に腰を下ろした。相変わらずの大うつけで短袴に小袖という身なりは変わらず、近頃は赤い紐でぐるぐる巻きの茶筅髷《ちゃせんまげ》にしている。

「勝ッ、行司をしてやれ！」

「はい！」

勝三郎は、竹千代と弥三郎では歳が違いすぎて勝負にならないのに、なぜ相撲を取らせるのかわからないまま行司をする。信長は相撲が好きで女たちにも相撲を取らせた。勝三郎や五六蔵や次助はいつもおすなにぶん投げられていた。だが、そのおすなはあの森の中の事件があってから信長に勝とうとしない。おすなは信長と組み合うとへにゃっとなってつぶれてしまう。

どうしてそうなのかは信長とおすなしか知らないことだ。

一回目は竹千代が弥三郎に簡単に投げられて勝負がついた。

「まだまだ！」

信長はそれを見て何度も二人に相撲を取らせる。竹千代は負けても負けても立ち上がって弥三郎にぶつかっていった。そのうち強情な竹千代も目に涙が浮かんで泣きそうになる。

信長は厳しい目で二人の相撲を見つめている。何番取ったか弥三郎も忘れた頃、二人が地べたにへたり込んでしまった。

「竹千代ッ、泣くな。うぬは三河の大将だぞ。大将は泣くな！」

「うん……」

「もう一番だ！」

信長の厳しい声がかかる。それから何番か頑張って二人が相撲を取った。

竹千代は信長に三河の大将だと言われたことが嬉しかった。そのように言って励ましてくれたのは信長だけである。

「よし、今日はそこまでだ！」

信長が立ち上がった。

「竹千代、そなたはこの信長の家臣になれ、よいな。また来るぞ！」

言い捨てると黒鬼に乗って羽城から飛び出し、勝三郎と那古野城へ帰っていった。

こんなことが何度か続くようになる。

「竹千代、お主、信長さまに見込まれたな。信長さまはいずれ尾張の大将になる。お主は三河の大将になれ、いいな？」

「はい！」

弥三郎が竹千代を励ました。弥三郎は後に信長の近臣を斬り尾張から追放されると、家康を頼って三河へ行く。竹千代と弥三郎のつきあいは家康が武田信玄と戦った三方《みかた》が原《はら》の戦いで弥三郎が討死するまで続いた。人の縁とはわからないものだ。

弥三郎に頷いた竹千代は信長が強い大将になると直感した。

だが、自分は囚われの身だ。いつ三河に帰れるかわからない身なのである。もちろん、竹千代は父広忠に捨てられたとは思っていない。そう遠くなく三河に帰れると信じていたがそうはいかなかった。この後、十年以上も今川家に人質になり竹千代は三河に帰れなかった。

　そんな孤児の竹千代のところに信長が時々遊びに来た。

「弥三郎、今日は川干しに行くぞ！」

　弥三郎が信長の家来を二十人ほどすぐに集めて川干しに行く、その中に竹千代も入って捕まえた魚を河原で焼いて食う。信長は相変わらずの大うつけで遊びの大将である。岩室の姫は信長に嫁ぐと決めているから信長が現れると必ず姿を見せた。

　小太りで泳げない竹千代に信長が泳ぎを教え、乗馬は弥三郎があれこれ指図して上手に教えた。槍は内藤勝介直伝の信長が教える。そんな中で信長は一年中小袖一枚なのに、竹千代は母の於大から色々なものが送られてくるから、着る物や菓子などには不自由はしていなかった。

　この頃、於大は兄の水野信元の考えで、尾張知多の阿古居《あぐい》城主久松俊勝《ひさまつとしかつ》に継室として再嫁していた。この時、久松俊勝は水野家から嫁いだ正室を亡くしていたともいう。この久松家は三河松平でも尾張織田の家臣でもなく、尾張守護斯波家に仕える国人領主であった。於大の嫁ぎ先が久松家だったことが竹千代には幸運だった。

　そのうち、加藤図書助順盛の羽城では危ないと考えたのか、信秀は夜陰に紛れて竹千代を萬松寺の塔中天王坊《たっちゅうてんのうぼう》に移した。三河からより遠い那古野城の近くである。この天王坊に移ったことで竹千代は大雲永瑞から学問を習うことになる。このような師に竹千代は恵まれて、駿河に人質になり太原崇孚雪斎と出会う。

人はいつどこで誰と出会うかで、人生が決まると言えるほど邂逅は大切だ。

信長は竹千代が加藤図書助順盛の羽城からどこに移されたのか知らなかったが、萬松寺の境内で遊んでいる時、大雲永瑞和尚が呼ぶので行ってみると、竹千代が永瑞和尚の隣に座っていた。

「竹千代、うぬはここに来たのか？」

「はい、天王坊におります」

礼儀正しく信長に頭を下げた。

「そうか。そこの那古野城がわしの城だ。そのうち見せてやろう」

「信長さま、竹千代は人質です。信長さまの敵になるかもしれません。それでも城を見せてくださるのですか？」

「おッ、構わぬぞ。竹千代は三河の大将になりこの信長の右腕になるのだ。だが、乱世はどこで誰と戦うことになるかわからん。竹千代とは戦いたくないがその時は仕方ない。潔く戦うまでだ。心配するな！」

信長がニッコリと笑った。

その不敵な笑いにはいつでも戦いを挑んでこいという自信を感じる。

二人の話を聞きながら笑顔の永瑞和尚は、信長に頷きながら良き若者に育ってきたと嬉しかった。泣き虫だが竹千代も天賦の才を持っていることに永瑞は気づいている。それがどんなものかまだわからないが、竹千代が信長の弟のように永瑞には見えていたし、二人の相性の良さを感じていた。

大きな目に涙を浮かべても竹千代はなかなか泣かなかった。

信長に「大将は泣くな」と言われている。

人質の竹千代は天王坊から出ることを禁じられていたが、永瑞はそれを気にもせず、信長たちの戦いが始まると勝三郎を呼んで竹千代も仲間に入れさせた。いつの間にか竹千代は仲間内では天王坊と呼ばれている。竹千代ではなく天王坊と呼ばれることは嫌ではなかった。

だが、これ以後、信長と竹千代の運命は激変していくことになる。

やがて、竹千代は今川の人質として過酷な青年期を送ることになり、信長はより過酷な戦いの日々に呑まれていく。乱世の激痛が二人の運命に襲いかかってくる。運命には筋書きがなく気まぐれである。この二人はやがて自らの力でいかなる困難をも乗り越えて、時には助け合い己の運命を切り開いていくことになる。

その頃、もう一人の運命の子は極貧の中で、己の行くべき道を探して針売りなどをして放浪の旅を続けていた。その名は元吉といった。後の秀吉である。乱世はその終焉のためにこの三人の男を用意した。

初陣

夏の光がその力を失い、初秋の風が稲穂を巻き始める頃、林佐渡守秀貞と平手中務大輔政秀が古渡城に呼ばれ、信秀から嫡男信長の武者始めを命じられた。武者始めとは初陣のことである。この初陣命令にはわけがあった。

信秀が急に信長の初陣を命じたのは、少し前に行われた蝮との戦いで負けたため、その評判を取り戻しておきたかったからだともいう。

怖いもの知らずの信長の初陣は望むところだった。

初陣とは武家の子が初めて戦に出る儀式であり、必ず勝つことが前提の戦である。元服の前後に行われることが多く、上杉謙信は十三歳、織田信長は十四歳、徳川家康は十七歳、武田信玄は十六歳で初陣に臨んだといわれる。通常は十五歳前後で行われることが多いが、毛利元就は二十歳で実に遅い初陣であった。

那古野城に戻って、林佐渡守秀貞、平手中務大輔政秀、青山与三右衛門信昌、内藤勝介、佐久間右衛門信盛らが織田三郎信長を主座に迎えて、初陣の日取りや戦場や軍勢の数などが談合された。

「三河の水野の領地、吉良のあたりに今川軍が出てきておるそうだが？」

惚けた顔で信長が宿老たちに聞いた。

「三河の吉良大浜《おおはま》城でござりまするか？」

林佐渡守秀貞が険しい顔で聞き返した。

「いかにも、そこだ！」

信長は小袖の片肌脱ぎで座っている。腰の縄紐がなんともみすぼらしい。信長はすでに戦場を決めている口ぶりだった。

「殿、吉良大浜はいけませぬ。今川の兵が二千余、陣を敷いてござる！」

林佐渡守秀貞がまず反対した。

「信長さま、味方の数は七、八百でござる。爺も吉良大浜で今川軍と対峙するのは反対でござる。本格的な戦いになりまする」

平手政秀は極力危険を回避したい考えなのだ。

武者始めは一種の儀式であり、鎧兜で正装し戦場に出るだけでよかった。儀式なのだからなにも敵と戦うことなどない。だが、激しい気性の信長はそうは考えていない。戦場に出る以上、敵に一矢報いてこその初陣だと考えている。

かなり危険なことだということはわかっている。

それに信長は、吉良大浜城攻撃を信秀が考えていることを勝介から聞いて知っていた。

「殿、吉良大浜は危険すぎまする。多勢に無勢でござれば、今川軍との戦いは与三右衛門も反対でござる」

青山与三右衛門も今川軍と戦うなど無謀だと反対した。

内藤勝介だけ考えを言わず沈黙している。こう反対が多いと信長は益々強情になった。癇癖持ちで天邪鬼な信長は家老たちの考えに納得しない。

「ふん、うぬらは兵の数で戦をするのか？」

軽蔑したような目で苛立った信長が宿老たちを見廻した。

なんと小生意気な小僧めと思いながらも我慢しているのが、林佐渡守秀貞の顔に表れている。誰が考えても今川軍のいる大浜城を攻撃するなど正気の沙汰とは思えない。大うつけの信長でなければ考えないことだ。

「さようではござらぬが、殿の初陣なればまずは、ご無事のご帰還が第一かと存じまする」

佐久間右衛門信盛が苛立つ信長をなだめるように言った。その通りなのだ。初陣は出陣したことにして無事に戻ってくればよいのだ。

「ふん、臆病者めが、信長の戦場は信長が決める。三河の吉良大浜にせい。これはわしの命令である！」

一瞬、那古野城の大広間を緊張と沈黙が支配する。一度言い出したら信長はよほどのことがない限り撤回しない。それを止められるのは小嶋日向守か沢彦宗恩しかいないだろう。大橋重長や内藤勝介でもほぼ無理である。

これ以上、止めようと抗えば信長の癇癖が破裂して、単騎でも出陣しかねないことを宿老たちは知っていた。

「然らば、日取りはいかように？」

林佐渡守があきらめ顔で聞いた。

「明後日にせい！」

「そ、それはなりませぬ。武者始めは吉日と決まっております。なにとぞ、八日後に願いとうございまする」

占い好きな林佐渡守秀貞がまた反対した。

「佐渡、そなたは占いを信じておるようだが、それは京の暦か伊勢の暦か。愚か者、信長はそんな不確かな暦を頼りに戦はせぬぞッ！」

ついに信長の癇癖が顔を出した。この頃の暦は信長が言うように三島暦《みしまごよみ》とか奈良暦など、その地方の農作業などの都合によってばらばらだった。そんなものにとらわれていては戦いにならない。中には方位神を信じ北に行っては駄目とか、南は駄目だが一旦西に行って迂回すればいいなどという占いもある。信長はそんなものを頼りに戦いはしないと言う。

「明後日、出陣する。兵は二、三百もおればよい！」

「信長さま、兵は七、八百と大殿さまから命じられておりまする。なにとぞ、この儀ばかりは大殿さまの気持ちを汲んでくだされ、この爺に免じてなにとぞお願い申し上げまする！」

信長の勝手な言いように政秀が懇願した。

「爺、兵などは多すぎては足手まといになるばかりだ。だが爺の頼みだ。好きにしろ、親父殿も兵の数で戦をするようではいずれ大負けをする！」

尾張の天才児、信長は平然とそう言った。

信長にはこの出陣に勝算があった。明後日の日取りは百姓から天候を聞いて作戦も立て準備もしている。兵数には信長の戦略があった。信秀の言う兵八百は信長の護衛の兵である。

「みな、刻はないぞ。仕度を急げッ！」

そう言い捨てると信長は座を立ってしまった。自分の意見をことごとく否定された林佐渡守は不満で腹が煮え繰り返っている。信長は佐渡守を信頼していないからいつもこの調子なのだ。林佐渡守は、父親の林通安と共に信秀に仕えた尾張春日井《かすがい》沖《おき》村の土豪だった。佐渡守は信秀の重臣ではあるが、大うつけの信長をどうしても理解できなかった。

「あの大うつけ者が痛い目を見ればいい。今川軍に戦を仕掛けて勝てるものか、身の程知らずの大馬鹿者だ！」

口には出さないが顔は青白く、拳を握り締めて佐渡守は怒りに耐えている。

「佐渡殿、信長さまは生まれながらのご気性でござれば、ここのところは辛抱してくだされ、政秀の育て方が至らなかったようでござる、申し訳ござらん……」

政秀は林佐渡に平身低頭するしかなかった。佐渡守の考えの範疇に信長は収まり切らないのだから仕方がない。やがて信長と佐渡守は激しく対立することになる。

「筆頭家老として大殿に面目が立たぬわ……」

「それはこの政秀とて同じでござる。いや、この責めは政秀が一身に受け申す。信長さまに万一のことあらば、この政秀が命を捨てまする。堪えてくだされや、佐渡殿……」

年上の政秀がなだめると、佐久間右衛門信盛が政秀に手を貸した。

「佐渡殿、佐渡殿の気持ちとわれらはみな同じでござる。信長さまは一度言い出したら誰のことも聞かぬご気性でござる。そのような殿だからこそわれらが守らねばならぬのではござらぬか。佐渡殿が腹を立てられてはわれらの仕様がござらぬ……」

佐久間信盛が説得した。この時、林佐渡守は三十四歳だった。

「わかり申した。されば陣容はいかがいたす！」

林佐渡守は渋々みなの説得に腹の虫を治める。十四歳の信長に腹を立てて喧嘩をするのも大人げない。

「されば、この政秀が副将でまいりまする」

責任を感じて平手政秀がそう言った。そこに信長が戻ってきた。

「みなに言い渡すことがある！」

主座に立ったままである。このように信長はいつも無作法なのだ。

「兵の二百は騎馬にせい。副将は政秀と信盛がせい。佐渡、与三右衛門、勝介は城にて吉報を待て！」

それだけを命じると信長はさっさと出ていった。

何をどのように考えているか信長は一切言わないのだから家臣は困る。

信長と出陣するつもりでいた勝介は、信長に何か策があることを察知した。それが何かわからないが、信長のことだから面白いことになりそうな予感がする。この頃、吉良大浜城には松平の家臣長田《おさだ》重元《しげもと》が入っていた。大浜は刈谷城の真南にあって境川河口と海の交わるところにあった。刈谷城には厄介な場所にある。

この信長の初陣が以後の信長の戦い方の基本となっていく。

信長は大広間を飛び出すと単騎で津島に向かった。勝三郎も連れていない。愛馬の黒鬼が疾駆すると馬上の信長は気分が良かった。

「もうすぐ刈り入れだな。黒鬼、わしの初陣だぞ。しっかり働け！」

愛馬に語りかけて「それ！」と馬腹を蹴った。黒鬼は信長の気持ちがわかるように速足になる。いつも信長を乗せている黒鬼はその乗り方で信長をすべて理解する。嬉しい時、悲しい時、焦っている時、怒っている時などすべてわかるのだ。

津島に着くと信長は小嶋日向守信房の部屋に飛び込んだ。信房はずいぶん痩せて床に臥せっていた。信長がこの世で最も信頼し大切にしている人だ。

「爺、初陣に行ってまいるぞ！」

信長が嬉しそうに信房に告げた。

「それは結構なことでござる。良き御大将になりなされや。吉法師はずいぶんと雪に似てきたのう……」

微笑みながらも信房は寝具から起き上がらなかった。

「そうか。そんなに母上に似てきたか？」

「さよう、もっと似てまいるだろう。吉法師、負ける戦はせぬことだぞ。よいな。考えて考え抜いて決して油断するな。わかるな？」

信房が信長の手を取った。

「敵はお前の油断を狙ってくる」

「うん。萬松寺の和尚が同じことを言った」

「萬松寺の永瑞殿か？」

瘦せた手で信長の手を握ったまま聞いた。

「この信長の大叔父と聞いたが賢い和尚だ。なぜ武将にならなかったのか不思議だ」

「うむ、それを吉法師がわかるまでには、五十年はかかろうかのう……」

瘦せ衰えた小嶋日向守が力なく笑った。この時、小嶋日向守信房は死期が迫っていることを知っていた。信長に話しておきたかったことは山ほどあった。だが、小嶋日向守はその役目を萬松寺の大雲永瑞和尚と、美濃から来た信長の師である沢彦宗恩禅師に任せることにした。この二人の僧なら信長を乱世を薙ぎ払う龍に育てるだろうと思う。

その萌芽を日向守は確かに見ていた。

火炎

那古野城では大広間の高床主座の床几に、雛人形のように着飾った信長が座っていた。

いつも小袖一枚の野生児が、乳母の縫った紅筋入りの頭巾を被り濃紺の馬羽織を着て、新調した紅糸縅《べにいとおどし》の馬鎧を着けて武装している。信長は黒色と赤色が好きだった。

天文十六年（一五四七）の八月の終わりである。

信長は着慣れない鎧や頭巾が邪魔だったが、政秀と勝三郎の母が考えた装束で、

「一生に一度の儀式でございます」と言われるとさすがの信長も断れなかった。

「ご無事のご帰還までこのお姿で、宜しいですね！」

勝三郎の母が信長にきつく念を押した。

「わかった」

こういう素直な時はほとんどわかっていない。

「似合っているぞ！」

勝三郎が手を叩いて喜んだ。

信長がいる大広間に続々と家臣団が集まる。

「みな揃ったか？」

「はい、馬場に全軍が揃っております」

「よし！」

信長が主座の床几から立ち上がった。

「出陣だッ！」

気負う様子もなく、信秀から元服祝いに贈られた太刀を腰に、大広間をズカズカと

通って引かれてきた黒鬼にひょいと騎乗する。黒鬼の背には信房から贈られた備前長船光忠二尺四寸三分と、脇差は一尺二寸一分が袋に入って括りつけられていた。祖父と母と一緒の初陣である。

「政秀、信盛、ぼちぼち行くか？」

戦ごっこにでも行く暢気《のんき》さである。那古野城から吉良大浜までは南に十四里の行軍であった。その途中の刈谷城で信長は休息を取ろうと考えていた。信長を先頭に全軍が那古野城から出陣した。

軍列の後ろに、何か筵《むしろ》に覆われた荷物が荷車に満載で五台付いてきた。

「あの荷車は何かのう、野陣《のじん》の支度にしては多すぎるようだが……」

不思議そうに与三右衛門が勝介に聞いた。八百人の兵の予備の兵糧にしては多い。長い戦いにはならない。兵の腰兵糧で充分だろうと思われた。二、三日で那古野城へ帰還するのだから多くの兵糧は必要ないはずである。

「なんでござろう？」

惚けたが勝介は城下の信長の家来が作った松明《たいまつ》であることを知っていた。だが、信長がこの大量の松明を何に使うのかは知らなかった。

早朝に那古野城を出た信長の軍団は、夕刻には吉良大浜に在陣すると今川の軍勢が微かに見えるあたりに到着した。信長は風向きを見て風下に陣を敷く。空には百姓から聞いた通り厚い雲がゆっくり流れている。

「荷を下ろして百間に松明を隙間なく立てろ。騎馬兵は松明を三本持て、二本は馬の鞍に括りつけておけ、一本は手に持て、まだ火は付けるな！」

そう兵に伝えると一斉に兵が動き出した。

政秀と信盛は何が始まるのか信長の傍で兵の動きを見ている。

「爺、信盛、これから騎馬を引き連れて風上に迂回、風上のすべてを焼き払う。敵が向かってくるようならこの並んだ松明に火を付け、ここに大軍がいるように見せながら風上に廻り込め。今川勢が逃げるようなら追うな。今川勢が水野の領地に入らねばそれでよい。撤退するようならここで眺めておれ！」

信長がニヤリと不敵に笑うと美男子だけに何を考えているのか気味が悪い。

「爺、日が暮れたら松明に火を付けよ。旗は立てるな。兵どもに近くの薪《たきぎ》を集めさせ、夜に兵が冷えぬようにせい！」

信長は騎馬兵を引き連れ、敵からも味方からも見えない森の道を風上に廻り込んだ。日が暮れると一斉に松明に火を付けさせ、二百騎の騎馬で吉良大浜のいたるところに放火を始めた。

「あの百姓の言う通り風が出てきおったわ！」

強風の中を家といわず稲穂といわずことごとく火を付けて廻る。

「焼き払え！」

城下をすべて焼き払うという作戦だった。

「火を放てッ！」

信長は落ちそうになる頭巾を被り直し、右に左に黒鬼を走らせながら、火勢の衰えぬように指図して廻った。

「風向きに気を付けろッ！」

「容赦するな。ことごとく焼き払えッ！」

「今川の米だ。焼き払えッ！」

信長は叫びながら黒鬼の鐙に立ち上がって、燃え盛る火炎と濛々《もうもう》たる煙の流れる方向を見ている。三方を塞がれて煙に覆われた今川軍は、城へ逃げたり駿河に向かう東の道に殺到した。信長のいるあたりは真昼のように明るい。

「焼き払えッ！」

「すべて焼き払え、逃げ道だけは開けておけッ！」

信長は火炎を廻り込んで、敵兵が信長の開けておいた駿河に通じる道に逃げていくのを見た。炎に狂った馬が兵を乗せたまま奔走していく。あちこちに捨てられた松明がまだ燃えている。

稲穂が今川軍が布陣していたあたりまで燃え広がっていった。

百姓家はもちろんのこと立ち木や森ごと燃えている。こうなってしまうともはや消すに消せない大火事に広がっていく。焼き払い戦法は信長の戦いの常套手段となる。すべて燃やしてしまうのだから手に負えない。その原点がこの吉良大浜への初陣である。

「みなッ、続けッ！」

騎馬兵を引き連れて、駿河に通じる道の周辺にも火を付けて廻った。

「逃げ遅れた敵兵は捨てておけッ！」

大声で叫んで逃げていく敵兵を安心させ、傍にいた騎馬兵に騎馬隊をまとめさせて引き上げると伝える。風上に黒鬼を走らせた。信長の騎馬隊は神出鬼没で東に消えたと思うと、星明かりの風上を迂回して西から姿を現す。一騎も欠けることなく現れると一斉に鬨《かちどき》の声を上げたりする。

本陣にいた平手政秀も佐久間信盛も信長の苛烈な戦ぶりをただ眺めていた。

まさに本当の戦いとはこうするものだと見せ付けている。十四歳の少年に戦いの神が乗り移っているとしか思えない。二、三十軒の百姓家が黒煙白煙を噴き上げて燃えていた。城下もどうなっているのかわからないほど燃えている。

信長が黒鬼を走らせて本陣に戻ってきた。

「爺、見たか。戦はこうやるものだ。敵の首を取るだけが戦ではないぞ！」

愉快そうに笑う。頭巾や鎧のいたるところが焼け焦げていた。火の粉を被っても黒鬼は怯まなかった。信長と黒鬼は人馬一体で戦場を駆け回った。信長が考えた焼き討ちでことごとく灰にしてしまうのだから恐怖の戦法である。

「明け方には雨になるぞ。焚火で体を温めておけ。兵糧は温めて今のうちに食せ！」

兵たちにそう命じると信長が焚火の傍の床几に腰を下ろした。

誰もがなぜこれから雨になるとわかるのだと不思議がるが、信長は平然と焚火に手をかざしている。そんな信長を政秀と信盛は恐ろしいと思う。噂のように本当に大うつけなのだろうか。そうは思えない。

「荷車は帰したか？」

「はッ、荷を下ろすとすぐに那古野城へ帰ってございまする」

「そうか……」

信盛が十四歳の気配りとは思えず感心する。

野陣中は一晩中焚火が燃えて本陣は厳重に警戒されていた。信長が火を付けた百姓家はいつまでも燻ぶり燃え続けていたが、信長の予言通り明け方に降り出した雨でようやく白煙を上げ始める。

「爺、城に帰る！」

政秀に命じると黒鬼に騎乗して、夜明けの道を那古野城に向かって馬を進めた。

急な出立に慌てた兵たちは歩きながら隊列を作り、槍を担いで小走りに那古野城に向かった。途中の刈谷城に着くまでは追撃されないよう、後方に気を配りながらの引き上げだった。

「信長さま、なぜ、雨の降ることがわかりましたか？」

政秀が不思議そうに聞いた。

「ふん、爺は戦には向かぬな。空のことは空に聞け、風のことは風に聞けということだ。天地を味方にすれば戦には負けぬわ！」

馬首を並べてきた政秀に予言の種明かしをせず笑ってみせた。

なんと恐ろしき子か、この子は戦の天才かもしれぬと政秀は息を呑んで信長を見つめる。

だが、この信長の初陣の見方は割れた。実際に参戦した兵たちは信長の戦ぶりを褒めたが、信長に反感を持つ林佐渡守秀貞などは、ただ放火に行っただけではないかと反発した。

事実この信長の初陣には色々あって、吉良大浜に伝わる話では大浜城の長田重元に襲撃を見破られて戦いになった。重元が伏せておいた兵に挟撃されて信長は窮地に陥り、あちこちに放火をしながら七、八町も逃げて、大量の犠牲を出しながら敵の攻撃をかわして那古野城に撤退したという。戦いにおいて敵味方の評価が分かれることは常である。

長田重元は、織田軍のあまりにも多い死者を弔うため遺骸を集めて塚を作ったが、その塚は十三にもなった。後にその場所は十三塚と呼ばれたというが証拠はない。つまり信長公記《しんちょうこうき》の太田牛一《おおたぎゅういち》は信長の大勝利と書き、地元では信長の大惨敗だと言い伝えるというのは歴史の妙味であろう。

歴史の多くは勝者によって書かれる。

そのため、真相は歴史の深い襞《ひだ》の中に閉じ込められてしまうことが少なくない。

太田牛一という人は尾張春日井安食《あじき》村に生まれ、名は又助《またすけ》といい尾張守護の斯波義《よし》統《むね》に仕えたという。後に柴田勝家に仕え弓衆の一人となった。なんでも書き留めておくことが大好きで、信長の近習として傍近くの吏僚となって書記を務める。

信長の死後は二千石で丹羽長秀《にわながひで》に仕え、長秀の没後は秀吉にも召し出され検地などを担当する。秀吉の没後は秀頼《ひでより》に仕え、関ケ原の戦記を徳川家康に献上した。牛一と名乗ったのは信長の死後で、琵琶法師が耳なし芳一のように一の字を使うことから、自らを語り部として牛一と名乗ったようである。官位は和泉守《いずみのかみ》である。

牛一は長寿で、秀頼の死の二年前、家康の死の三年前の慶長十八年（一六一三）三月に病死、八十七歳だったという。それまではいたって壮健で色々なことを書き残している。信長から家康までの歴史の証人であり記録者であった。公家の日記書きと違ってこういう人は珍しい。

ことに信長に近侍していただけに、牛一が書き残した信長公記は詳細に書き残されていて、その価値は計り知れないものがある。政治的にも軍事的にも実に正確に書かれているといわれ、江戸期に書かれた権現さまだけが大事のいい加減な軍記や創作や編纂の書き物とはまったく違う。

その歴史的価値や史料的価値は超一級といわれる。

脚色や創作はなく事実のみを牛一は書き残したと考えられている。牛一は勝者の歴史のみを書こうとしたのではなく、その目で見た真実のみを書き残した。乱世の激動する歴史の語り部になろうとした牛一の志は大切であろう。

那古野城に帰還した信長は重い鎧を脱ぎ小袖に着替えて、黒鬼を走らせ単騎で津島に向かった。その目的はもちろん日向守信房に会うためだったが、信長が到着すると信房の棺が家を出るところだった。

「爺……」

信長は下馬すると棺に駆け寄った。

母の父である日向守の愛情を信長は疑ったことがない。この世で唯一心から信頼できる人だった。信長はその日向守を失った。

「き、金吾！」

「おおッ、信長さま、父上はあの日、信長さまが帰って間もなく亡くなりました」

「なぜッ、知らせてくれぬッ！」

怒った顔の信長が金吾を睨んだ。

「父の遺言でござる、これから雪のところにまいるが吉法師には伝えるな。初陣が穢れるからと言われ、訪ねてきたら雪と一緒に見ておると伝えよとのことでございまする」

金吾の目は赤く腫れていた。

「爺ッ！」

信長は唯一の味方であり頼りだった信房の棺にすがった。

「信長さま、日向守さまは津島衆がお送りいたす。鞍の養父でもござる。この重長にお任せくだされ……」

重長が信長に願った。

「重長、よしなに頼む。小嶋の爺のことくれぐれも……」

信長は黒鬼に跳び乗って那古野城に向かった。肩を落とした信長はとぼとぼと田中の道を行き、途中の河原で馬から降りて滅多に泣かない信長が泣いた。

「爺ッ、母上ッ、信長を見ていてくれッ！」

叫んだが周りは風が吹き抜けていくばかりだった。信長はついに一人になったという孤独に包まれてさすがに寂しくなった。

この乱世にどのような使命を背負って生まれてきたのか、信長にはまだよく見えていなかったが、薄ぼんやりと戦わなければならないとわかっていた。信長が祖父の小嶋日向守信房を失ったことは痛かった。

後十年は生きていて欲しかったと思う。

だが、人の邂逅は一期一会である。人の世において愛別離苦は常だ。

生老病死にかかわらず愛する者は必ず永遠に去っていく。信長は風の中に佇み、孤独の彼方に何があるのか、大きな恐怖であることはわかっている。その恐怖を睨み据えていつまでも河原に立っていた。

敗北

信長の初陣が無事終わると、信秀は一万余の大軍を率いて美濃に侵入していった。

織田軍の勢いは凄まじく、美濃軍の不統一もあって、信秀は稲葉山城下まで兵を進めて美濃軍を城下に押し込め、あちこちの民家に放火し勝ち戦のような気勢を上げたが、信秀は蝮の斎藤山城守を中心とする美濃軍が、虎視眈々と反撃の機会を狙っていることを知らなかった。

大軍はその将の力量によって千変万化する。

尾張の虎、織田信秀は大軍のあまりの気勢に油断した。撤退の指揮命令系統がバラバラなまま、日没になって野陣地に戻るため、兵を集めての移動中に、突如として現れた美濃軍が猛然と無防備な織田軍に襲いかかったのである。日が暮れ地理不案内な織田軍は大軍だけに不意を突かれてたちまち大混乱に陥った。

われ先にと逃げ出す兵は始末が悪い。

自分だけは助かりたいと、陣容も命令もあったものではない。織田軍はあっという間に崩れ出して始末に負えなくなった。木曽川を渡って尾張に逃げ込めば助かる。怯えた兵は使い物にならない。

織田軍が散々に討ち取られる中、逃げずに踏み留まって戦った信秀の弟、犬山城主の織田与次郎信康が討死、織田因幡守《いなばのかみ》も奮戦し討死という有り様で、稲葉山城下から一里ほども押されて加納口《かのうぐち》で大激戦となったが、追撃の手を緩めない美濃軍に殿軍も置かないまま右往左往するばかりの織田軍は、次々と討ち取られていった。

織田主水正が討死、信長の家老青山与三右衛門信昌も討死、千秋《せんしゅう》紀伊守《きいのかみ》季光《すえみつ》討死、信秀の家老寺沢又八が討死、毛利十郎も討死、毛利藤九郎討死と織田軍の名だたる武将が次々と討死する壮絶な戦いで信秀は大敗北、自らも命からがら木曽川を渡河して尾張に逃げ帰ってきた。

この戦いの犠牲者は織田塚として円徳寺《えんとくじ》に祀られている。

信長が予言した通り、大軍を率いた戦は大軍だからといって必ず勝てるわけではない。むしろ、大軍ゆえに統率を欠き急襲されて敗北する例は、古今東西いくらでもあることを信長は知っていた。信秀の大軍は寄せ集めの統率を欠いた数だけの大軍であった。

天文十六年九月二日に出陣してから、九月二十二日の激戦までに戦死した数は五千余にのぼった。この兵の損傷は甚大である。織田軍の致命傷にもなりかねない損害だった。勝ち戦ならまだしも、美濃に出撃して返り討ちにあったのだから目も当てられない。

尾張の虎もついに再起不能かと囁かれたが、信秀はまだまだ諦めてはいなかった。戦いを止めれば織田軍は求心力を失って崩壊する。ここは痛みに耐えながら踏ん張るしかない状況なのだ。五千人もの兵力を補充するのは並大抵のことではない。

「爺、親父殿は美濃の蝮に負けたな。それも一万もの大軍を連れていってだ。犬山の叔父まで討死したと聞いた。与三右衛門も帰ってこぬぞ！」

信長はいつになく険しい顔で不機嫌だ。

ボロボロに叩きのめされた織田軍を見て、さすがの大うつけも怒りが爆発しそうになっていた。信長は美濃軍がそんなに強いとは思っていない。こういう大きな負けになるのは作戦の間違いだと思う。

「信長さま、戦に勝ち負けは常のこと。大殿さまのお気持ちをわかってあげなされ……」

政秀は信長を諫めるのに穏やかな口調で話した。気性の激しい信長の悔しい怒りがわかるからだ。負けてしまったのだから仕方がない。

「五千もの兵が死んだのだぞ。信秀は戦が下手だ！」

「信長さま。それを申してはなりませぬぞ。大殿さまのご心痛はいかばかりかと案じられまする……」

政秀が顔を歪めて俯いた。悔しさと無念さで政秀の腹の中は煮えている。

信長と同じ気持ちなのだ。討死した者たちやその家族のことを考えると、信長のように政秀も信秀を責めたかったが、平手政秀は先代の信定の時からの家臣でもあり、それはできないことだ。

「ふん、爺のような弱虫では乱世は生きられぬわッ！」

信長が大声で怒りを政秀にぶつけた。

「さよう、爺は信長さまから見ればずいぶん弱虫かもしれぬ。じゃが爺には大きな知恵がござる。信長さまに面白いものをお見せいたそう。但し、これは大殿にも誰にも見せてはおらぬゆえ秘密でござる。約束できまするか？」

政秀が何か思い出したように言ってニッと笑った。

「ふん、見ぬことには約束などできぬわい！」

「ならば、お見せすることはできませぬ……」

政秀が信長をじらした。何事によらず右と言えば左、左と言えば右と言う臍の曲がった信長である。天邪鬼というか素直じゃないというか、そんな信長を人は大うつけなどと言うがさにあらず、その賢さに政秀が目を見張ることがしばしばなのだ。

「この信長にも見せられないものを、政秀は持っているのだな！」

今日の信長はいらついていた。その原因は織田軍の大負けである。

こういう時の苛立った信長は危険であった。何をするか常人には予想がつかない。鋭利な刃物のような信長の頭脳は、ありとあらゆる知恵と想像に溢れていた。

「然らば、その名だけはお教えいたそう。新兵器の火縄銃、鉄砲とも申す……」

「なにッ！」

どこかで聞いたことのある新兵器という名の響きに信長が敏感に反応した。

「それは何に使うものだ！」

「さよう、新兵器というからには人を殺します。今は鳥を撃ち落とす時、獣を撃つ時に使うとは聞いておりますが、戦場にはまだ……」

「戦に使えるというのだな。爺、見せろッ、その新兵器の秘密は守るから見せろッ！」

信長は興味のあることには性急である。ことに新兵器という言葉にはなんとも言えない心地よさがあった。

「然らば、今宵、爺の屋敷に忍んできてくだされ……」

政秀が口に指を当てた。その屋敷は大きく志賀《しが》城などとも呼ばれている。

「まるで夜這いのようだな？」

「ほう、殿は夜這いをなさるか？」

「ふん、余は夜這いなどせぬわ。下賤な者のすることだ！」

そう言うと不機嫌に座を立った。

「どちらへ行かれまするか？」

「ふん、萬松寺だ。今夜行く！」

言い捨てて部屋を出ると勝三郎の部屋を覗いた。母の膝を枕に勝三郎は寝ていた。

「勝ッ、腑抜けめッ！」

不機嫌な信長が叫ぶと反射的に勝三郎が起き上がった。

「萬松寺だ！」

「はい！」

信長の後を追って勝三郎が部屋を飛び出した。

「勝ッ。小便臭いぞ。いつまでも母の膝など抱きおって、お前を好きなおなかでも抱いてみろッ！」

「膝など抱いておらぬッ！」

「ほう、ならば乳でも吸っておったか？」

「なにッ、信長でも許さぬぞ！」

「やるかッ！」

信長は初陣以来持ち歩いている太刀の柄を握って構えた。

「やめた。信長は本気で斬るからな。だからみんな怖がっておるのだ……」

勝三郎は近頃荒々しくなってきた信長に不満だった。何か気に入らないことがあるとすぐ刀を抜こうとする。刀は切れるから子どもたちは恐れるのだ。

二人が萬松寺の天王坊に行くと、人質の竹千代の世話をしている山口孫八郎《やまぐちまごはちろう》の母が顔を出した。城下から通って竹千代の身の回りを世話している。

「竹千代はいるか？」

「はい……」

信長の声を聞いて庭に面した部屋から竹千代が顔を出す。

「勝ッ、竹千代と遊んでやれ、和尚に会ってくる」

そう勝三郎に命じて信長が天王坊を飛び出していった。本堂に行くと永瑞和尚が夕のお勤めをしていた。

「和尚ッ、聞きたいことがある！」

怒っている信長が声を掛けると、カッと目を開いて永瑞和尚が振り返る。

「入りなされ、聞きたいこととは何かな？」

白眉の永瑞は座禅を崩さない。信長の才気を気に入っている和尚も大うつけを信じていない一人だ。

「和尚は鉄砲を知っているか？」

「ほう、信長殿は鉄砲を知りたいか……」

「知りたい。和尚はなんでも知っているから聞きに来た」

ゆっくり座禅を解いて和尚は壁を背にする。信長は太刀を横に置いて永瑞と対座した。

「鉄砲は火縄銃ともいう。数年前、南の種子島という小さな島に、ポルトガルという国から来た異国人を乗せた船が漂流してきた。その異国人が持っておったのが鉄砲じゃ」

「どんなものだ？」

「詳しくは知らぬが、火薬というものが破裂して筒の先から弾丸というものが飛び出す」

「弾丸……」

「うむ、南蛮では人を殺す道具じゃそうな。鳥や獣も撃ち殺すという恐ろしい道具だ。新兵器と言う者もいるが和尚はまだ見ておらぬ。京や堺にはあると聞いた。刀鍛冶が作っておるとも聞いたことがある。高価なもので刀の十数本分の値だと聞いたが……」

「どこの刀鍛冶だ？」

信長が身を乗り出した。和尚の話はポルトガルとか南蛮とか実に刺激的だ。火薬とか弾丸とか、政秀が新兵器と言った言葉に似合う匂いがする。それは信長にとっては魅力的ということなのだ。

「確か、堺とか近江の国友村などと聞いたが定かではない」

「国友村？」

信長は聞き覚えのある村の名に首を傾げた。

「国友村を知っておるのか？」

永瑞が不思議そうに聞き返した。知らないものを知ろうと信長の目は輝いている。こういう時の信長は大うつけなどとは逆で、滾々《こんこん》と知恵の湧き出る泉のように清浄で、好奇心の塊だ。

「それは津島の爺から聞いた村の名だ」

「おう、小嶋殿か、それなら間違いはなかろう。亡くなられたと聞いたが？」

「うむ、和尚はその村に行ったことはあるか?」

「ない。坊主に人を殺す刀や槍は無縁じゃ……」

「堺には?」

「ある。ずいぶん昔のことだが、一度だけある」

「どんなところだ?」

「津島のように交易の盛んな湊だ。火縄銃は種子島からその堺の商人が買ってきたそうじゃ。一度行って見ればいい。いいところだから気に入るだろうよ」

白眉の下の目が柔らかく笑った。

この時、和尚の話を聞いた信長はもっと学ぶべきことが多いと感じた。まずはその新兵器の火縄銃なるものがどんなものか、それを知らないことには話が先に進まないのだとわかった。人を殺すというからには相当な代物だろうと思う。どんな武器なのか皆目見当がつかなかった。

その夜、信長は平手政秀の屋敷で鉄砲の絵を見た。

その絵は奇妙なもので、南蛮人と思える男が立ったまま鉄砲を構えている不思議な絵だった。鮮やかな色彩だが火縄銃は黒く、白い煙のようなものが描かれていた。火縄とはこの火のことだと思う。この黒い棒が人を殺すというのか。

「爺、これはもらった」

そう言うと信長は絵を折りたたんで懐に入れた。

黒い棒の正体が何なのか知る必要がある。人を殺すというどんな仕掛けがしてあるのか、信長は火縄銃に強い興味を持った。こうなると明敏な頭脳が素早く動き出す。この武器の正体を詳しく知っている人はどこにいるか。どうすればこの不思議な黒い棒が手に入るだろうかと考える。

怪刀

斎藤山城守道三に完膚なきまでに叩きのめされた織田信秀だが、まだその気力は萎えていなかった。乱世において戦うことをやめれば手に入れた領地を奪われてしまう。失った兵を補充して再起しなければならない。

そうは思うが信秀はかなり苦しい立場に追い詰められた。

美濃まで進攻していって大敗したことは、織田軍の致命傷になりかねない重傷と言えた。

「これで尾張の虎も足腰が立つまいて……」

美濃の蝮は爽快な気分で家臣を見廻した。

一撃を喰らわして織田軍を木曽川に蹴落としたのだから自慢できる。逃げる織田軍は次々と木曽川で溺れ死んだ。それで満足し蝮は深追いをしない。勢いに乗り木曽川を渡って尾張に侵入すると反撃される可能性があった。

蝮は蝮でも賢い蝮なのだ。

「いかにも、織田軍の半数ほどが死傷したそうでござるよ」

「ほう、半数とは実に見事な戦果だ」

「再起不能か？」

「さよう、尾張の虎も瀕死の重傷であろう」

家臣たちも、蝮の見事な罠にはまって大量の犠牲を出した信秀は、二度と立てまいと考えていた。再び美濃を攻めるとしても半年や一年では無理だと思う。五千人もの兵を補充するのは簡単ではないと武将なら誰にでもわかる。蝮は盃を持って上機嫌だ。兎に角、この度の勝利の美酒は格別に美味である。

「西美濃の大垣城は目障りじゃな……」

「御意！」

「今のうちに攻め潰すしかあるまい！」

蝮こと後の道三は、三年前の天文十三年に信秀に奪われた大垣城の奪還を考えている。

だが、大垣城に織田造酒丞信房という織田軍の猛将が在城しており、簡単に落とせる城ではなくなっていた。攻め落とすにはかなりの兵を損傷するだろう。城攻めの常識は籠城兵の十倍というのだ。つまりそれほど城を攻め落とすことが難しいということだ。十倍が大袈裟だとしても五、六倍の兵力は必要で、当然ながら攻め手のほうの兵の損耗《そんもう》が激しいということである。

迂闊に攻城戦を仕掛けるのは危険だと美濃軍はわかっていた。

大垣城は天文四年に土岐一門の宮川吉左衛門安定《みやがわきちざえもんやすさだ》がよく考えて築城したもので、西美濃の拠点の城である。だが、蝮の道三は大垣城を奪還するには、信秀が大敗して弱っている今しかないと考える。攻める好機を逃せば大垣城を取り返せない。賢い蝮は戦い方を知っている。十一月に入ると美濃軍が大垣城に攻め寄せて包囲した。

「兵糧攻めにしてくれる！」

蝮の道三は九月の大勝利の余勢をかって兵糧攻めにしたい。

兵糧攻めであれば味方の犠牲は少なくて済むだろう。近江からの援軍と共に大垣城を包囲して攻めた。

この時、不思議な事件が起きた。

先の九月の戦いで討死した織田方の千秋紀伊守秀光は熱田神宮宮司だった。その千秋秀光の所持していた名刀あざ丸を、美濃方の陰山《かげやま》掃部助一景《かずかげ》が求めて腰にしていた。

あざ丸は脇差である。

陰山掃部助は大垣城包囲に参陣して、牛屋山大日寺に陣所を設けていたという。

ところが掃部助の腰にある名刀あざ丸は曰《いわ》く付きの名刀であった。もともとの持ち主は平景清《たいらのかげきよ》こと藤原景清で、平家の中でも悪七兵衛《あくしちびょうえ》といわれるほどの猛将であった。

その上、景清は盲目の侍大将ともいわれたが、盲目で侍大将など務められないだろうとの疑問がある。

悪七兵衛の悪は悪源太《あくげんた》などと同じで、勇猛というほどの意味で悪人ではない。

平景清は色々と伝説の多い人物で、名刀あざ丸もその一つと考えられるが、陰山掃部助が床几に腰掛けていると、城方から飛んできた矢が掃部助の左目に当たった。

その矢を引き抜くと今度は飛んできた矢が右目に命中したのである。結局、陰山掃部助は戦場に出てあっという間に失明してしまった。

この名刀あざ丸が後に人の手を経て信長の重臣、丹羽長秀に廻ってきたのである。途端に長秀が眼病を患ううちに良からぬ噂が立った。

「あの名刀を持つ者は必ず眼を患うとのことだ」

「早く熱田神宮に奉納したほうがよい」

あざ丸を怪しむ人たちから丹羽長秀はあちこちで忠告され、さもありなんと名刀あざ丸を熱田神宮に奉納すると、長秀の眼病は不思議なことにたちまち完治した。名刀あざ丸は現存しているという。

名刀には色々な噂話が多い。天下五剣といえば童子切安綱《どうじきりやすつな》、三日月宗近《みかづきむねちか》、鬼丸国綱《おにまるくにつな》、大典太光世《おおでんたみつよ》、数珠丸恒次《じゅずまるつねつぐ》だが、名刀あざ丸に負けない伝説の妖刀といえば、なんといっても妖刀千子村正《せんごむらまさ》であろう。これらの太刀は名刀ゆえにすべて現存している。

村正は伊勢桑名の刀鍛冶である。

村正が妖刀といわれる由縁は、家康の祖父松平清康が陣中で殺害された刀も、その子の松平広忠が殺害された刀も村正で、家康の正室瀬名姫《せなひめ》を斬った刀も、家康の嫡男信康《のぶやす》を介錯した刀も村正であったからという。家康自身も関ケ原の戦いの時に村正の槍をさわって手に怪我をしており、徳川家では血を好む妖刀として極端に忌避したのである。

そんなことから逆に徳川家に不満な武士の多くは村正を愛用していた。ことに、西《さい》郷隆盛《ごうたかもり》を始め討幕の志士たちは好んで村正を腰にしたといわれる。それで刀剣屋の村正がすべて売り切れてしまったという。

名刀には色々な伝説があるものだ。

美濃の様子を聞いた信秀は織田造酒丞の救援を決意して、十一月十七日に兵を率いて木曽川を渡り、西美濃に乱入して竹《たけ》が鼻《はな》に放火し、稲葉山城下である井ノ口のあちこちに放火して廻ったため、蝮は大慌てで大垣城の攻撃を中止し稲葉山城に帰城する。

信秀は大垣城の援護といってもこの程度しかできない。

城を包囲している美濃軍に襲いかかるほどの力は残っていなかった。大きな戦いに敗れるとこういうことになってしまう。

そんな弱った信秀の足元を見透かしている者がいた。

信秀が大垣城救援に向かっている留守を見計らい、清洲城の信友が古渡城に兵を出して周辺に放火し敵対行動に出た。乱世は油断も隙もなく敵が弱ればすぐ襲いかかる。信秀は美濃から急いで帰還したから大事にはならなかったが、この時から清洲城と古渡城の敵対が始まった。信秀が美濃の蝮に大敗したことで、この時とばかりに清洲の織田信友が動き出したのである。

こういうことは珍しいことではない。

尾張の虎が手負いになってしまったことが原因である。

そこで平手政秀は両者の和解を交渉したが、清洲城の家老で実質的な実力者である坂井大膳や坂井甚介《じんすけ》、河尻与一《かわじりよいち》などがなかなか和解に応じず、政秀がなんとか和睦の合意にこぎ付けたのは翌年秋の終わり頃であった。

大垣城はなんとか救えたが、やはり信秀には九月二十二日の大惨敗が致命的であった。

これ以上、美濃の蝮の道三と消耗戦を続けることは、尾張にとっても美濃にとっても得策ではなかった。美濃と尾張が力を失えばその周辺の国々から手が伸びてくる。

北には越前の朝倉、東には駿河の今川と甲斐の武田、西には北近江の浅井や南近江の六角が領土拡大を狙っていた。

隙を見せると間違いなく襲いかかってくる。それが乱世だ。

この頃から尾張と美濃の和解の道が模索され始めた。だが、なかなか双方に名案がない状況であった。唯一の可能性は信秀の嫡男、織田信長と斎藤道三の娘、帰蝶姫の婚姻が残されているだけである。

平手政秀は尾張のため奔走してなんとか婚姻をまとめたかった。

もし尾張と美濃が和睦し同盟することになると、東国と上方《かみがた》の中間に百万石を超えるかもしれない巨大な勢力が出現する。それは乱世の真っただ中にある天下にとって重大な意味を持つのだ。京という天皇と将軍のおられる傍近くに、東西を裂くようにその勢力が居座るのだから大問題である。

関東と関西を分かつのが不破《ふわ》の関という。

関の東を関東、西を関西と呼ぶのだが、不破の関は美濃にある。従って尾張や美濃のあたりはこの国の真ん中ともいえるのだ。そんなところに百万石もの勢力ができることは恐怖ということになる。

政秀の考える尾張と美濃の和解は間違っていない。

信長は鉄砲の絵を見てから真剣に手に入れる方法を考え始めていた。

考えて行き着いた結論は、義兄でもある津島の大橋重長だった。

「津島ならすぐにでも手に入るはずだ……」

信長の明敏な頭脳は結論をはじき出すと行動が早い。暮れの寒い風の中を信長はいつもの小袖一枚で、万一の雪よけに蓑を二枚着て黒鬼に乗ると厩番頭の五平に叫んだ。

「爺が来たら津島に行ったと言えッ！」

一気に黒鬼を走らせ城門を飛び出すと、津島までのほぼ四里半の道を疾駆した。黒鬼に負けまいと北風が追いかけてくる。美濃の山はすでに雪に覆われて白く、そこから吹き下ろしてくる風は強烈だ。

信長は寒さも暑さも知らぬ野生児だが、さすがに真冬の美濃からくる風は厳しい。手綱を握る手がたちまち冷たくなる。黒鬼の首で手を温めながら疾駆し、途中で風除けの林に入って休み、また黒鬼を走らせた。津島に入ると海に近いためか少し暖かいように思う。風の中を駆け抜けてきた黒鬼の熱が、信長の体をポカポカと温めてくれる。うまい具合に雪は降らなかった。

信長は大橋屋敷に飛び込むと誰にともなく大声で叫んだ。

「白湯をくれッ！」

「これは、那古野の信長さま！」

顔見知りの重長の家臣が信長を抱くようにして座敷に上げる。そこに信長の姉、鞍姫が白湯を持って入ってきた。

「信長殿、この寒い日に何事ですか？」

鞍姫が震える信長に無造作に白湯を差し出して聞いた。自分の弟ながら、いつも薄汚い格好で屋敷に飛び込んでくる信長を鞍姫は好きではない。那古野城の城主なのだからなんとかならないものかと思う。鞍姫は十歳という幼さで大橋重長に嫁いできた。大うつけという噂の弟を困ったものだと思うのだ。

「重長に会いに来た。おるか！」

「川へ舟を見にいきましたから、すぐ戻られましょう」

鞍姫は幼い信長を見て、神童だと思ったことがある。その神童がだんだん馬鹿になっていくと見ていた。今では信長が大うつけだと鞍姫に聞こえてくるから困る。まずその着ている薄汚い短袴と小袖がいけない。誰が見ても那古野城の城主というよりは浮浪少年に見えてしまう。信長は白湯を飲むと少し落ち着いて体の震えが止まった。

そこに二人の家臣を連れた重長が入ってくる。

「これは信長さま、わざわざ寒い中よくまいられました。何か急なことでも起きましたかな。呼んでいただければ那古野城にまいりましたものを……」

重長が恐縮の体で言った。

「いや、そうもいかぬ話で来た。二人だけで話したいことができた」

「なるほど、鞍、みなの者、聞いての通りじゃ。話が済んで呼ぶまで下がっていてくれ……」

重長が言うと、それぞれが座を立って座敷から出ていった。

すると信長が尻で滑って重長の目の前に寄った。

「重長、小嶋の爺のことでは世話になった」

頭を下げたことなどない信長が、日向守信房の葬儀のことで重長に頭を下げた。

「若殿、そのようなことをなされまするな。重長が困りまする」

「うむ、重長、鉄砲を知っておるか！」

信長の声が急に小さくなり話柄が変わった。ここからが信長の重大な話である。

「はい、鉄砲とは火縄銃のことでございます。種子島などともいいますが……」

重長も信長に合わせて声を落とした。

「これを見てくれ……」

信長が政秀から取り上げた火縄銃の絵を懐から出して広げる。

「このようなものをどこから？」

「平手の爺が持っていたから取り上げた」

「平手さまが……」

「うむ、手に入らぬか！」

「ご命令とあらば、手に入れまする。していつまでに……」

「正月までには無理か！」

いつもながら信長は性急である。欲しいとなると今すぐ欲しいのだ。

重長ならどこに行けば火縄銃が手に入るか知っているはずだと思う。そう考えて津島に馬を飛ばしてきた。人を殺すという黒い棒の正体を知りたい。

「正月でございますか。もう一ヶ月もありませんが、なんとか手立てを考えましょう。もし、正月を過ぎましてもお許しくだされ、必ず手に入れまする」

「頼む！」

信長が頷いて顔が晴れやかになった。

「もし、正月までに手に入りましたる時は、ご進物として那古野城にお届けいたしまする」

「いや、重長、違うのだ」

信長が一段と声を落とした。

「火縄銃というのは弾丸が飛び出して人を殺すそうだ」

「はい、その通りでございます」

「そのからくりを知るため人知れず試してみたいのだ。それができるところはないか、たいそう大きな音がするそうだから……」

信長は政秀から聞いたことや、秘かに調べ上げた内容を重長に披露した。信長は興味を持つと納得するまでやってみないと気が済まない性癖がある。それこそが色々なことを信長が想像する源泉なのだ。

「津島から船で行く、海の近くの木曽川の中洲であれば人知れず……」

「人家はないか？」

「はい、無人のところもございます」

重長が腕を組んで考えている。鉄砲の試し打ちなど重長も見たことがない。新兵器というのだから手に入れて是非にも試してみたい。だが、火縄銃が高価だとは聞いている。種子島の島主がポルトガル人から買い取った時、一丁千両で二丁買ったのだという。

「船で行くか？」

「はい、津島から船で海に出てしまえば誰にもわかりませんので……」

「よし、手に入ったらすぐ知らせてくれ、駆けつけるから。どんな仕組みなのか早く試してみたい。重長、この話は信長とそなただけのことにしてもらえるな？」

信長は重長に考えを打ち明けて、この計画に協力させたかったのである。小嶋日向守亡き後、信長が信頼できるのは大橋重長しかいないと思う。

「若殿との秘密はこの重長、一命に替えて守りまする……」

「津島十五党の頭領を信じて打ち明けるが、余は人を殺せるという鉄砲を戦いに使うつもりでいるのだ。この手で必ず天下を取る」

「天下を？」

「うむ、重長、この信長なら必ずできる。夢物語ではないぞ。新兵器ならそれができるはずだ。だからその威力を早く確かめたい」

「なるほど……」

「試してみて使える武器なら百丁、いや、もっといるだろうな。五百丁、千丁かもしれないが兵を集めて秘密裏に訓練をやりたい。余が天下を取る時には一万丁にもなっているだろうからな……」

新兵器の絵を見て信長が考えた壮大な計画だ。

それを聞いた重長は、信長の頭の中にどんな夢が生まれているのか恐ろしくさえ思う。新兵器という一丁の火縄銃の絵を見て、そのような壮大な夢を描ける人はいないだろう。それも天下を取ると言うのだから面白い。

重長は鞍姫とは逆で得体の知れない大うつけの信長を大好きなのだ。

それは小嶋日向守が重長に、「吉法師は天龍かもしれない」と言ったことがあるからだ。

「尾張の誰にも知られてはならぬ。秘密にして見られてもならぬ。敵も味方も親父殿も同じだ。火縄銃を買う銭はなんとかする」

それを聞いて重長がニッと笑った。信長は火縄銃の値段をまだ知らないのだと思う。一丁千両などと聞いたらびっくりするだろう。信長がどう考えても動かせるような銭ではない。なんとかしようとどんなに平手政秀を脅しても、那古野城から出てくるような銭ではないのだ。

「若殿、銭のことは心配あるな。津島は十万石以上ござる。この重長、若殿のその戦いを見とうござる、若殿が天下を取るところを見とうござる」

重長は目を潤ませた。

若き天才が考え抜いたであろう己の秘めた野望を、大橋重長だけに告白したのである。

このような話を亡き日向守も聞いていないだろう。

重長は感動し信長と一緒に同じ夢を見たいと思う。この信長なら乱世を薙ぎ払えるかもしれない。

「重長、年が明ければ信長は十五だ。人が言うように余は本物の大うつけになる。だが、重長だけは信じていてくれ、誓ってそなたを裏切ることはない」

信長は重長の目を見ながらそう言い切った。義兄弟の誓いでもある。

「有り難きかな。この重長、わが祖、後醍醐帝に誓って信長さまをお守りいたしまする」

平伏して重長は若き天才に誓った。

「正月にまた会おう！」

信長は太刀を握って座を立った。

「この寒い中、那古野まで家臣に送らせまする。雪になるやもしれませぬゆえ……」

「いや、無用だ。黒鬼がよく走るからな！」

信長はニッコリ笑って外に出た。黒鬼は重長が信長に贈った名馬である。黒漆を塗り込んだような毛艶の馬は滅多にいない。馬体も大きく走ると疾風の如く速い。重長の家臣で追いついてくる者などいないと思う。黒鬼から見ると他の馬はみな小さく駄馬に見える。

黒鬼は北からの颪に向かって四里あまりの道を駆け抜けた。

どんな名馬でも二、三里を駆けるのが限界だ。全速力で走らせると一里も無理である。

信長が寒さに震えながら那古野城に辿り着いた頃、重長が言ったようにチラチラと白いものが落ちてきた。

「五平、初雪だ！」

そう叫んで信長は厩から走り去った。

試射

正月元旦が明日という大晦日の夜、津島の大橋重長から待ちに待った使者が来た。

「信長さまにはお忙しい大晦日でござろうが、わが主とお約束があるとお聞きしお迎えに参上いたしましたが……」

重長の家臣が遠慮がちに信長に告げる。

火縄銃が手に入ったのだとわかった。そうなれば大晦日といえども那古野城にいるのは嫌だ。信長の大うつけがいきなり爆発する。

「おお、そうだった。正月は重長と過ごす約束だったな。忘れておった。よし、まいろうか？」

一日千秋の思いで重長からの報せを待っていた信長が惚けて座を立った。なかなかの田舎役者ぶりである。

「と、殿、明日は正月にて家臣が挨拶にまいりまするが？」

筆頭家老の林佐渡守が慌てた。

「うむ、わかっておる。すべてそなたに任せるから好きなようにせい。重長との約束は守らねばならぬ。佐渡、爺と相談せい！」

「殿ッ、なんとも……」

政秀があまりに勝手気ままな信長に怒りの顔で睨んだ。

「爺、二、三日は津島で遊んでくる。牛頭天王にも行って参る！」

すでに信長の気持ちは火縄銃があるだろう津島に飛んでいた。予定通りの計画である。いや、少々上手くいきすぎているようだ。信長は早くても火縄銃を見るのは春になってからだろうと思っていた。

鉄砲が手に入ると考えただけで那古野城にいる意味がもうない。

重長のやることは早い。津島の商人たちは人、物、銭を動かすのが得意だ。商売は素早く動かないと大きな利は得られない。そこが土地と米だけを頼りにしている武家とは違う。交易の面白いところだ。信長は津島衆に学ぶことが多かった。

スタスタと大広間を出ていくと信長は厩に行って、五平に黒鬼を引き出させて薄く積もった雪の上を歩かせてみた。

「殿、まだ雪が降ります。蓑を着てくだされ……」

重長の家臣がいつも小袖と短袴の信長に蓑を着せた。

「行くぞッ！」

黒鬼に乗馬して五、六人の重長の家臣に声を掛けた。

信長の家臣は林佐渡と平手政秀を始め誰も、広間から飛び出す信長に呆気に取られて声も出ない。いつもの気ままだと思う。数人が厩まで来て信長を見ていたが、仕方ないとあきらめ顔で、信長が見えなくなると大広間に戻っていって正月の談合を始めた。

信長には毎年恒例の正月などまったく無意味だった。

優先するべきことがあれば簡単に放り投げる。信長の頭に恒例とか仕来たりなどという考えはない。自分に必要なことが先にやるべきことで、必要なければ誰がなんと言おうが無視する。今は火縄銃の正体を見極めることが何よりも先である。まさに信長は個人主義、合理主義の権化であった。

城門を出ると信長は黒鬼の馬腹を蹴って、真冬の雪に薄く埋もれた田園の景色の中を思うがまま走らせる。重長の家臣たちがたちまち後方に置き去りにされた。海に近い津島にはほとんど雪はなかった。

「重長ッ！」

信長が黒鬼から飛び下りると大橋屋敷に飛び込んだ。

「おおッ、信長さま……」

　重長も信長の到着を今や遅しと待っていた。蓑を着たまま座敷に入ると、信長のただ一人の盟友になった重長がにこやかに迎える。

「まあ、なんとその蓑をお脱ぎくだされ！」

　怒った鞍姫が嫌な顔をする。信長の無作法にはいつも腹が立つのだ。

「ふん、鞍、そなたの古着をくれ、襤褸《ぼろ》でいいぞ……」

「鞍は襤褸など持っておりませぬ！」

　鞍姫は薄汚れた信長にやる着物などないと言いたいのだ。

「ふん、なんでもいいから早く出せ、二枚だ。古ければ古いほどいい……」

　信長の気持ちは鉄砲の試射に飛んでいった。

「鞍、若殿に差し上げろ、早くいたせ……」

　重長が不服な鞍姫に命じる。姉を姉とも思わず顎で指図する信長に鞍姫は怒っていた。鞍姫が着物を取りに出ていくと座敷に二人だけになった。

「手に入ったのか！」

　信長が目を輝かせる。

「はい、二丁、手に入れましてござる」

「おお、二丁もか、早く見たい！」

「船着場の倉に入れてござる」

「よし、その火縄銃をすぐ見に行こう」

信長が太刀を持って立ち上がった。そこへ鞍姫が子どもの頃に着ていた着物を何枚か持って入ってきた。それを鷲摑みにして信長がニッと笑う。

「鞍、この赤はよい。もらうぞ！」

信長はさっさと蓑を脱いで、鞍姫の着物を二枚着てその上からまた蓑を着る。腰紐をしない格好は着物の丈が短くなんとも奇妙である。

その有り様を見て鞍姫はがっかりだ。とうとう神童が大うつけから大馬鹿者になってしまった。あまりにぶざますぎてもう弟とは思いたくない。

鞍姫は呆れ返って何も言わなかった。鞍姫が言っても小馬鹿にして聞く耳を持たない信長である。弟だと思わなければ腹も立たない。

「重長、行こう！」

重長を促して座敷を出た。

「鞍、若殿が船に乗りたいと言われるのでな。一刻ほど海に行ってまいる」

「この寒い時に？」

重長は鞍姫に答えず座敷を出て、家臣三人を連れて信長に従った。

それを見送る鞍姫は、この寒いのに海に出るなど正気の沙汰ではない、馬鹿じゃないのと思う。いつも鞍姫に優しい重長は信長が来ると人が変わってしまうのだ。それがなんとも心配な鞍姫である。

船着場の大橋家の大きな倉は城のように巨大だ。

信長は案内されるまま、倉の中に入って木箱の中から重長が取り出した火縄銃を見た。

「おおッ、これが！」

「手に取ってよくご覧くだされ……」

重長の家臣が手燭《てしょく》を近づけると、黒く光る銃身と木目の銃座が鈍く輝き、美しい金の装飾が施されていた。とても人を殺す兵器とは思えない。だが、手に持つとズシッとした重量感だ。信長はその新兵器を入念に見る。

「重い……」

「はい、この鉄は刀と同じ玉鋼にございます」

「あの絵のように扱うのだな？」

信長は冷たい鉄砲の感触に興奮が鎮まっていった。一丁の火縄銃が高値で取引されるというのだから信長は商売とは面白いと思う。このようなものを作り出す南蛮とはどんなところだろうと思うが、まずはどれほどの威力なのかその正体を見たい。

「この湛蔵《たんぞう》が火縄銃の扱いを心得てござれば、試し撃ちは湛蔵がいたしまする」

「湛蔵、撃ってみたのか？」

信長が大男の湛蔵に聞いた。

「はッ、堺にて何度も試し撃ちをしました。この火縄銃も完成した時に試してござりまする。なかなか良いできにてなんとも恐ろしき武器にござりまする」

「うむ、それなら早速海に出よう」

信長は早く試し撃ちを見たかった。異国の戦いの武器とはどんなものか、大男の湛蔵が恐ろしいと言った言葉が耳に残った。確かに槍や刀とは違う武器だ。新兵器というのは本当だろうと思う。

二丁とも同じところで造られたのだろう。

火縄銃の形状から装飾の模様まで二丁ともまったく同じだった。

五人は帆のない大型の荷船に乗り込んで、天王川から木曽川河口に向かい海に出た。

冬空は重く垂れ込めて水平線も雲に溶け込んで見えない。間もなく海が荒れるのかあたりには一隻の船も見えなかった。

二人の船頭が二丁艪《にちょうろ》を操り、湛蔵が信長に説明もせず試し撃ちの準備を始めた。

銃身の筒口から火薬と弾丸を入れ、さく杖《じょう》で搗《つ》き固める。火皿にも火薬を入れて火蓋をすると、片膝をつき火縄を装着して火蓋を開き銃口を海に向けた。

「撃ちます！」

言うなり湛蔵が引き金を引いた。

「ズッドーン！」

今まで信長が聞いたことのない爆裂音を響かせて、もうもうと煙が立ちサッと海風に流されていった。信長は驚いて船の胴中から船縁に転がった。なかなかの威力だと思うが、陸《おか》の上でどれほどのものを弾丸が撃ち抜くのか見たい。

「うむ、これも同じか？」

もう一丁の火縄銃を指差した。

「はい、同じでござりまする。作った鍛冶は違いますが、形状は同じにて威力もほぼ同じでござりまする」

湛蔵が詳細を話し始めた。信長が時々頷きながら熱心に聞いている。

重長は胴中の筵に安座してそんな二人を見ている。

「十間先の鎧武者は倒せるか？」

「はッ、一発で充分に倒せまする」

「ならば十五間先はどうだ？」

信長が立て続けに湛蔵に聞いた。なかなかの迫力に信長は次々と試したいことが浮かんできている。弓と似た飛び道具だがその形状も扱い方もまるで違う。果たして弓ほどの威力があるかだ。

「はッ、十五間ならば倒せると思いまするが……」

十間、十五間先となるとなかなかの距離で、よほど鍛錬しないと命中しないかもしれないと思う。湛蔵はそんな遠くの的を狙ったことがない。

「二十間はどうだ？」

「はッ、恐れながら、まだそのような遠くまでは試してはおりませぬが……」

湛蔵がもう一丁の試し撃ちの準備をしながら答えた。支度が整うと空に向かってズドーンとぶっ放した。

信長が今度は船縁を掴んでいた。

「重長、わかった。陸地で試せる場所はないか？」

「はい、下見をしておきましたので、明日にもご案内いたしまする」

「うむ！」

信長は大いに満足して頷いた。

この武器は色々な使い方ができると直感する。天才信長の頭脳は目まぐるしく回転し、戦で使う発想が浮かんできているのだ。

「思っていた以上の威力かもしれぬぞ！」

信長が満足して笑った。

「はい、船を湊に戻します。海が荒れるぞ。船を回せ！」

信長たちを乗せた船が勢いよく津島湊に戻り始める。この日が信長と火縄銃が運命の出会いをした時であった。やがて信長の頭脳はこの火縄銃で乱世の戦い方を変えてしまう。

新兵器は信長の想像した通りのものだった。

その夜、信長と重長、それに湛蔵を入れた三人が夜更けまで話し合い、翌朝早く、鉄砲の試射に家臣二人を連れて、五人で船に乗り木曽川に出かけていった。

この時、信長はこの異国の武器が五千丁もあれば、必ず天下が取れると直感していた。

だが、一口に五千丁と言うが、そのための費用は膨大なものになるだろう。津島の十万石程度では賄えるものではない。百や二百はなんとかしたとしても、千丁、二千丁となると話が違ってくる。ましてや五千丁などという火縄銃を揃えるのは至難だ。

信長の直感では百万石以上の領地が必要であると思う。

そのためには尾張を統一して、美濃を奪えば百万石にはなる。近江を奪えば百七十万石以上になると勘定する。信長の野望がどこまでも広がっていきそうだ。確かに火縄銃は新兵器として面白い武器だ。

信長は壮大な天下への道をその頭脳の中で探し始めている。

信長が天下に飛躍する時が刻々と近づいてきていた。年が明けて十五歳になった。

だが、小嶋日向守が言った天龍にはまだ翼も風雲もない。すべてはこれから始まるのだ。大橋重長はそう信じて疑わない。

帰蝶

早朝、道三は城の窓から南の尾張のほうを見ながら大欠伸をした。

そこに愛娘の濃姫《のうひめ》こと帰蝶が艶やかな衣装で現れた。蝮の道三と母親の小見の方に似て、帰蝶姫は気品があり豪胆で聡明な娘に育っている。蝮と言うと醜男《ぶおとこ》のように思われがちだが、油売りをしていた頃の蝮はなかなかの男前であった。

この娘を尾張の小童にやるのか。そう思うと蝮は少々腹も立つのだ。

戦いに勝ったのに人質同然になぜ娘を尾張にやらなければならないのだと思う。

蝮の道三は十四歳の愛娘のあまりの艶やかさに、嫁がせるのをやめるかとも考えたが、所詮、嫁入りは政略結婚である。乱世は非情だ。土岐家に国盗りを仕掛けて非情に生きてきたのは己自身ではないかと思い返す。

それにしても尾張の大うつけに賢い娘など勿体ないと思う。

「父上、帰蝶に何か御用でございますか？」

張りのある伸びやかな声で帰蝶姫が聞いた。家臣たちは美しい姫に愛情を込めて金《きん》華山《かざん》殿などとも呼ぶ。城が聳《そび》える稲葉山のもう一つの名が金華山というのだ。

「うむ、まずはそこに座れ……」

「はい……」

帰蝶は父の道三には素直だ。

その帰蝶は、蝮と呼ばれながらもわが道を行く強い父を大好きだった。

「そなた、わしの渾名を知っておるな？」

「はい、蝮でしょ……」

あまりに素っ気無く言われてその蝮が苦笑した。

「そなたを嫁に出す……」

山城守道三が自らの折れそうな気持ちを鼓舞して、あまりにも美しく育った娘に威厳を見せて言い切った。

「はい、承知しました。それでどちらへ？」

帰蝶があまりに冷静なので蝮のほうが薄く笑ってしまった。

「兎に角、大うつけとの噂のある尾張の小童だ！」

「あら、父上、怒っておられるのですか？」

「怒ってはおらぬ。帰蝶、これはわしの命令だ。隙あらば尾張の小童をこれで刺せ！」

道三は帯から短刀を抜いて帰蝶の前に置いた。

「ホッホッホッ……、まあなんと美濃の蝮と恐れられる父上が、尾張ごときを欲しくてこの帰蝶を刺客に出されますのか。ホッホッホッ……」

いかにもおかしいといった体で帰蝶姫が笑い出した。

「なにッ！」

道三がいつになく厳しい顔で帰蝶を睨む。

「尾張など小さいではありませんか、父上は天下を望まれませんのか。美濃は京に近いではありませぬか。ホッホッホッ……」

また帰蝶が笑った。

「そなたが男だったら、天下を望まぬでもない、だが、女では……」

「その尾張の小童殿がいつぞや、美濃の蝮の首を斬りに来ると堀田殿に申したとか。この短刀で帰蝶も小童殿と一緒に、お父上の首をいただきにまいりましょうか？」

帰蝶は蝮の短刀を握ると有り難くいただいて帯に差し込んだ。

「この娘が男だったら……」

そう思う蝮は無念のあまり拳を握り締めた。

「帰蝶や、そなたの好きなようにせい。そなたにこの首を斬られるなら本望じゃ、楽しみに待っておるわい……」

「はい、それでいつ尾張にまいりますの？」

帰蝶が悔しそうな蝮の顔を覗き込んだ。

「堀田が平手と相談して二月二十三日と決めたようだ……」

「まあ、日にちがありませぬな、あれこれかき集めて持っていきましょう。あとは母上に送り届けてもらいます、御用はそれだけでございますか？」

「そうだ……」

戦国一の梟雄も娘には甘いのか、それとも帰蝶が賢すぎるのか、蝮の道三は無念そうに考え込んでしまう。

「では父上、御免くだされ……」

何事もなかったように座を立って部屋を出ていった。

「そうか、尾張ごときは小さいか、さすがは蝮の娘じゃわい。あれが男だったら天下も取れたろうに、蝮の一生の不覚じゃな……」

腕を組んでがっくり項垂れた。蝮の後継者は何かと問題があった。

つまり長男の義龍は益々土岐一族に洗脳されて、今では頼芸の子だと本気で信じている節があった。この問題は若き日に自ら招いたものだ。頼芸の愛妾の深芳野に蝮が手を出してできた子が義龍なのだ。

美濃には土岐家を慕うものが多くいて、義龍は蝮の胤ではなく頼芸の胤だと言う。

蝮の子たちには深芳野の子と小見の方の子がいて、帰蝶は蝮の正室小見の方が産んだ子に間違いなかった。こういう後継者の混乱が、蝮の道三の死に繋がるのだから皮肉であった。

信長と帰蝶姫の結婚は蝮の家臣堀田道空と、信秀の家臣平手政秀の間で決まった。

数日後の早朝、帰蝶は国境の木曽川まで美濃の兵に守られ、国境で尾張から迎えに来た平手政秀に渡された。

帰蝶は箱輿から降りて早春の冷たい空気を吸った。

もう美濃には帰ることはないだろうと思うと、寂しさと懐かしい気持ちが湧いてくる。

「平手殿、帰蝶は尾張のことは何も知りません。よしなに願いまする……」

「はッ、何事もこの政秀にお申し付けくだされ……」

「はい、そういたしましょう。それから堀田殿、尾張に行く帰蝶の供は乳母だけでよい。みなの者、帰蝶は一人で尾張にまいるゆえ、そなたたちはもう美濃にお帰り、それぞれ良きところに嫁いで幸せにおなり、さらばじゃ……」

帰蝶が優しい笑顔で織田家の箱輿に乗った。

この時、帰蝶は乱世の女人の覚悟をしっかり持っていた。政略結婚であれ何であれ、生きていくため己自身が運命を背負うのだと。

頭脳明晰な帰蝶は大うつけといわれる信長の妻になる覚悟を決めている。

堀田道空から信長の話を聞いて、本当の大うつけだろうかと疑っている。大うつけを装っている狂言ではないのか。それは会ってみればすぐわかることだと思う。本当の大うつけなら蝮の短刀で一突きにしてもいい。

「姫さま……」

尾張まで従うつもりの侍女三人が泣き崩れた。帰蝶と運命を共にするつもりでいたのだ。

「もう泣くのはおやめなさい。平手殿、まいりましょう」

「はッ、では、出立いたしまする」

「姫さま……」

侍女が輿に走り寄ったが帰蝶は小さく微笑んだだけである。

生真面目な政秀は堀田道空に深々と一礼して箱輿を上げた。帰蝶に従うのは乳母と堀田道空の二人だけであった。帰蝶は二百人余の尾張兵に守られて、尾張領を那古野城へ急いで行った。

その頃、那古野城では信長がいないことで大騒ぎになっていた。

大広間に引き出されたのは厩番頭の五平と、信長の黒鬼を世話している喜介だった。婚礼の日に婿殿が不在というのは許されない。そんな珍事が起きたら美濃の蝮を本気で怒らせてしまう。

「五平ッ、喜介ッ。なぜ殿をお止めしなかったッ！」

林佐渡守が赤い顔で大声を張り上げて二人を叱り付けた。なぜ止めなかったと怒られても、黒鬼と出かける信長を止めることなど誰にもできない。止められるなら自分で止めてみればいいというのが喜介の言い分だ。

「若さまは二、三日津島に行くと言われまして、ご自分で鞍を付けられて黒鬼と行かれてしまいました」

「馬鹿者ッ。婿殿のいない婚儀などあるか。大殿にわしが叱られるのがわからぬか。手綱を握ってでもなぜお止めせなんだッ！」

林佐渡守は赤鬼のように興奮している。

あまり興奮するとぶっ倒れる。林佐渡守が怒り出すと赤ら顔になるか、気味悪いほど青白くなるかのいずれかで、今日は湯気の出そうなほど赤かった。

「そんなことをしたら若さまに斬られます。お許しくだされ……」

二人は平蜘蛛のように林佐渡の足元にうずくまっていた。どんなに叱られても止められないものは止められない。

「誰かッ。殿を、そうだ勝介、そなた迎えに行ってまいれ！」

「ご家老、殿は帰らぬと言ったら誰が行きましても帰りませぬ。そのご気性はご家老が一番ご存じではござらぬか？」

四番家老の内藤勝介は冷静である。

この頃の信長が足繁く津島に行く怪しげな行動を勝介はよく見ていた。何かあると考えている。こういう、城に寄りつかなくなる信長は何かに熱中している時なのだ。それが何なのか城の誰も知らない。信長は黒鬼に乗って一人で出かけている。

「そうだが、婿殿のいない婚儀など聞いたことがないわ。夜には濃姫さまが着くというのに、殿は蝮殿になんと申し開きいたすのだ！」

林佐渡守は大殿の信秀や美濃の蝮のことを考え頭が混乱している。

尾張と美濃の和睦が成っての婚儀である。その婚儀に肝心の信長がいないというのでは、婚儀も和睦までも吹き飛んでしまう。

「それよりご家老、帰蝶姫さまを迎えに上がらねば。もし万一のことあらばわれら切腹でござるぞ！」

勝介は待機している騎馬兵を帰蝶姫の迎えに出したかった。

この和睦に面白くない清洲城あたりから、兵が出て横やりが入るととんでもないことになる。もし姫を奪われたりしたら家老たちの切腹では追いつかない。

「おお、そのことよ。勝介、そなた行ってくれぬか？」

「はッ、畏まってござる」

勝介は信長が戻ってくると思っていた。

信長に槍を教えてきた勝介は大うつけの信長の正体を知っている。人々が小馬鹿にするほど信長はおろかではない。むしろ人より切れる頭脳を持っているとわかっている。

勝介は素早く大広間を出て槍を抱え馬場に走った。

五十騎を従えて怒濤のように城を出ていった。

「佐久間殿、殿をなんといたす？」

林佐渡守は狼狽《うろた》えるばかりで何事も進まなかった。

勝三郎は信長めはいつも一人で行きおってと悔しがっている。近頃、津島に行く信長はいつも単独行動で、勝三郎さえ供を許されなかった。

信長は火縄銃の試射と使い方に夢中になっていたのだ。

「林さま、これは内々の婚儀なれば、大殿にお話を申し上げ、殿の遅参のお許しをいただくしかござるまい。平手殿にはいずれ美濃の蝮殿の元へ、謝罪に行ってもらうしか手はござるまいと思う。津島にはそれがしが行ってまいりましょう」

「おお、行ってくれるか。急がれよ！」

林佐渡守は慌ただしく佐久間信盛を送り出した。

信長を探すため、信盛は二十騎の武装した騎馬を率いて城を飛び出ていった。行く先は津島だが信長を連れ戻す当てはまったくなかった。めでたい祝言だというのに那古野城は信長不在で大騒ぎである。

もし信長と出会えても、信盛は説得する自信がなかった。

佐久間信盛は林佐渡守がうろつく城を出たかったのである。そのうち大殿の信秀が那古野城に現れるだろう。

中洲

信長の祝言で那古野城が大騒ぎしている頃、信長は津島の湊から重長とその家臣十人ほどと共に、木曽川を渡り長良川との中洲に渡っていた。

格好はいつもの短袴に小袖で、よほど気に入ったのか鞍姫から取り上げた派手な柄の着物を腰に巻き、髷は茶筅にして赤い紐で巻き上げていて、腰に巻いた荒縄には水の入った小瓢箪、兵糧の入った布袋、火打石の袋、薬の小袋などがぶら下がり異様である。やがてそこに弾丸の革袋や火薬の革袋などが追加される。

重長は本物の大うつけになってきたと笑ってしまう。

信長は人にどう思われているかなどには無頓着で、時々、鞍姫の着物を片肌脱ぎで無造作に着ていることがある。それを見てさすがに信長嫌いの鞍姫もクスクス笑うが、信長がついに大馬鹿を通り越しておかしくなったのかと心配するほどだ。

寒くさえなければ外見などはどうでもよいことで、信長は満足である。

「重長、この中洲には人家はないのだな？」

信長があたりを見廻した。

「はい、このあたりは川が増水することがありますので、ここには百姓も住むことはできません。ここは灌木に隠れてどこからも見えません。このように木を伐り払って広場にしておきました」

「うむ！」

満足そうに頷いた。

「向こうが伊勢長島《ながしま》になります。見えませんがあのあたりが津島湊になります」

大橋重長が馬の鞭で指して地形を説明しながら、火縄銃の人知れずの訓練場所として信長に推薦する。このあたりは木曽川、長良川、揖斐川が海に流れ込んでいる。津島湊は木曽川の傍を流れる天王川にあった。

「この平地では、四、五十人までの訓練はできまするが、それ以上の大人数になりますると、ここを広げるかそれともどこぞに、大きな訓練場を作るかしなければと考えておりまする」

「うむ、ここでは狭くなるか？」

「はい、二百、三百と火縄銃が増えてくればここでは……」

「手狭になって危険か。なるほど……」

信長は重長に頷いて考えに同意する。この時すでに信長は戦うための鉄砲隊の構想を持っていた。それは取り敢えず五百人の鉄砲隊を作ることだった。この構想こそ非凡な信長の頭脳を具現化するものだった。だが、五百丁の火縄銃を揃えることは容易なことではない。

それを間もなく実現してしまうのだから信長という天才は恐ろしい。その信長を理解して一緒に走ったのが義兄の大橋重長である。

「重長、手に入れた新しい鉄砲を早く見たい！」

信長が催促すると重長の家臣が菰包《こもづつ》みを解いて木箱の蓋を開ける。

火縄銃の数を揃えようと重長が堺と交渉して買い取ったものだ。信長と一緒に乱世に飛び出そうと重長は決意している。信長の野望を叶えるために生きてみたいと思う。南朝後醍醐帝の血を引くという大橋重長も大きな夢を摑んだ。

「ほう、これは……」

「はい、この三丁は形も仕組みも前の火縄銃と同じですが、作った鍛冶が違うようで銃床の飾りに金が多く使われております」

「うむ、このような飾りは無駄な飾りだ」

「はい、この火縄銃は大名などへの贈答のために派手に仕上げたものにございます」

「贈り物か」

重長が箱から新しい火縄銃を出して信長に差し出した。

「ん、この鉄砲は少し軽いようだが?」

「実は火縄銃というのは戦いに使えるのかと、あれこれ言う者がおりますようで、日々改良されておりますれば、これからも工夫されて軽くなり狙いやすく、その威力もかなり増すかと思われまする」

「重長、この火縄銃が戦いに使えるかとは笑止、戦を知らぬ輩の妄言だ。だが、あれこれと考えて工夫し改良することは良い。重長、この火縄銃で余は天下を目指す!」

「結構にございます」

信長の鋭利な頭脳はこの異国の新兵器に果てしない夢を抱いていた。

「願わくはこの重長の生きておりまするうちに……」

重長は老いていく自分だが信長と共に戦場に出たいと思う。信長と重長は親子ほども歳が離れていた。だが、重長のこの願いが叶って、天龍が翼を得て天下に駆け昇るところを見ることができる。

信長の構想が新たな火縄銃を手に入れて半歩前進した。

「これで五丁か、早速試し撃ちをするぞ。まず、ここから十間先と二十間先に鎧を掛ける杭を打て!」

火縄銃の威力を鎧で試してみようというのだ。

信長が命じると重長の家臣が十間の荒縄を伸ばしてそこに杭を打ち、さらにそこから荒縄を伸ばして二十間先の位置に杭を打った。

近頃では信長も試射をするが、その命中度は湛蔵のほうが数段上だった。

こういうことは自分で試してみないと納得しない信長だ。初めて火縄銃を撃った時は反動で尻餅をつきそうになった。

「まず、十間の杭に雑兵の鎧を掛けろ。湛蔵、新しい鉄砲で鎧を撃ち抜いてみろ！」

「畏まって候！」

信長が命じると湛蔵は素早く準備を始める。

新しい火縄銃を入念に見てから火薬と弾丸を入れ、火縄を挟んでから狙いを定めて火蓋を開き、引き金を引くと見事に弾丸が鎧の標的に命中した。

信長は床几から立ち上がると一目散に走って、的の鎧を下ろさせ微かに焦げたような臭いの弾痕を確認した。

「前は抜けたが後ろに弾の跡がない。このあたりに落ちたはずだ。杭のあたりを探せ！」

自ら杭のあたりの枯れ草を鞭で薙ぎ払って弾丸を探す。

「殿、杭に当たってめり込んでおりますッ！」

重長の家臣が嬉しそうな顔だ。

「おッ、確かに弾だ！」

その威力を確認して信長は重長と湛蔵の傍に戻った。

鎧を撃ち抜いた弾丸はなお生きていて杭にめり込んでいる。だが、人の体を貫通するほどの力はないだろうと思う。それで充分だ。兵は傷つくと戦闘能力を失う。戦う気力と体力を奪ってしまえばいいのである。火縄銃にはその力が充分にあり、弾の当たりどころが悪いと死ぬ。

「湛蔵、次は二十間だ。撃ってみろ！」

「承知いたしました！」

湛蔵は慎重に狙って再び引き金を引いた。なかなかの腕前でこれも命中させた。

信長はまた走っていって弾痕を確認する。やはり鎧の前は撃ち抜いていたが後ろまでは抜けていなかった。

「弾を探せ！」

信長が命じると杭の傍ですぐ弾が見つかった。

それを持って信長が重長の傍に戻ってくると弾を見せた。

「甲冑を撃ち貫き確実に敵を殺すには十間、二十間がいいところかもしれんな。四、五十間以上は飛ぶだろうが威力はなくなるようだ。三十間先の敵なら殺せないまでも、足を止めることはできそうだな？」

信長は満足げに笑って重長から弾を受け取って腰の革袋に入れた。

「火薬を少し増やせば威力は大きくなります。湛蔵が少し手加減をしたようですから……」

「うむ、この火縄銃は使い方によっては力を発揮するぞ」

すでに信長の頭脳は弓と同じように攻城戦に使えそうだと思っている。ただ、火縄銃は火薬を使うから雨に弱いとわかった。信長の想像力でこの火縄銃をどのように使うか。その威力を生かすにはどうすればいいのかである。

「重長、明日は馬を撃ってみよう！」

「馬でござりまするか？」

重長が驚いて信長を見て聞き返した。

古来、この国では戦いにおいて馬や、海であれば船の船頭を射殺してはならないという、決まりではないが美徳があった。非戦闘の者は殺さないということである。ところがそれを破って船頭を射殺して戦いに勝った武将がいた。それは戦いの名人といわれた源義経だが、戦いには勝ったが卑怯者として武家に嫌われたのである。

乱世では義経の時ほどではないがその美徳はほんの少し残っていた。

「使い物にならぬ百姓の駄馬を三頭ほど用意してくれるか？」

そう言うと太刀を傍に捨てて、ゴロリと仰向けに枯れ草の上に寝転んだ。重長の家臣は火縄銃の掃除をして箱に入れている。

「重長、ここへ横になれ、気持ちがいいぞ！」

「はい。湛蔵、それを船に運んでしばらく待っておれ……」

「畏まりました」

重長が信長と同じように枯れ草に寝転んだ。

「重長、馬を撃ち殺しては駄目か？」

「駄目ということはありませんが、義経さまの前例もございます」

「なるほど、壇ノ浦だな？」

「はい、船頭や船の漕ぎ手を射殺しました」

「そうだな。だが、確かめておきたい」

「わかりました」

信長は義経という武将は遠い昔の人だと思う。

重長は信長がいざという時のことを考えて、火縄銃の威力を知っておきたいのだろうと思った。この頃は騎馬隊の威力が凄まじい時だ。五十騎、百騎とまとまって怒濤の突撃をしてくると止められない。

砂塵を蹴飛ばして突進する騎馬の迫力は、大地を揺るがして恐怖そのものだった。

その騎馬を六千騎とも八千騎ともいわれるほど育てるのが甲斐の武田信玄で、この後に無敵の騎馬軍団といわれる。

「馬は甲冑を付けていない。殺すまでもないことだ。馬を戦闘不能にできれば雑兵は狼狽える。兎に角、馬の突進を止めればいいだろう」

「はい……」

信長と重長が海から吹く春風の青空を見上げていた。

この若者は何を考えて何をしようとしているのだと重長は思う。ここに小嶋日向守がいたらなんと言うかと考えてみる。おそらく「信長の好きなようにさせなさい」と言うように思うのだ。それにしても重長は信長の計り知れない知恵と想像力に驚愕するばかりだ。

鉄砲を欲しいと言った時の信長の目は輝いていた。

今その輝きは春の大空を見上げている。

「重長、今日はここに陣を張ろう。暗がりでも湛蔵が的に当てるか見てみたい！」

信長が急に言い出した。

「わかりました」

重長は起き上がると船まで行って、家臣に火縄銃をもとに戻させ、標的にする馬を探して来るように命じた。中洲には湛蔵と四人の家臣が残りあとは津島湊に引き返していった。信長は考えたことをすぐ実行したい質《たち》なのだ。

自分の目で見て、さわった感触で納得したいのである。

暗くなると焚火を消して、微かな月明かりだけで試射が行われ、湛蔵は十間も二十間も見事に的を撃ち抜いた。その腕前は百発百中の確かなものである。閃光が闇の中で光った瞬間に轟音が闇を天まで斬り裂いた。

信長は大いに満足である。

その頃、那古野城では相変わらず林佐渡守が怒鳴り散らして大騒ぎになっていた。

夜になって帰蝶姫の行列が那古野城に到着したが、肝心の花婿殿がいないしどこに行ったかもわからない。

津島に急いだ佐久間信盛も大橋家の鞍姫に聞いたが、重長と出かけたと言うだけでどこに行ったのかもわからず埒が明かなかった。事実、鞍姫は信長と重長の行動をまったく知らなかった。どこで何をしているかは厳重に秘密にされている。

まさか川の中洲に渡って鉄砲の試し撃ちをしているなど、知っているのは重長の家臣たちぐらいだが実に口が堅い。

「主人は狩りに行くと言って出かけましたが、その狩りの場所もわかりませんので……」

などと鞍姫が言う。

「大橋殿も若殿の婚儀に招かれておるはずだが？」

「はい、そのように聞いておりまするが……」

「うむ……」

何も知らない鞍姫と信盛ではまったく話にならなかった。信盛がすごすごと那古野城に帰ってくる始末で、筆頭家老の林佐渡守は、信長の婚礼のため古渡城から出てきた信秀に激しく叱責された。

「佐渡ッ、おのれらは主の居場所もわからぬのかッ！」

肝心な時に信長がいないと聞いて、信秀は青筋を立てて激昂した。

「大殿ッ、佐渡殿の責任ではござりませぬ。この政秀が至らぬばかりにこのような仕儀に相成りましてございまする。申し訳ござりませぬ！」

「黙れッ、うぬらは何を考えているのかッ！」

「申し訳ござりませぬッ！」

平手政秀が平謝りに謝っているところに、帰蝶姫と堀田道空、乳母の三人が静かに大広間に入ってきた。万事休す。

花婿のいない大広間の主座に一人だけ座して、帰蝶姫が落ち着き払って平手政秀の謝罪を聞いたり、祝言の賀詞を受けたりにこやかに振る舞っている。その隣は空席で、いるべき大うつけの信長がいない。天文十七年（一五四八）二月二十四日の寒い夜であった。

美濃と尾張の大切な和睦の証の祝言である。

あまりのことに堀田道空は怒りに震え、姫を連れて帰ると言い出す始末で、信長不在の那古野城の大失態で収拾が付かなくなった。怒った信秀も家臣を怒鳴り散らして早々に古渡城へ戻ってしまう。

信長と帰蝶姫の婚儀は大混乱になった。

だが、尾張の大うつけに嫁ぐと腹を決めた帰蝶は、知らぬ顔で何も言わない。むしろ、この騒ぎを面白そうに見ている。花婿がいないというのになかなか度胸のある花嫁だ。これしきのことは端《はな》から覚悟の上という顔である。

「堀田殿、誠に、誠に申し訳ござらぬッ！」

「肝心の婿殿が行方不明とは何事か、平手殿ッ、このようなことでは殿に復命する言葉が見つからぬわッ！」

「ごもっとも、まことにもってごもっともでござる。平に、平にご容赦お願い仕りまする。なにとぞ……」

「す、すべてがぶち壊しではないかッ！」

「堀田、このことは平手さまの罪ではない。間もなく信長さまが戻られましょうほどに、お鎮まりなされ……」

「姫さま！」

「信長さまには何かご都合がおありなのじゃ。ほどなくであろう」

帰蝶が冷静にそう言って平身低頭の政秀を庇い、こうなっては謝るしかない織田家の家臣に同情的だ。

「しかし、姫ッ、お父上さまになんと申し上げまするか？」

「堀田、お黙りなさい。父上には無事に済みましたと復命なさるがよろしかろう。いずれ帰蝶が文を差し上げまする。佐渡守さま、信長さまのご帰還まで帰蝶は部屋に下がりますが、皆さまで充分に祝言の酒を召し上がりくださいね」

「姫さまッ、この佐渡の一生の不覚にございまする。お許し下されッ！」

「そのように深刻に申されますな。信長さまさえお戻りになられればなんのこともなし、そのようにお心得あるように……」

「申し訳ございません！」

優しい言葉に林佐渡守と平手政秀が帰蝶姫に平伏し謝罪した。

「佐渡守さま、平手さま、これしきのことでお腹を召されてはなりませんぞ。わらわの婚儀が穢れまする。何よりも両家のためになりませぬゆえ。帰蝶は信長さまの妻になるため美濃よりまいりました。もう国に戻ることはありません」

帰蝶がきっぱりと覚悟を披露した。

「ははッ、まことに有り難く！」

平伏した政秀の目から涙がこぼれた。

帰蝶と乳母が部屋に引き取ると、政秀は道空を自分の屋敷に招いて、蝮の道三に復命する内容を話し合った。政秀の願いはありのままを話して欲しいということだ。その上で美濃の蝮がどう思うかである。今さら信長の大うつけを隠す気はない。

そんな周りの慌てぶりを感じながら、帰蝶は信長という男に興味を持った。

本当に大うつけという阿呆なのか、それとも何かを考えている途轍もなく大きな才能の男なのか。帰蝶はどうしても信長が大うつけとは思えない。これまで堀田道空には「信長は神童だ」とか「信長は大うつけの馬鹿だ」の両方を聞かされている。

自分の目で確かめてみるしかないが、勘の鋭い帰蝶は信長に根拠のない期待を持った。なにかおかしいと思う。

「信長さまに会ってみればわかること、これは面白いかもしれぬな……」

帰蝶は人ごとのようにそう思う。いずれにしても信長という人はおかしな人に間違いない。どんな都合があれ、自分の祝言に現れないとは奇妙な人だ。その言いわけが「狩りに行った」というのだから益々珍妙だ。

そんなことを「そうですか」と真に受けるほど帰蝶も素直ではない。

こういう時は必ず何かあると考える。好きな女のところに入り浸っているか、婚礼より大切な何かを抱えているか。それとも美濃の蝮に言いたいことがあってじらしているか。賢い帰蝶はさまざまなことを考えてみる。

そんなことがたまらなく面白かった。

自分をこの花嫁は信長に負けない大うつけなのかもしれないなどと思うのだ。帰蝶も蝮の子だから少々おかしなところがある。老乳母と二人だけで至って冷静にことの成り行きを観察していた。その二人だけの部屋からは時折笑い声さえ漏れてきた。それを那古野城の者たちが当然のこと怪しむ。祝言が吹き飛んでめそめそ泣きそうなところだが、帰蝶姫の部屋からはそんな雰囲気がまったく伝わってこない。

明るい笑い声で明朗闊達である。

そうなると那古野城の家臣たちに元気が出てきた。大うつけの信長が祝言を吹っ飛ばしてやっちまったが、花嫁の帰蝶姫も大うつけのあっけらかんなのかもしれないと思う。それならしょぼくれて鬱々としていることはない。

信長のいない那古野城に妙な活気と元気が漂ってきた。

それは帰蝶の腹が決まっていて、慌てふためいて騒ぎ狼狽える素振りがまったくないからだ。明るく元気で大うつけの信長をまるで気にするふうもない。むしろ、婿殿がどんな男か興味津々で落ち着き払っているのだから困る。花婿のいない祝言なのだから少しは悲しんで欲しいぐらいだ。

帰蝶は早く信長に会ってみたいと思う。

どんな顔で現れるか大いに興味のあるところだ。

対面

翌日、信長は中洲の枯れ草に筵を被って寝ていた。

その傍には暖を取る焚火が燃えていたが、あまりの寒さに目を覚ますと重長が湛蔵と火縄銃の準備をしていた。

「おお、目を覚まされましたか……」

重長と湛蔵が火縄銃を持ってきて焚火の傍に座る。

「湛蔵、焚火をもっと焚いてくれ、若殿が寒そうじゃ……」

「はッ！」

重長がそう命じて二丁の火縄銃を信長に見せた。

「この一丁だけが近江の国友村で作られた火縄銃でござる。この筒口の形が違うだけで威力はほぼ同じでござるが、ともに五匁弾《ごもんめだん》で、湛蔵は火薬もこの弾も作りまする」

大橋重長が堺銃と国友銃の違いを説明した。

堺銃は銃身が八角銃身で装飾が華やかだ。一方の国友銃は装飾が少ないからすぐ見分けられる。

「国友のほうが良い！」

信長は即座に選んだ。装飾が少ないほうが信長の好みだったようだ。

「国友村ではまだ火縄銃作りが堺ほど盛んではございません。それゆえに国友銃はなかなか手に入りませんが……」

「ならば二、三百丁ほどまとめて作らせろ、そうすれば値も安くなるはずだ。その銭は手付金として前払いにしろ。国友村はすぐ刀鍛冶から鉄砲鍛冶に変わる。但し、この注文は極秘裏に進めろ。堺の鉄砲もできるだけ買い占めておけ！」

信長は莫大な銭のかかる無謀ともいえる命令を重長に伝えた。

この若者は鍛冶師も商人も利で動くことを知っている。それに大量に注文すれば物の値が下がることも知っている。それでも高価な火縄銃を二、三百丁もまとめて注文しろと言うのだから恐れ入る。結局、重長は三百丁以上発注することになる。

それは信長が欲しいという鉄砲隊が五百人だったからだ。つまり重長は五百丁を信長に揃えてやることになった。

なんと恐ろしい若殿でありその盟友であろうか。

大橋重長は益々信長の得体の知れない魅力に惹かれた。この盟友がいなければ乱世の信長は存在しなかったのかもしれない。信長の義兄として重長は長く信長を支え続けることになる。その最初がこの国友銃の大量購入だった。

昼前に重長の家臣が船で三頭の馬を運んできた。

百姓が使い果たした老いた馬らしく生気がまったくない。信長は二十間先に杭を打たせ馬を繋いだ。その近くに死んだ馬を埋める穴を掘らせた。

「馬の眉間を狙えるか？」

何度も狙いを定めている湛蔵に聞いた。

「はい、充分に狙えまする」

「よし、撃ってみろ！」

そう命じると、湛蔵は火縄銃の準備をして狙いを定めて引き金を引いた。

途端に馬が跳ね上がり暴れながら横倒しになった。信長と重長、湛蔵と家臣が一斉に走った。馬は横倒しになりながらまだ暴れていた。弾は見事に馬の眉間に命中して血を流していた。

「とどめだ。殺せッ！」

信長が命じると重長の家臣が、槍を馬の心の臓に突き立て絶命させた。

弾痕を見ると骨に達してはいるが、むしろ、驚いて倒れたのではないかと思う。

「この馬を穴に放り込んで、次の馬を繋げ！」

そう命じて信長は射撃の位置に戻っていった。残酷だが信長は確かめないと納得しない。

　突進してくる騎馬を撃って止められるか、火縄銃の使い方を自分の目で見たいと思っている。新兵器として使うからにはその威力を詳細に知っておきたかった。

「湛蔵、次は前足の付け根を狙え！」

「はい！」

　湛蔵は頷くと新たな火縄銃の準備をして狙うと引き金を引いた。

　命中すると馬は前のめりに倒れ、大暴れしながらゴロッと横倒しになった。また信長は確認のために走った。やはり馬は死んでいなかった。即死させる威力はない。

「殺せッ！」

　同じように命じて絶命させると弾痕を確認した。明らかに深く肉に食い込んでいる。

「よし、埋めろ。次の馬だ！」

　信長は急いでまたもとの場所に戻った。

「重長、鉄砲で兵も馬も倒せる。馬は死なないまでも騎手を振り落とすだろう。戦意を奪うが何よりもあの爆裂音が武器になる。おそらく敵兵は怯えて動けなくなるだろう」

　馬の鞭で掌を叩きながら満足そうな顔をする。

「はい、百丁もの火縄銃が火を噴けば凄まじいかと……」

「そうだ。それが余の狙いだ。湛蔵、次は馬の腹を狙え、的が大きいから狙いやすかろう」

「はい、確かに……」

「腹ならこの信長でも狙えるか！」

「はい、ただ、筒先が下がりますると、地面を撃つことになりまする」

そう湛蔵が注意して新しい火縄銃の準備をし、火蓋を開いて引き金を引くだけにして信長に渡した。だが、湛蔵が言った通り信長は馬より遥か手前の地面を撃ってしまった。銃身の重い火縄銃は撃つ時に油断すると筒先が下がって、的よりも下を撃ってしまうことが少なくない。

長い銃身を支えるのは難儀だ。

充分に訓練しないと信長のように地面を撃ってしまう。

「くそッ！」

「重い筒先の支えがあれば下がりませんが……」

湛蔵は腰の鉈《なた》を抜いて、近くの灌木の枝を切り二股の支えを地面に突き刺した。

「この木の股に筒先五、六寸を載せて狙いを付けてくださるよう……」

新たな火縄銃を準備して信長に渡した。信長は言われるまま銃身を木の股に置いて狙い引き金を引いた。馬が飛び跳ねて暴れていたがまた横倒しに倒れた。湛蔵が信長から火縄銃を受け取ると、脱兎のごとく信長が馬の傍に走っていった。湛蔵は信長が撃った火縄銃の手入れを始める。

やはり馬は苦しんで暴れていた。死んではいない。

「殺せッ！」

三度同じように命じると弾痕を確認した。皮を破って弾が中に入り込んでいる。

「埋めろ。今日はこれまでにする」

信長も穴の中の馬の遺骸に土を掛けた。火縄銃の試射で死んだ三頭を同じ穴に葬った。

「重長、今日はそなたの屋敷に泊まる」

「若殿、祝言のことは？」

「祝言？」

「はい、濃姫さまとの祝言にございます」

「蝮の娘か。重長、いつの日か蝮の首を斬り落としてくれる」

「奥方さまのお父上にございますが？」

「そうなるか……」

信長は婚礼のことなど眼中になかった。二人は話しながら湛蔵の傍に戻ってくる。

「湛蔵、支えなしで的に撃ち込むにはどれほどかかるか？」

「的にもよりまするが、的の大きさや止まっているか動いているか、遠いか近いかなど、すべての扱いを習得して的に当てるのは、半年から一年もあれば充分かと……」

「そうか。弓よりは早いな？」

「はい……」

信長は鉄砲の威力を自ら体験し、あとは火縄銃の数だと考えた。

新兵器というに相応しい武器だと思う。こうなると早速何丁でも欲しいが、せめて最初に百丁ぐらいは欲しいところである。だが、そんな数をいきなり集めることが難しいとわかっていた。やはり国友村で密かに作るしかないと思う。

「湛蔵、そなたに鉄砲を教えた師は誰だ？」

「はい、橋本一巴《はしもといっぱ》さまと申す名手でございまする」

湛蔵が言うと信長はあらぬ方を見て考えている。思い当たることがあった。

「湛蔵、それは一色《いっしき》城の城主ではないのか？」

信長が問い詰めるように湛蔵を睨んだ。

「はい、片原《かたはら》一色城の主、橋本道求《どうきゅう》さまにございまする」

「若殿、一色城は尾張と伊勢の国境のすぐ近くでございます。古い城にて橋本家は五代目と聞いておりまする」

信長は唖然として重長を見た。

「重長、知っておったのか？」

「はい、湛蔵から聞いておりまする」

重長が冷静に答えた。

「そうか。一色城か……」

「古くは尾張の国府が置かれておりました」

「なるほど、この尾張にそのような鉄砲の名手がいるとは知らなかった。不覚である。重長、その道求に会いたい。余の鉄砲の師としたい」

信長は重長に命じた。

その日は大橋屋敷に泊まり、翌朝、那古野城に向かった。

信長はもちろん美濃から蝮の娘が嫁に来るとわかっている。だが、信長はこのところ鉄砲のことで頭が一杯だった。嫁をもらうといっても信長にとっては、新兵器の鉄砲を発見した時のような喜びも興奮もない。信秀が蝮との戦いに敗れて和睦し、その和平の証として蝮の娘が尾張に出てくる。それほどのことでしかない。

蝮が尾張を欲しがっていることはわかっている。

乱世の大名は隙あらば隣近所を盗もう、奪おうと思っているのは当然のことだ。大うつけの信長でさえ尾張を統一してから、三河、美濃、伊勢などの隣国を奪いたいと考えて、大量の火縄銃を急いで揃えようとしている。

和睦などというものはこの乱世ではすぐ破られる。

父の信秀はもう蝮とは戦えないだろうが、信長は美濃に攻め込んで蝮の首を斬ると考えていた。なんと言っても美濃を奪って近江に出れば、そのすぐ先には京があるというのが素晴らしいのだ。

「黒鬼、どんな娘か顔だけは見てやろう。蝮の娘だから嚙みつくか？」

黒鬼に話しかけ信長はニッと笑いながら馬腹を蹴った。蝮の娘に嚙みつかれたら痛いかもしれないと思う。さっさと美濃に帰ってしまったか、まだ那古野城に粘っているようなら少しは面白そうだ。

信長は大うつけの評判だが城下の女の子たちには好かれていた。

秘かに手をつけたのは一人や二人ではない。

那古野城に着くと五平に黒鬼を渡して、蝮の娘がいるだろうと思える部屋の庭に入っていった。

「誰じゃッ！」

年老いた声が誰何して顔を出した。見知らぬ老女だった。

「お主こそ誰だ。余の城に勝手に入りおって、そこになおれ、首を刎ねてやる！」

信長が刀の柄に手を掛けた。

「の、信長さま……」

老女は慌てて縁に出て平伏する。

「名乗れ！」

信長が厳しく老女に詰め寄った。怒った顔で柄を握っていた。

「は、はい、わらわは美濃からまいりました帰蝶姫さまの乳母にございまする」

「ふん、それを早く言わぬか。愚か者！」

信長が叱ると老女は縮み上がった。なんとも傲慢で今にも刀を抜きそうだ。

「申し訳ございません……」

「美濃の蝮の娘が余の嫁だと政秀から聞いた。美濃で一番の美女だと言っておったから、大嘘だろうとその顔を見に来た。いるか？」

「はい、どうぞ、こちらへお入りくださりまするよう……」

「うむ、上がるぞ！」

信長は足半を蹴飛ばして脱いで、汚れたままの足で座敷に入った。

その無作法を感じながら帰蝶は頭を下げて信長の言葉を待っている。寒い部屋が凍り付いて緊張でパリッと割れそうだ。

「信長である！」

張りのある甲高い信長の声だ。

「美濃からまいりました。帰蝶にございまする」

「ふん、蝮の娘か、それでは顔が見えぬ！」

「はい……」

帰蝶が顔を上げて信長を正視した。

確かに蝮の娘とは思えぬ美女である。互いに初見の人物を確かめていた。

「ほう、蝮の子とは思えぬが幾つだ？」

「十四にございまする」

鼻糞を穿《ほじ》っている信長を見て答えた。

この人は間違いなく狂言をしているのだとピンときた。帰蝶は信長の目の輝きを見て大うつけの嘘を見破った。本物の大うつけなら目が死んでいるはずだ。信長の目は青く澄んで帰蝶が恥ずかしくなるほど見つめている。お前は誰だと言っている目だ。

「余は大うつけと言われておる」

「はい、存じております」

「それでもこの信長の嫁になるか？」

「はい……」

帰蝶が頷いてニッと微笑んだ。その顔は大うつけなど嘘だと言っている。

この勝負は信長の負けかもしれない。

その時、信長は帰蝶の胸の微かな膨らみを見逃さなかった。

信長の目が青黒く光ったのを帰蝶は見た。敵を睨みつける鋭く恐ろしい目である。

「帰蝶、そなたの懐のものを出せ!」

信長が厳しく命じて手を出した。

「はい……」

帰蝶は素直に父の蝮からもらった短刀を懐から出して信長に渡した。

「ほう二頭波《にとうなみ》の紋か、蝮の短刀だな。なるほど美濃の蝮も小さい男よな。嫁に行く娘にこのようなものを持たせるとは、余が蝮めの首を刎ねるまでもあるまい。尾張ごときを欲しがるなど小さいわ。そんなことでは誰ぞに寝首を搔かれる。帰蝶、うぬの蝮に油断するなと申してやれ!」

信長が短刀を帰蝶から取り上げ腰に差した。

この信長の言葉で帰蝶はまいってしまった。やはり大うつけは狂言だった。

隙あらば信長を刺し殺すどころか、蝮と娘が信長に大恥を晒したことになる。帰蝶はこうなるのではと嫌な予感がしていたのだ。あの祝言が吹き飛んだ日に、帰蝶は信長がただ者ではないことを感じ取って警戒していた。

だが、短刀を取り上げられ見事に信長にやられてしまった。

短刀の鞘には蝮の家紋である二頭波の紋が描かれている。誰が見ても美濃の蝮の所持品だとわかるものだ。

「余は津島から黒鬼と駆けてきた。腹が減った！」

「ただいま、お持ちいたしまする」

老女が立ちかけた。

「動くなッ。うぬはそこに座っておれ。美濃の蝮は人に毒を食わせると聞いたが、小賢しい男だ。蝮なら噛みつけばいいものを。そうは思わぬか帰蝶？」

信長の鋭い目が帰蝶を見つめている。

その帰蝶は信長が品定めに来たのだとわかった。ここが女の勝負だ。

「この女は余を恐れていない。賢い女だ」

そう信長は感じている。

「はい、その通りにございまする。蝮は小さな男にございます」

老女が驚いた顔で帰蝶を睨んだ。あろうことか帰蝶が父親を蝮と呼び捨てにしたのだ。

信長がニッと笑う。

「帰蝶、また来る！」

太刀を握ると、信長がサッと立って庭に飛び下りて消えた。春の嵐だ。

「なんと無礼な。あの格好は乞食《こじき》ではありませぬか……」

いつも冷静な老女が怒った。蝮と小見の方に信頼され帰蝶の乳母になっている。

だが、帰蝶はまったく違うことを考えていた。

「負けた。あの気迫に負けた。あの目の輝きとあの凄まじく鋭利な頭脳、まるで抜き身の刀のようだ。大うつけなどではない。遠からず蝮はあの若々しい信長に負けるだろう……」

帰蝶は信長に言い知れぬ恐ろしさと、これから先どうすればいいのだと興味を感じた。

「姫さま、茶筅のような髷に襤褸の小袖と短袴、その上、あの腰に巻いた女の着物と縄に吊るした袋はなんですかいったい。尾張の大馬鹿者とは聞いておりましたがこれほどまでとは情けない！」

老女が散々信長を罵ったが、反対に帰蝶は冷静に信長を分析していた。

「あれは馬鹿を装った狂言なのだ。あの澄んだ目は帰蝶さえも見ていなかった。遥かに遠い見えない何ものかを睨んでいる目だ。帰蝶は信長というとんでもない人と一緒になったのやもしれない……」

帰蝶には老女の声が聞こえていない。

ただ、信長が「また来る」と言った言葉が妙に嬉しかった。なんの反応もなくほっぽり出されたらこんな悲しいことはない。「また来る」と言う信長の言葉に気に入ったという意味が込められているように思う。

今の帰蝶にとってそのことが何よりも大切なことだ。

蝮の娘だと言って毛嫌いしないで抱いて欲しい。信長から嫌われて那古野城の片隅で、ひっそり暮らすことなど耐えられないことだ。もう美濃には戻らないと覚悟して出てきたのだから、帰蝶には信長しかいないのである。

三日後、信長が帰蝶の部屋に現れた。老女が丁寧に挨拶するが、その格好はいつもと同じで老女の嫌いな無作法である。信長が刀を脇に置いて帰蝶の傍に座ると老女を睨んだ。

「うぬはここの座敷から出ていけ！」

信長が命じると帰蝶が老女に目で出ていくように合図した。

不満顔の老女が渋々出ていくと部屋には二人だけになり、信長がいきなり立ち上がると小袖や短袴を脱いで下帯だけになった。

「帰蝶、脱げ！」

「はい……」

素直に頷くと帰蝶が着物を脱ぎ始める。

もどかしそうに信長が帰蝶を丸裸にすると、押し倒して覆い被さり荒々しくなすべきことをした。こうして十五歳の信長と十四歳の帰蝶が幼い夫婦になった。

「また来る！」

身支度もせず着物を丸めて持つと、刀を握った信長が夜這いからでも逃げるように出ていった。泥棒猫のようで帰蝶は裸のままクスッと笑う。信長の「また来る」と言うのがたまらなく嬉しいのだ。

この時、帰蝶は信長と生きていくと覚悟した。

なんだか知らないが面白い人生が待っているように思う。

帰蝶が裸に薄い下着をつけ乱れた髪を直していると、老女が入ってきて何が起きたかを悟った。黙って帰蝶の髪を整え着物を改めて涙をぽろっと零す。だが、帰蝶は何も言わず信長に抱かれた余韻に包まれ嬉しかった。

「また来ると言ってくれた。また来ると、信長さまはこの帰蝶を気に入ってくれたのだ。それなら待とう……」

帰蝶は奇妙な信長が自分と似ていることにまだ気づいていなかった。

（『天祐は信長にあり㈡　桶狭間の戦い』へ続く）

本書は書き下ろしです。

中公文庫

天祐《てんゆう》は信長《のぶなが》にあり（一《いち》）
――覇《は》王誕生《おうたんじょう》

2024年9月25日　初版発行

著　者　岩《いわ》　室《むろ》　忍《しのぶ》

発行者　安 部 順 一

発行所　中央公論新社
〒100-8152　東京都千代田区大手町1-7-1
電話　販売 03-5299-1730　編集 03-5299-1890
URL https://www.chuko.co.jp/

DTP　ハンズ・ミケ
印　刷　大日本印刷
製　本　大日本印刷

Published by CHUOKORON-SHINSHA, INC.
Printed in Japan　ISBN978-4-12-207557-3 C1193

中公文庫既刊より

い-138-1
剣神　神を斬る
神夢想流林崎甚助1
岩室　忍
出羽楯岡城下で闇討ち事件が起こった。父を殺された六歳の民治丸は仇討を神に誓う。居合の始祖・林崎甚助の生涯を描く大河シリーズ始動！　文庫書き下ろし。
207226-8

い-138-2
剣神　炎を斬る
神夢想流林崎甚助2
岩室　忍
仇討を果たした甚助を待ち受けていたのは、荒ぶる神の怒りであった。神の真意を悟った甚助は、廻国修行に身を投じ、剣豪塚原卜伝を訪ねる。文庫書き下ろし。
207256-5

い-138-3
剣神　鬼を斬る
神夢想流林崎甚助3
岩室　忍
信長の天下が近い。甚助は神夢想流居合を広めながら、出羽に不穏な軋みを見ていた。その軋みはやがて甚助の故郷楯岡城を巻き込んでいく。文庫書き下ろし。
207278-7

い-138-4
剣神　風を斬る
神夢想流林崎甚助4
岩室　忍
関ヶ原の戦い、始まる。甚助はその時、薩摩の島津が睨みを利かせ、加藤清正、黒田如水、立花宗茂ら猛将智将がしのぎを削る九州にいた。文庫書き下ろし。
207303-6

い-138-5
剣神　竜を斬る
神夢想流林崎甚助5
岩室　忍
蜻蛉切、唸る！　家康が豊臣秀頼を警戒する慶長十二年、重信は猛将本多平八郎と対峙していた。戦国を戦い抜いた男たちの生き様を見よ。文庫書き下ろし。
207335-7

い-138-6
剣神　水を斬る
神夢想流林崎甚助6
岩室　忍
巌流小次郎と宮本武蔵の決闘。徳川家康が仕掛ける大坂の陣。武を以て名を揚げる覇道の時代が終わりを告げ、甚助は最後の修行の旅に出る。文庫書き下ろし。
207363-0

い-138-7
剣神　心を斬る
神夢想流林崎甚助7
岩室　忍
神に与えられた剣技を磨く旅もついに終わる。全国を巡り、故郷楯岡に帰った重信は、奥の院に庵を結ぶ。居合の源流を描く歴史大河、堂々完結！　書き下ろし。
207386-9

各書目の下段の数字はＩＳＢＮコードです。978－4－12が省略してあります。